테스 2

순수한 여인

테스 2

순수한 여인

토머스 하디 지음 | 김명신 옮김

더클래식

| 차례 |

제5부
여자는 대가를 치른다

35

테스의 고백이 끝났다. 재차 확인하고 다시 설명하는 것조차 모두 끝났다. 테스의 목소리는 시종일관 나직했고, 어떤 종류의 변명도 하지 않았으며, 울지도 않았다. 그러나 그녀가 이야기하는 동안에는 주변의 사물조차 그 표정이 변하는 것 같았다. 벽난로의 불빛은 작은 요괴처럼 그녀의 곤경 따위는 아무 관심도 없다는 듯 짓궂은 장난을 치려는 악마처럼 기묘하게 보였다. 난로 앞 철망 역시 아무래도 좋다는 듯 이유 없이 히죽거렸다. 물병에서 반사되는 빛도 오로지 어떤 빛깔을 낼 것인지에만 관심이 있는 듯했다.

주변의 모든 사물은 자기들에게는 아무 책임이 없다는 것을 지독하리만치 되풀이하여 알리고 있었다. 그러나 클레어가 테스에게 키스를 하며 지내던 때 이후로 변한 것은 아무것도 없었다. 아니, 사물의 겉모습은 변한 게 없었지만 사물의 본질이 변했던 것이다.

그녀가 이야기를 마쳤을 때는 그들이 이전에 속삭였던 사랑의 표현들이 머릿속의 한쪽 구석으로 급히 밀려나면서 지극히 어리석은 시절의 메아리처럼 울려오는 것 같았다.

클레어는 공연히 난롯불을 뒤적이며 아무런 관련 없는 행동을 했다. 귀로 들은 내용이 아직 머릿속 깊숙한 곳에 이르지 못한 것이다. 타다 남은 불을 뒤적뒤적하다가 그는 일어섰다. 그녀의 고백이 이제야 그에게 강한 힘으로 전해진 것이다. 그의 얼굴에 핏기가 사라졌다. 정신을 가다듬으려고 안간힘을 쓰며 마루 위를 걸었다.

아무리 애를 써도 차근차근 생각할 수가 없었다. 그래서 그의 몸동작이 모호했던 것이었다. 그가 입을 열었을 때 들려온 그의 목소리는 그녀가 이제껏 들어온 그의 다양한 목소리 톤 중 가장 어색하고 틀에 박힌 것이었다.

"테스."

"네."

"내가 그 얘길 믿어야 한단 말이오? 당신의 태도를 보면 사실인 것 같군. 아, 당신이 정신이 나갔을 리는 없는데! 정신이 나간 게 틀림없어! 하지만 아니야…… 나의 아내, 나의 테스, 당신이 정신이 나갔다는 걸 증명하는 건 아무것도 없지 않소?"

"전 온전한 정신으로 말씀드렸어요."

그녀가 말했다.

"그렇지만…… 왜 미리 말하지 않았소? 아, 맞아! 그러고 보니 얘기를 하려고 했었군. 내가 못하게 막았지. 기억이 나."

그는 그녀를 멍하니 바라보다가 어리둥절한 채 다시 말을 이었다.

이런 그의 말들은 깊은 곳은 마비된 채 표면으로만 의미 없이 주절대는 허튼소리에 불과했다. 그는 몸을 돌려 의자 위로 몸을 굽혔다. 테스는 그가 있는 방 한가운데로 따라가서 눈물을 흘리지 않은 눈으로 그를 가만히 바라보다가 곧 그의 발밑에 무릎을 꿇고 몸을 웅크렸다.

"우리의 사랑을 생각해서 저를 용서해 주세요. 저도 똑같은 일을 용서해 드렸잖아요."

그녀가 메마른 입술로 속삭였다.

그가 대답이 없자 그녀는 다시 말했다.

"당신이 용서받았듯이 저를 용서해 주세요! 엔젤, 저는 당신을 용서했어요."

"그래, 당신은 그랬지."

"그런데 당신은 저를 용서하지 않으세요?"

"오, 테스, 용서는 이 경우에 적용되지 않아요. 예전의 당신과 지금의 당신은 같은 사람이 아니니까. 맙소사, 이렇게 해괴한 요술 같기만 한 일에 어떻게 용서를 적용할 수 있겠소."

그는 잠시 말을 멈추고 이 말뜻을 곰곰 생각하다가 갑자기 무시무시한 웃음, 지독한 괴로움 속에서 터져 나오는 듯한 이상하고도 기괴한 웃음을 터뜨렸다.

"그만, 그만하세요! 죽을 것 같아요. 제발 저를 불쌍히 여겨 주세요. 자비를 베풀어 주세요!" 그녀가 비명을 질렀다.

그에게서 대답이 없자, 그녀는 하얗게 질린 얼굴로 벌떡 일어났다.

"엔젤, 엔젤! 왜 그렇게 웃으세요? 당신이 이러시면 제 마음이 어떨지 아세요?" 그녀가 소리쳤다.

그는 고개를 저었다.

"저는 당신이 행복하기를 바라고 갈구하고 기도해 왔어요! 당신을 행복하게 하는 건 얼마나 기쁜 일일까, 그리고 그러지 못한다면 난 얼마나 자격 없는 아내가 될까 하는 생각만 했다고요! 엔젤, 전 그 생각만 했어요."

"알고 있소."

"엔젤, 전 당신이 저를, 제 자체를 사랑한다고 생각했어요! 당신이 사랑하는 사람이 바로 저라면 어떻게 그런 표정을 짓고 그런 말을 할 수 있나요? 저는 너무 무서워요! 저는 일단 당신을 사랑하기 시작한 이상 영원히—어떤 변화나 어떤 수모가 있더라도—당신을 사랑해요. 당신은 당신 자체이니까요. 그 이상은 바라지 않아요. 그런데 당신은 내 남편인 당신은 어떻게 나를 사랑하지 않을 수 있는 건가요?"

"다시 말하지만 내가 사랑했던 여인은 당신이 아니오."

"그럼 누구예요?"

"당신 모습을 한 다른 여인이오."

테스는 그의 말을 듣고 불안해하며 예감했던 일이 일어나고 말았다는 것을 알아차렸다. 그는 그녀를 일종의 사기꾼으로, 순결의 가면을 쓴 죄인으로 보고 있는 것이었다. 그것을 알게 되자 그녀의 창백한 얼굴에 공포가 드리워졌다. 볼은 풀기 없이 축 처졌고 입은 동그랗고 작은 구멍처럼 보였다. 그녀는 그가 자기를 그렇게 여기고 있다는 끔찍한 생각을 하자 다리에 힘이 빠져서 비틀거렸다. 그냥 두면 쓰러질 것 같아서 그가 앞으로 나섰다.

"앉아요, 앉아. 몸이 안 좋은가 보군. 그럴 만도 하지."

그가 나직하게 말했다.

그녀는 일단 자리에 앉았으나 자기가 어디에 있는지조차 알지 못했다. 얼굴엔 여전히 긴장된 표정이 역력했고, 그녀의 눈은 그를 오싹하게 했다.

"그럼 전 이제 당신 사람이 아니군요. 엔젤, 그렇죠?"

그녀가 절망적으로 물었다. '그가 사랑한 사람은 내가 아니라 날 닮은 다른 여자였다는군.' 이렇게 표현하고 나자 그녀는 부당한 대우를 받고 있는 자신이 불쌍해졌다. 자신의 처지를 생각하니 눈에 눈물이 솟았다. 그녀는 고개를 돌리고 자기 연민의 울음을 터뜨렸다.

이런 변화에 엔젤은 오히려 고통이 조금 누그러지는 것을 느꼈다. 과거의 그 일이 그녀에게 미친 결과를 걱정하는 고통이 고백 자체로 인한 비통함보다 덜해지기 시작했기 때문이었다. 그는 그녀의 격한 슬품이 제풀에 잦아들 때까지 참을성 있고 냉담하게 기다렸다. 그녀의 격렬한 흐느낌은 간간이 코를 훌쩍이는 정도로 잦아들었다.

"엔젤, 당신과 함께 살기에는 제가 너무 나쁜 여자인가요?"

그녀는 공포에 사로잡힌 메마르고 격한 목소리가 아닌 본래의 자연스런 목소리로 불쑥 말했다.

"우리가 어떻게 해야 할지는 생각하지 못했소."

"당신과 함께 살게 해 달라고 조르지는 않겠어요. 엔젤, 저한테는 그럴 자격이 없으니까요! 어머니와 동생들한테 우리가 결혼할 거라고 알리긴 했지만 우리가 결혼했다는 편지는 쓰지 않겠어요. 그리고 이 집에 있는 동안 재단해서 멋지게 만들 작정이던 반짇고리도 그만두겠어요."

"그러겠소?"

"네. 당신이 하라고 하지 않는 건 아무것도 하지 않겠어요. 저를 떠나신다고 해도 따라가지 않겠어요. 그리고 저한테 아무 말씀 안 하셔도, 당신이 허락하지 않는다면 왜 그러냐고 묻지도 않겠어요."

"내가 뭘 하라고 한다면 어떻게 하겠소?"

"당신의 가련한 노예처럼 따르겠어요. 죽으라고 하면 죽기라도 하겠어요."

"아주 착하시군. 하지만 지금 당신이 자기를 희생하려는 마음은 예전에 자신을 보호하려던 마음과는 좀 어울리지 않는다는 생각이 드는군."

이것은 그가 처음으로 빈정댄 말이었다. 그러나 테스에게 이런 정교한 풍자의 말을 하는 것은 개나 고양이에게 하는 것이나 다를 바가 없었다. 그녀는 그 풍자의 미묘한 매력을 알아차리지 못하고 그저 적대적인 목소리로 분노를 표현하고 있음을 눈치챘을 뿐이었다. 그녀는 클레어가 그녀를 향한 애정을 억누르고 있다는 것을 알지 못한 채 잠자

13

코 있었다. 그녀는 그의 볼에 눈물 한 방울이 흘러내리는 것도 보지 못했다. 그 눈물방울은 아주 커서 마치 현미경의 대물렌즈처럼 눈물방울 아래의 피부에 있는 땀구멍이 크게 확대되어 보일 정도였다. 그러는 동안 그는 테스의 고백으로 인해 그의 인생과 그의 세계가 완전히, 그리고 끔찍하게 바뀌고 말았다는 사실을 다시금 깨닫고는 이 새로운 상황을 어떻게 헤쳐 나가야 할지 그 방법을 필사적으로 찾아보았다. 뭔가 후속적인 행동이 필요했다. 그렇지만 뭘 어떻게 해야 한단 말인가?

그는 될 수 있는 한 부드러운 어조로 말했다.

"테스, 이 방 안에 있을 수가 없군요. 지금은 나가서 산책을 좀 해야겠소."

그는 조용히 방을 나갔다. 식탁에는 저녁 식사를 하며 마시려고 따라 놓은 포도주 두 잔—한 잔은 그녀의 것, 한 잔은 그의 것—이 입도 대지 않은 채 그대로 놓여 있었다. 그들이 계획했던 사랑의 향연은 이렇게 끝나고 말았던 것이다. 두세 시간 전 차와 간식을 들 때만 해도 그들은 애정 어린 장난을 치며 같은 잔으로 차를 마셨었다.

그가 문을 닫는 소리는 열 때처럼 조용했으나, 망연자실 앉아 있던 테스는 그 소리에 정신이 번쩍 들었다. 그가 사라지고 없었다. 그대로 있을 수는 없었다. 급히 외투를 걸치고는 마치 다시 돌아오지 않을 것처럼 촛불까지 끄고는 문을 열고 따라나섰다. 이미 비가 그쳐서 밤하늘은 맑게 개어 있었다.

클레어는 정처 없이 천천히 걷고 있었기 때문에 그녀는 곧 그를 따라잡을 수 있었다. 희끄무레한 테스 옆의 거무스름한 그의 모습은 불길하고 험악해 보였다. 테스는 조금 전까지만 해도 그렇게 자랑스럽던 보석의 감촉에 놀림을 받는 듯한 느낌을 받았다. 클레어는 그녀의 발소리를 듣고 고개를 돌렸으나 그녀가 옆에 있는 것을 보고도 별다른 기색 없이 계속 앞으로 걸어갈 뿐이었다. 그는 집 앞에 놓여 있는, 다섯 개의 아치가 있는 다리 쪽으로 걸어갔다.

길바닥에 패인 소와 말의 발자국들은 물로 가득 차 있었다. 비는 거기에 물을 채울 만큼은 내렸으나 모든 것을 휩쓸어갈 만큼은 내리지 않았던 것이다. 그녀가 이 조그만 웅덩이들 위로 지나갈 때 그 속에 반사되어 있던 별빛도 재빠르게 스쳐 지나갔다. 거기서 별을 보지 못했다면 머리 위에서 별이 반짝이고 있는 것도 모를 뻔했다. 우주에서 가장 거대한 것들이 그토록 초라한 곳에 아로새겨져 있었던 것이다.

그들이 오늘 마차를 타고 온 이곳은 탤버테이스와 같은 골짜기에 있었으나 강줄기로 따지면 몇 킬로미터쯤 하류 쪽이었다. 주변이 훤히 트여 있어서 그의 모습이 쉽게 눈에 띄었다. 집에서 좀 멀어지자 구불구불한 길이 초원을 가로지르며 나 있었다. 그녀는 이 길을 따라 걸으며 클레어를 따라잡거나 주의를 끌려고 하지 않고 다만 말없이 충실하게 그의 뒤를 따랐다.

그러나 그렇게 힘없이 걸어가는 동안에 마침내 그와 나란히 걷게 되었다. 그는 여전히 말이 없었다. 정직이 기만당했다는 것을 알고 난 뒤의 잔인함은 흔히 어마어마한 법인데, 지금 클레어의 경우가 그러했다. 바깥 공기는 충동에 따라 행동하려는 모든 경향을 그에게서 빼앗아 간 게 분명해 보였다.

테스는 클레어가 모든 광채를 걷어 내고 자기를 있는 그대로 보고 있다는 것을 알았다. 그리고 시간이 자기에게 비웃음의 노래를 부르고 있다는 것 또한 느낄 수 있었다.

보라, 그대의 가면이 벗겨질 때 그대를 사랑하던 남자는 그대를 미워하리라

그대의 운명이 쇠락하면 그대의 얼굴은 더 이상 아름답지 않으리

그대의 생명은 낙엽처럼 흩날리고 빗방울처럼 떨어져

그대 얼굴을 가린 베일은 슬픔이 되고 왕관은 고통이 될 것이므로
(스윈번의 시 〈칼리돈의 아탈란타〉의 한 구절을 인용한 것임_옮긴이)

그는 여전히 생각에 골몰하고 있어서, 그녀가 옆에 있다는 것도 그의 긴장된 생각을 멈추게 하거나 돌려놓을 만큼 충분한 힘이 되지 못했다. 이제 그녀는 그에게 너무나 보잘것없는 존재가 되어 버린 게 틀림없었다. 그녀는 클레어에게 말하지 않을 수 없었다.

"제가 어쨌기에…… 제가 어쨌기에 그렇게 화가 나셨어요! 제가 말씀드린 것이 당신에 대한 내 사랑을 방해하거나 내 사랑이 거짓이었음을 드러내는 게 아니었잖아요. 제가 의도적으로 그랬다고 생각하시는 건 아니죠? 엔젤, 당신은 당신 마음속에 있는 무언가에 화가 난 거예요. 아, 저한테 화가 난 게 아니라고요. 전 당신이 생각하는 것처럼 남을 속이는 그런 여자는 아니에요!"

"흠…… 그래요. 내 아내는 남을 속이지 않아요. 하지만 전과 같진 않아요. 그래요, 전과 같지 않단 말이오. 하지만 당신을 나무라지는 않겠소. 그러지 않기로 맹세했으니 무슨 수를 써서라도 그러지 않도록 하겠소."

그러나 그녀는 제정신이 아닌 채로 애원을 계속했고 어쩌면 말하지 않는 게 더 좋았을 말까지 해 버렸다.

"엔젤…… 엔젤! 전 어린아이였어요. 그 일이 일어났을 때 전 어린아이였다고요. 전 남자가 무엇인지 전혀 몰랐어요."

"당신은 죄를 지었다기보다는 당한 거였지. 그 점은 나도 인정하오."

"그러니 절 용서해 주시겠어요?"

"용서는 하지만, 용서가 전부는 아니오."

"그럼 계속해서 절 사랑해 주실 건가요?"

이 질문에 그는 대답하지 않았다.

"오, 엔젤! 우리 어머니는 그런 일이 가끔 있다고 말씀하셨어요!"

"제가 겪은 일보다 더 심한 몇몇 경우를 알고 계시는데, 남편이 대수롭게 여기지 않고 용서해 주었대요. 그 여자는 제가 당신을 사랑하는 만큼 남편을 사랑하지도 않았는데 말이에요!"

"그만해요, 테스. 따지려고 하지 말아요. 문화가 다르면 풍습도 다른 법이오. 당신이 말하는 걸 듣고 있으려니 세상 물정이라고는 아무것도 모르는 무식한 시골 여자란 느낌이 드는군. 당신은 자기가 무슨 말을 하고 있는지도 모르고 있소."

"제 처지는 농사꾼밖에 안 되지만 태생은 아니라고요."

그녀는 벌컥 화를 내며 대꾸했으나 이내 누그러졌다.

"그래서 더 나쁘다는 거요. 당신네 집안을 밝혀 낸 신부가 차라리 입을 다물고 있었으면 더 좋았을 뻔했소. 당신네 가문의 몰락을 다른 사실—당신의 의지력 결핍—과 관련지어 생각하지 않을 수 없거든. 노쇠한 가문은 노쇠한 의지와 행실을 의미하는 것이오. 이런, 대체 왜 족보 이야기를 꺼내어 당신을 더욱 경멸하게 할 구실을 주는 거요? 난 당신을 갓 싹이 튼 자연의 아이라고 생각했었는데, 알고 보니 당신은 퇴락한 귀족의 때늦은 묘목이었군."

"그 점에 있어서는 우리 집안 못지않은 집안도 얼마든지 있어요! 레티네 집안도 한때는 대지주였고 낙농장 일꾼이 빌레트네도 그랬어요. 그리고 지금은 짐마차를 모는 데비하우스네 집안도 옛날에는 드 베이유 가문이었어요. 우리 집안 같은 집안은 어디서나 찾아볼 수 있는걸요. 그게 이 지방 특성이니 저도 어쩔 수 없다고요."

"그래서 이 지방도 그만큼 더 나쁜 거요."

그녀는 이 비난을 세세하게 받아들이기보다는 대충 알아들었다. 지금까지처럼 그가 그녀를 사랑하지 않고 있다는 사실만을 받아들였을 뿐 그 밖의 것에 대해서는 관심이 없었다. 그들은 다시 말없이 거닐었다. 후에 전해지는 말에 의하면 그날 밤 웰브리지의 농부 한 사람이 의사를 부르러 나갔다가 풀밭에서 아주 천천히 걷고 있는 두 연인을 만났다고 한다. 그들은 마치 장례식 행렬처럼 한 사람은 앞에서 한 사람은 뒤에서 걷고 있었는데 그들의 얼굴을 흘끗 보니 걱정과 수심이 가득하더라는 것이었다.

나중에 돌아오는 길에 다시 같은 풀밭에서 그들을 지나쳤지만, 그들은 시간이 얼마나 되었는지, 밤 날씨가 얼마나 음산한지 개의치 않고 여전히 천천히 걸어가고 있었다. 농부는 자신의 일과 집안의 우환에 정신이 팔려 있어서 그 기이한 일에 신경을 쓰지 못했었는데, 한참이 지난 후에야 생각이 났던 것이다.

그 농부가 갔다가 오는 사이에, 그녀가 남편에게 말했다.

"어떻게 해야 당신이 저 때문에 고통스러워하는 걸 막을 수 있을지 모르겠어요. 저 아래 강물이 있군요. 저기에 빠져서 죽어 버릴까요. 전 두렵지 않아요."

"난 내가 저지른 다른 실수에 살인까지 더하고 싶지 않소."

그가 말했다.

"수치스러운 일 때문에 제 스스로 목숨을 끊었다는 것을 보여 주는 흔적을 남기면 돼요. 그러면 사람들이 당신을 비난하지 않을 거예요."

"어리석은 소리 좀 그만해요. 듣고 싶지 않소. 이런 상황에서 그런 생각을 하다니 어처구니가 없군. 그건 비극이 아니라 조롱거리가 될 거요. 당신은 이 불행의 성격을 조금도 이해하지 못하고 있어. 만약 이 사실이 세상에 알려지면 십중팔구 사람들의 우스갯거리가 되고 말지. 제발 집으로 돌아가서 잠이나 자요."

"알았어요."

그녀가 순순히 대답했다.

그들은 물방앗간 뒤에 있는 유명한 시토 수도원의 유적지로 이어지는 길을 따라 걷고 있었다. 물방앗간은 몇 백 년 전에는 수도원의 부속 건물이었다. 식량은 시대가 변해도 필요한 필수품이어서 물방앗간은 여전히 돌고 있었지만, 교리는 덧없는 것인지 수도원은 사라지고 없었다. 우리는 일시적인 것(육체_옮긴이)을 위한 봉사가 영원한 것(영혼_옮긴이)을 위한 봉사보다 더 오래 남는다는 것을 끊임없이 보게 된다. 그들은 빙 둘러진 길을 따라 걷고 있었으므로 여전히 집에서 멀리 떨어져 있지 않았고, 그래서 그녀는 그의 명령에 따라 집에 가는 데에도 강에 놓인 큰 돌다리에 다다른 뒤 길을 따라 몇 미터만 더 가면 되었다. 그녀가 집에 돌아와 보니 모든 것은 떠날 때와 같아서 난롯불도 여전히 타고 있었다. 그녀는 아래층에서 조금도 지체하지 않고, 짐을 갖다둔 침실로 올라갔다. 거기서 그녀는 침대 끝에 걸터앉아 멍하니 주위를 둘러보고는 곧 옷을 벗기 시작했다. 침대 쪽으로 촛불을 옮기다 불빛에 비친 흰색 무명으로 된 침대 닫집을 보았다. 그 아래에 무언가가 매달려 있는 것 같아서 촛불을 들어 그것이 무엇인지 살펴보았다. 크리스마스 장식으로 쓰는 겨우살이 나뭇가지였다. 엔젤이 거기에 걸어두었다는 것을 그녀는 금방 알 수 있었다. 짐을 꾸리고 운반하는 것을 그렇게 어렵게 했던 문제의 꾸러미가 바로 이것이었다는 것을 그제야 알게 되었다. 그는 그저 시간이 지나면 무엇에 쓰려는지 곧 알게 될 거라고만 말하며 그 안에 무엇이 들었는지 알려 주지 않았다. 그는 즐겁고 들뜬 기분으로 그것을 거기에 매달았을 것이다. 그러나 지금 그 겨우살이는 너무나 미련스럽고 어색해 보였다. 그의 마음이 누그러질 가망이 전혀 없는 것 같았기에 그녀는 더 이상 두려울 것도 바랄 것도 없는 심정으로 멍하니 누워 있었다.

슬픔이 사색을 중단시키면 잠이 기회를 노리고 찾아드는 법이다. 행복한 기분에 젖어 있을 때에는 잠을 못 이루곤 했었는데 오히려 지금은 잠을 맞아들일 수 있었다. 잠시 후 외로운 테스는 아마도 조상의 신방이었을 침실의 향기로운 정적에 둘러싸인 채 잠이 들었다.

그날 밤 늦게 클레어도 발길을 돌려 집으로 돌아왔다. 거실로 조용히 들어온 그는 불을 켠 다음 미리 할 일을 생각해둔 사람처럼 말힐로 된 낡은 소파 위에 담요를 깔아 대충 잠자리를 만들었다. 자리에 눕기 전에 그는 맨발로 이층으로 올라가 그녀의 방문 앞에서 귀를 기울였다. 고른 숨소리는 그녀가 깊이 잠들었다는 것을 알려 주었다.

"다행이군!" 하고 클레어가 중얼거렸다. 하지만 그는 그녀가 일생의 짐을 자기 어깨 위에 부려 놓고 자기는 아무 근심 없이 잠이 들었다. 전적으로 그런 것은 아니었지만 어느 정도는 맞는 말이었다는 생각을 하자 갑자기 서운함이 솟구쳐 가슴이 아팠다.

그는 몸을 돌려 내려오다가 엉거주춤한 자세로 다시 문을 돌아보았다. 그 순간 테스의 침실 입구 바로 위에 걸려 있는 더버빌가 부인의 초상화가 눈에 들어왔다. 촛불에 비친 그림은 그저 기분 나쁜 정도가 아니었다. 그 부인의 모습 뒤에는 음험한 계획—남성들에 대한 집요한 복수의 계획—이 숨어 있는 것 같았다. 그때 그에게는 그렇게 보였다. 초상화의 부인이 입고 있는 캐롤라인 시대의 웃옷 목선은 좀 전에 그가 목걸이가 보이도록 윗단을 집어넣어 준 테스의 옷과 똑같이 파여 있었다. 그리고 그는 또다시 테스와 그 부인이 닮았다는 느낌이 들어 기분이 나빠졌다.

이 느낌은 거기서 발길을 돌리게 하기에 충분했다. 그는 다시 발길을 돌려 아래층으로 내려갔다.

그의 태도는 여전히 침착하고 냉정했고, 꼭 다문 작은 입은 그의 자제력을 표현하고 있었고, 그의 얼굴은 그녀의 고백을 들은 이후로 얼굴에 퍼진 끔찍한 무표정을 그대로 담고 있었다. 그것은 열정의 노예 상태에서 벗어났으나 그 해방에서 전혀 이득을 찾지 못한 사나이의 얼굴이었다. 그는 인간 경험의 비통한 우연성, 다시 말해 세상사의 예측

불가능함을 생각하고 있을 뿐이었다. 그가 그녀를 사랑했던 내내, 그러니까 한 시간 전까지만 해도 테스처럼 순수하고 착하고 순결한 여인은 또 없을 것만 같았는데, 조그만 흠이 생겼다고 해서 세상이 이다지도 달라진단 말인가(로버트 브라우닝의 〈난롯가에서〉의 한 구절_옮긴이)!

그녀의 정직하고 순수한 얼굴과 그녀의 본심은 다르다고 혼자 중얼거릴 때 그의 생각은 잘못된 것이었지만 그의 생각을 바로잡아 줄 테스의 변호인은 없었다. 클레어는 계속 생각했다. 그녀의 눈이 그를 가만히 바라볼 때 입으로 하는 말과 달라 보이는 점은 전혀 없었는데 그 눈이 겉으로 보이는 세계 뒤쪽의 어울리지도 않고 대조적인 또 다른 세계를 보고 있다는 게 과연 가능한 일인가, 하고 클레어는 계속 생각했다.

그는 거실의 소파에 몸을 기대어 눕고는 불을 껐다. 밤은 태연하고도 무심하게 찾아와 그곳에 스며들었다. 이미 그의 행복을 삼켜 버린 밤은 이제 께느른하게 그것을 소화하면서, 태연하고 변함없는 태도로 수많은 다른 이들의 행복 또한 삼킬 준비를 하고 있었다.

36

클레어는 마치 죄라도 지은 듯 은밀하게 잿빛으로 비쳐 드는 새벽녘의 빛을 받으며 몸을 일으켰다. 등걸불마저 꺼져 버린 벽난로가 그를 마주 보고 있었고, 치우지 않은 저녁 식탁에는 입도 대지 않은 포도주 두 잔이 김빠진 채 놓여 있었고, 그녀와 그가 앉았던 텅 빈 의자가 눈에 들어왔다. 그 외의 가구들도 끊임없이 '어떻게 해야 하는가.' 하는 질문을 던지지 않고는 참을 수 없다는 표정을 짓고 있었다. 위층에서는 아무 소리도 들리지 않았지만, 몇 분 뒤에 문을 두드리는 소리가 났다. 그들이 여기에 묵는 동안 그들을 돌봐 주기로 한 이웃집 여자일 거라는 생각이 들었다.

이런 상황에 집안에 다른 사람이 들어오면 무척 어색할 것 같았고, 또 그는 벌써 옷도 입고 있었으므로 창문을 열고 그날 아침 식사는 자기들끼리 그럭저럭 해결할 수 있을 거라고 알렸다. 그리고 그 여자의 손에 우유통이 들려 있는 것을 본 그는 그것은 문 앞에 두고 가라고 덧붙였다. 그 여자가 가고 나자 그는 뒷방 곳간에 가서 장작을 가져다가 얼른 불을 피웠다. 식품 저장실에는 달걀, 버터, 빵 등이 넉넉하게 들어 있었으므로, 클레어는 곧 아침 식사를 차렸다. 낙농장에서의 경험 덕택에 이 정도의 집안일은 쉽게 해낼 수 있었다. 불타는 장작 연기가 연꽃을 머리에 얹은 기둥 모양의 굴뚝에서 피어올라, 지나가던 그곳 사람들은 신혼부부를 생각하고는 그들의 행복을 부러워했다.

엔젤은 마지막으로 한번 쓱 둘러본 다음 계단 밑으로 가서 평상시의 목소리로 소리쳤다.

"아침 식사가 준비됐소."

그는 현관문을 열고 몇 발자국을 걸어 나가 아침 공기를 쐬었다. 잠시 후 그가 돌아왔을 때 그녀는 이미 거실에 내려와 기계적으로 아침 식탁을 다시 정돈하고 있었는데, 그가 부른 지 겨우 20분밖에 되지 않았는데도 옷을 완전히 차려입은 걸 보면 그가 부르기 전에 이미 옷을 다 입고 있었던지 아니면 거의 다 입고 있었던 게 분명했다. 그녀는 머리를 크고 동그랗게 뒤로 틀어 올리고 새 드레스—목둘레에 하얀 주름 장식이 달린 하늘색 모직 드레스—를 입고 있었다. 그녀의 손과 얼굴은 차가워 보였다. 아마 옷을 입고 나서 불기 없는 침실에 오랫동안 앉아 있었을 것이다. 클레어가 그녀를 부르는 목소리가 유난히 정중해서 그녀는 잠시나마 한 줄기 새로운 희망에 기운이 났다. 그러나 그를 보는 순간 희망은 곧 사라지고 말았다.

두 사람은 사실 타오르던 불의 재에 불과했다. 간밤의 뜨거운 슬픔은 무거움으로 이어져, 이제 두 사람에게 열정의 불을 붙일 수 있는 방법은 전혀 없는 것 같았다.

그는 그녀에게 조용히 말했고, 그녀도 그와 마찬가지로 감정이 드러나지 않는 어조로 대답했다. 마침내 그녀는 그에게 다가가서, 그녀 자신 또한 남의 눈에 보인다는 것을 의식하지 못하는 사람처럼 윤곽이 뚜렷한 그의 얼굴을 들여다보았다.

"엔젤!"

그녀는 이렇게 부르고는 잠시 입을 다문 채 마치 한때 자기가 사랑했던 사람이 정말 거기에 있다는 게 믿기 어려운 듯 손가락으로 그를 살며시 건드려 보았다. 그녀의 눈은 빛났고, 그녀의 창백한 볼은 반쯤 말라붙은 눈물 자국으로 반짝이기는 했지만 언제나 통통하고, 무르익은 과일처럼 빨갛던 입술은 볼만큼이나 창백했다. 그녀의 심장은 여전히 살아서 뛰고 있었으나 슬픔에 억눌려 생명의 박동이 어찌나 불규칙했던지 조금만 더 타격을 받으면 정말 병이 나서 그녀 특유의 눈빛은 흐려지고 입술도 파리해질 것 같았다.

그녀는 정말로 순결해 보였다. 자연은 환상적인 속임수로 테스의 얼굴에 그런 순결함의 도장을 찍어 놓았기 때문에 그는 멍하니 그녀를 바라보았다.

"테스, 사실이 아니라고 말해 봐요! 아니라고, 그건 사실이 아니라고 말이오."

"사실인걸요."

"처음부터 끝까지 모두?"

"모두 사실이에요."

그는 마치 그녀에게 거짓말이라도 하게 하여 그것이 거짓말인 줄 알면서도 일종의 궤변을 사용하여 그녀의 고백을 부정하고 싶은 듯 간절하게 그녀를 바라보았다. 하지만 그녀는 같은 말만 되풀이할 뿐이었다.

"사실이에요."

"아기는 살아 있소?"

엔젤이 물었다.

"아기는 죽었어요."

"그럼 그 남자는?"

"살아 있어요."

클레어의 얼굴에 마지막 절망의 빛이 스쳤다.

"영국에 있소?"

"네."

그는 멍한 상태로 몇 걸음을 갔다. 그러고는 불쑥 말을 꺼냈다.

"내 입장은…… 이렇소. 나는 어떤 남자라도 그렇게 생각했겠지만…… 사회적 지위와 재산과 세상사에 대한 지식을 갖춘 아내를 얻으려는 욕심만 버린다면 분홍빛 뺨을 얻는 것만큼이나 확실하게 순결한 시골 처녀를 얻을 수 있을 거라고 생각했소. 그러나 난 당신을 나무랄 자격도 못 되고, 또 나무랄 생각도 없소."

테스는 그의 입장을 너무나 잘 알고 있었기에 나머지는 들을 필요도 없었다. 거기에는 비통함이 있었다. 그녀는 그가 모든 것을 잃었다는 것을 알았다.

"엔젤, 저는 정말이지 당신한테 마지막 방법이 있다는 걸 몰랐다면 결혼하지 않았을 거예요. 물론 저는 당신이 그러지 않기를 바랐지만……."

그녀의 목소리는 점점 쉬어 갔다.

"마지막 방법이라뇨?"

"그러니까 제 말은 저를 버리시라는 거예요. 저를 버리셔도 좋아요."

"어떻게?"

"저와 이혼하시면 되잖아요."

"맙소사……. 당신은 어쩌면 이렇게 단순할 수가 있소! 내가 어떻게 당신과 이혼할 수 있단 말이오?"

"할 수 없다고요? 제가 다 말씀드렸는데 말인가요? 전 제 고백이 충분한 이혼 사유가 된다고 생각했어요."

"오, 테스, 당신은 너무 어린애 같소! 미숙한 철부지가 따로 없군요! 당신이 대체 어떤 여자인지 모르겠소. 당신은 법률을 모르고 있군. 모르고 있어요!"

"그럼…… 이혼할 수 없나요?"

"물론 할 수 없소."

그 말을 듣는 테스의 얼굴에 고통이 섞인 수치스런 표정이 스쳤다.

"저는…… 할 수 있을 거라고 생각했는데. 아, 이제야 제가 당신에게 얼마나 나쁜 여자로 보일지 알겠어요. 제 말을 믿어 주세요. 정말 저는 이혼을 할 수 없을 거라고는 생각하지 못했어요! 물론 이혼하지 않기를 바라긴 했지만, 당신이 결심만 하신다면, 그리고 저를 전혀 사랑하지 않는다면 저를 버릴 수 있다고 확실히 믿고 있었어요."

그녀가 나직한 소리로 말했다.

"잘못 알고 있었소."

그가 말했다.

"아, 그렇다면 그랬어야 했는데, 어젯밤에 해 버렸어야 하는 건데! 하지만 용기가 없었어요. 전 그것밖에 안 되거든요."

"무슨 용기 말이오?"

대답이 없자 그는 그녀의 손을 잡았다.

"대체 무얼 할 생각이었단 말이오?"

그가 물었다.

"스스로 목숨을 끊을 생각이었어요."

"언제?"

그녀는 캐묻는 듯한 그의 태도에 괴로워하며 대답했다.

"어젯밤에요."

"어디서?"

"당신이 걸어 놓은 겨우살이 아래서요."

"맙소사! 어떻게?"

그가 엄한 표정으로 물었다.

"화내시지 않는다면 말씀드릴게요. 제 짐 상자의 노끈으로 하려고 했어요! 하지만 그럴 수 없었죠! 마지막 순간에 그러면 안 되겠다는 생각이 들었어요! 당신의 이름을 더럽히게 될까 봐 걱정이 됐던 거예요."

그녀가 자발적으로 한 얘기가 아니라 그의 추궁에 못 이겨 털어놓은 이런 뜻밖의 고백에 그는 너무 놀라 눈으로 식별할 수 있을 정도로 몸을 떨었다. 그러나 그는 그녀의 손을 놓지 않은 채 그녀의 얼굴을 흘끗 바라보고는 시선을 아래로 떨어뜨리며 말했다.

"자, 잘 들어요. 그런 끔찍한 일을 벌일 생각은 절대 하지 마시오! 어떻게 그런 일을 할 생각을 한단 말이오! 다시는 그런 일을 하지 않겠다고 남편인 나한테 약속하시오."

"약속할게요. 그게 얼마나 나쁜 일인지 알았어요."

"나쁜 일이고말고! 당신한테 전혀 어울리지 않는 생각이었소."

그녀는 눈을 크게 뜨고 차분하고 담담한 표정으로 그를 바라보며 변명했다.

"하지만 엔젤, 제가 그런 생각을 했던 건 전적으로 당신을 위해서였어요. 전 당신이 이혼을 할 거라고 생각했고, 이혼으로 인해 당신의 명예를 더럽히지 않고 당신을 자유롭게 해 드리고 싶었어요. 저 자신을 위해서라면 그런 일은 꿈도 꾸지 못했을 거예요. 하지만 사실 제 손으로 목숨을 끊는 것은 저한테 너무 과분한 일이에요. 저를 처벌해야 할 사람은 저 때문에 고통을 겪고 있는 당신이에요. 만일 그게 가능하다면, 당신이 그렇게 하실 수 있다면 전 당신을 더욱 사랑하게 될 거예요. 당신한테는 달리 빠져나갈 방법이 없으니까요. 저는 정말 형편없는 여자예요! 당신에게 이렇게 큰 방해가 되고 말았으니."

"그만."

"그래요, 당신이 하지 말라니까 그만두겠어요. 당신의 뜻을 거스를 생각은 없어요."

그는 이 말이 사실이라는 것을 알고 있었다. 어젯밤의 필사적인 시도 이후로 그녀는 거의 무기력 상태에 빠져 있었기 때문에 그녀가 더 이상 경솔한 짓을 할 염려는 없었다.

테스는 다시 분주하게 아침 식탁을 그럭저럭 차려 냈고, 두 사람은 같은 쪽에 앉았기 때문에 시선이 마주치지는 않았다. 처음에는 서로 먹고 마시는 소리를 듣는 것이 좀 어색했으나 이는 피할 수 없는 일이었고 더욱이 두 사람 모두 조금만 먹었다. 아침 식사가 끝나고 식탁에서 일어난 클레어는 몇 시쯤 점심 식사를 하게 될 것인지 그녀에게 이르고는, 방앗간 일을 익힌다는 원래의 계획을 수행하기 위해 방앗간으로 갔다. 방앗간 일을 배우는 것은 그가 여기로 온 유일한 실용적인 이유였다.

그가 나가자 테스는 창가에 서서 밖을 바라보았다. 곧 방앗간 건물로 이어지는 커다란 돌다리를 건너는 그의 모습이 보였다. 그는 다리 저쪽으로 내려가서 철로를 건넜는데 더는 모습이 보이지 않았다. 그러자 테스는 탄식하는 한숨도 짓지 않고 실내로 시선을 옮겨 식탁을 치우고 정돈하기 시작했다.

얼마 후에 일을 거들어 주는 옆집 아주머니가 왔다. 처음에는 그녀의 존재가 테스에게 부담이 되었으나 나중에는 오히려 위안이 되었다.

12시 반이 되자 테스는 도와주는 아주머니를 부엌에 혼자 두고 거실로 돌아와 다리 너머에서 엔젤의 모습이 다시 나타나기를 기다렸다.

1시쯤이 되자 그가 모습을 나타냈다. 400미터나 떨어져 있는데도 그녀의 얼굴이 확 달아올랐다. 그녀는 그가 들어오는 때에 맞춰 점심 식사를 준비하려고 얼른 부엌으로 달려갔다 집으로 돌아온 그는 우선 그 전날 두 사람이 함께 손을 씻었던 방으로 갔다가 거실로 들어왔는데, 때맞춰 접시 뚜껑들이 열렸다.

"시간 참 정확하군."

그가 말했다.

"네, 다리를 건너오시는 걸 봤어요."

그녀가 대답했다.

오전에 그가 수도원 방앗간에서 한 일과 밀가루를 체질하는 방법, 구식 기계에 관한 대수롭지 않은 이야기를 하는 동안 식사 시간은 지나갔다. 그는 기계들 중 어떤 것은 근처의 수도원 건물—지금은 그 흔적만 남은—에 살던 수도사들에게 밀가루를 만들어 주던 시절부터 줄곧 사용된 것 같다면서 현대의 개선된 방법을 익히는 데에는 크게 도움이 되지 않을 것 같다고 말했다. 그는 한 시간도 되기 전에 다시 집을 나가 해질 녘에야 집에 돌아와서는 저녁 내내 서류를 검토하는 일에 몰두했다. 테스는 방해가 될까 봐 도와주는 아주머니가 돌아가고 나자 부엌으로 물러나서 한 시간이 넘도록 있는 힘껏 부지런히 일했다.

문간에 클레어가 나타났다.

"당신은 이렇게 일을 해서는 안 돼요. 당신은 내 아내지 내 하녀가 아니오." 하고 그가 말했다.

그녀는 약간 밝아진 표정으로 눈을 들어 말했다.

"정말 그렇게 생각해도 되나요? 형식상 그렇다는 거겠죠! 그래요, 저도 그 이상은 바라지 않아요."

그녀는 애처로운 농담을 하듯 중얼거렸다.

"사실이 그런데 그렇게 생각해도 되냐니? 그게 무슨 말이오?"

"저도 잘 모르겠어요. 제 생각에는…… 제가 당신 아내가 될 자격이 없기 때문인 것 같아요. 오래전에 저는 당신의 아내가 될 자격이 없기 때문에 당신과 결혼하지 않겠다고 말씀드렸잖아요. 그런데 당신이 졸라 대는 바람에 일이 이렇게 되고 말았어요."

그녀가 울먹거리며 황급히 대답했다.

그녀는 흐느껴 울며 그에게서 등을 돌렸다. 엔젤 클레어가 아닌 웬만한 남자였다면 이런 그녀의 모습을 보고 예전의 마음으로 거의 돌아왔을 것이다. 엔젤의 성품은 대체로 온화하고 따뜻한 편이었으나 그런 성품의 밑바닥 깊은 곳에는 마치 부드러운 찰흙 속의 금속 광맥과도 같이 단단한 논리의 침전물이 숨어 있어서 그것을 뚫고 들어오려는 어떤 것의 날카로운 날도 막아서 되돌려 놓았다. 그래서 그는 성직을 받아들일 수 없었고, 테스도 용납할 수 없었던 것이다. 게다가 그의 사랑은 불이라기보다는 빛에 가까웠고, 이성(異性)에 대해서도 머리로는 경멸하는 대상에게 감각적으로 도취되곤 하는 감정에 약한 뭇사람들과는 대조적으로 믿음을 상실하면 관계를 끊어 버렸다.

그는 여성 전체에게 분노를 터뜨리며 말했다.

"이 나라 여자들의 절반만이라도 당신만큼 괜찮은 여자였으면 좋겠군. 그건 괜찮고 안 괜찮고의 문제가 아니라 원칙의 문제요."

그는 이와 비슷한 투의 이야기를 조금 더 늘어놓았다. 마음이 곧은 사람들이 겉모습에 속았다는 것을 일단 알고 났을 때 그렇듯 그는 자신의 곧은 마음을 끊임없이 비틀어 대는 반감(反感)의 파도에 여전히 휘둘리고 있었던 것이다. 사실 그 아래에는 연민의 역류가 있었으므로, 세상일에 능란한 여자였다면 그 연민의 역류를 이용하여 그를 굴복시켰을지도 모른다. 하지만 테스는 이런 생각을 하지 않았고, 모든 것을 그녀가 당연히 받아야 할 벌이라고 여기며 아무 말도 하지 않았다. 그를 향한 그녀의 헌신적인 사랑이 어찌나 굳건했던지 정말 애처로울 정도였다. 그녀는 성미가 급한 편이었지만, 그가 어떤 말을 해도 무례하지 않았고, 자기의 이익을 구하지 않았고, 성을 내지 않았으며, 그의 태도에 원한을 품지 않았다(〈고린도전서〉 13장 5절을 인용_옮긴이). 그녀는 자기의 이익만 구하는 현대 세계로 되돌아온 열두 제자의 사랑 그 자체였을지도 모른다.

이날 저녁과 밤, 그리고 아침은 그 전날과 똑같이 지나갔다. 한 번, 단 한 번, 그녀는—예전에 자유롭고 자존심 강했던 테스는—용기를 내어 먼저 다가갔다. 식사를 마친 뒤 그가 세 번째로 방앗간에 나가려고 할 때였다. 그가 식탁에서 일어나며 "다녀오겠소." 하고 인사하자 그녀도 잘 다녀오라고 말하며 그에게 자신의 입술을 내밀었던 것이다. 그는 이를 받아들이지 않고 재빨리 돌아서며 말했다.

"시간에 맞춰 돌아오겠소."

테스는 얻어맞은 사람처럼 몸을 움츠렸다. 예전에 그는 그녀의 동의도 받지 않고 걸핏하면 그녀의 입술에 입을 맞추려고 애를 썼다. 그녀의 입과 숨결에서 그녀가 즐겨 먹는 버터와 달걀과 우유와 꿀 냄새가 난다는 둥, 자기도 거기서 영면을 얻는다는 둥 실없는 농담을 쾌활하게 하곤 했다. 그러나 이제는 그 입술을 거부했던 것이다. 그는 그녀가 갑자기 몸을 움츠리는 것을 보고 부드럽게 말했다.

"당신도 알다시피, 난 앞으로 어떻게 해야 할지 생각해야 하오. 우리가 곧바로 헤어지면 당신에 대해 나쁜 소문이 돌 테니까 잠깐 동안은 함께 머물러야 할 것이오. 그러나 그건 오직 형식상 그러는 것뿐이라는 걸 알아 두시오."

"네." 하고 테스가 멍하니 대답했다.

그는 밖으로 나가 방앗간으로 가는 길에 가만히 멈춰 서서는 조금 더 친절하게 응해 주고 적어도 한 번은 키스해 줄걸 하고 생각했다. 이렇게 그들은 절망의 하루 이틀을 보냈는데, 같은 집에 머무르면서도 연애하기 전보다 더 멀리 떨어져 지냈다. 그녀가 보기에 그는 스스로 말했듯이 앞으로의 계획을 생각하는 데 골몰하느라 활동력이 마비된 게 분명했다. 겉으로 보기에는 유연하지만 그 속에 그토록 단호한 결의가 숨어 있다는 것을 발견하고 그녀는 두려움을 느꼈다. 그의 시종일관된 태도는 사실 너무 잔인했다. 그녀는 이제 더 이상 용서를 기대하지 않았다. 그녀는 그가 방앗간에 가고 없는 사이에 그를 떠날까 하는 생각도 한두 번쯤 해 보았다. 하지만 그 사실이 알려지면 그에게 도움이 되기는커녕 오히려 방해가 되고 굴욕을 주게 될까 봐 두려웠다.

한편 클레어는 참으로 깊은 생각에 잠겨 있었다. 그의 생각은 쉼 없이 계속되었다. 그는 생각을 하느라 마음이 침식되고 몸도 수척해져서 병이 날 지경이었다. 가슴 설레던 가정생활의 꿈도 모두 사라지고 말았다. 그는 걸어 다니면서도 "어떻게 해야 하나……. 어떻게 해야 하지?" 하고 혼잣말을 했고, 그녀는 우연히 그 소리를 들었다. 그래서 테스는 그때까지 말하기를 삼갔던 미래의 계획에 관한 말을 꺼냈다.

"엔젤, 아마 당신은 저랑 살지 않으시겠죠? 오랫동안 말이에요, 그렇죠?"

그녀가 물었다. 아래로 쑥 들어간 그녀의 입 끝은 얼굴에 차분한 표정을 짓고 있는 것이 순전히 기계적인 것임을 드러냈다.

"그렇소. 나 자신을 경멸하고, 더욱이 당신을 경멸하지 않고서는 함께 살 수 없을 거요. 그러니까 내 말은 일반적인 의미의 함께 사는 게 아닐 거란 말이오. 그리고 솔직하게 이야기하겠소. 그렇지 않으면 당신은 내가 처한 모든 곤경을 이해하지 못할 테니까. 그 남자가 살아 있는 한 어떻게 우리가 함께 살 수 있겠소? 사실 당신의 진짜 남편은 내가 아니고 그 사람인데 말이오. 그자가 죽었다면 상황이 달라질 수도 있었겠죠. 게다가 그게 문제의 전부가 아니라 또 생각해야 할 게 있소. 우리가 아닌 다른 사람들의 장래에 관한 것이오. 한두 해 같이 살다 보면 우리 아이들이 태어날 텐데, 과거의 이런 사실이 알려지게 될 일을 생각해 보시오. 과거의 일은 알려지게 마련이죠. 이 세상의 아무리 외진 곳에도 사람들이 오갈 테니까 말이오. 그리고 우리의 피와 살을 나눈 그 가여운 아이들이 놀림을 받으며 성장하고 나이가 들수록 그 쓰라림을 점점 심하게 느끼게 되는 경우를 생각해 봐요. 그 아이들에게 얼마나 큰 환멸이겠소! 그 아이들의 장래는 어떻게 되겠소! 이런 일을 깊이 생각해 본 뒤에도 같이 살자고 솔직하게 말할 수 있겠소? 어떤 불행이 있을지 모르는 미지의 세계로 달아나기보다 현재의 고통을 견디는 편이 더 낫다고 생각하지 않소(〈햄릿〉 3막 1장을 인용_옮긴이)?"

고통의 무게에 짓눌린 그녀의 눈꺼풀은 여전히 처져 있었다.

"저는 함께 살자고 말할 수 없어요. 그럴 수는 없죠. 저는 그렇게 멀리 내다본 적이 없었어요."

그녀가 대답했다.

솔직히 말해서 테스의 여자다운 희망은 자꾸만 화해하는 쪽으로 기울어 같은 집에 오래 살다 보면 그의 냉정한 결심을 깨뜨릴 수 있을지도 모른다는 은밀한 기대가 살아나곤 했다. 그녀는 일반적인 의미에서 술수를 모르는 순진한 여자였지만 어디가 모자란 여자는 아니었다. 만약 그녀가 가까이 지내는 것의 중요성을 본능적으로 알지 못했다면 그녀는 여자로서 결함이 있다는 것을 뜻했다.

이 방법이 실패하면 더 이상 아무런 도리가 없다는 것을 그녀는 알고 있었다. 성격상 술책에 가까운 방법에 희망을 거는 것은 잘못이라고 생각하면서도 이런 종류의 희망마저 끊어 버릴 수는 없었다.

이제 그가 마지막 입장을 밝혔고 그녀가 말한 대로 그것은 새로운 견해였다. 사실 그녀는 거기까지는 생각하지 못했다. 장차 태어날

아이들이 그녀를 경멸하게 될지도 모른다는 그의 분명한 생각을 듣게 되자 인도주의적이고 정직한 그녀에게는 확고한 결심이 섰다. 어떤 상황에서는 훌륭한 삶을 사는 것보다 더 나은 것이 한 가지 있는데, 그것은 어떤 삶이건 삶 자체를 피하는 것임을 그녀는 온전히 경험을 통해 이미 알고 있었다. 고난을 통해 예지를 얻은 모든 사람들이 그렇듯 그녀도 쉴리 프뤼돔(프랑스의 시인[1839~1907], 1901년 노벨문학상 수상자_옮긴이)의 시구인 '세상에 태어날지어다.'라는 엄명이 형벌의 선고라는 것을, 특히 장차 태어날지도 모르는 그녀의 자식들에게 형벌의 선고가 될 것임을 알 수 있었다.

하지만 자연의 여신은 여우처럼 몹시 간교한 법이어서 지금까지 테스는 클레어를 향한 사랑에 눈이 멀어 있던 탓에 사랑의 결과 생명이 탄생하고 그러면 그녀 자신이 비통해하던 불행이 타인에게까지 영향을 미치게 된다는 사실을 잊고 있었다.

그리하여 그녀는 그의 의견에 반대할 수 없었다. 그러나 클레어는 과민한 사람답게 내면에서 자기와의 싸움을 벌이던 중에 자기가 던진 질문에 대한 대답 한 가지가 마음속에 떠올랐으나, 그는 그것이 거의 두렵기까지 했다. 그것은 그녀의 남다른 육체적 특성에 근거를 둔 것이었는데 그녀는 그것을 효과적으로 이용했을 수 있었고, 거기에 더해 이렇게 말할 수도 있었다.

"호주의 고원이나 텍사스의 평원에 가면 누가 제 불행을 알거나 상관하겠으며, 저나 당신을 누가 비난하겠어요?"

하지만 그녀는 대부분의 여자들과 마찬가지로 순간적인 의견을 마치 피할 수 없는 것으로 받아들였다. 그리고 어쩌면 그녀가 옳았는지도 모른다. 여인의 직감은 자신의 고통뿐 아니라 남편의 고통까지도 아는 법이다. 비록 그나 그의 아이들이 낯선 사람에게서 이런 가상의 비난을 받게 되지 않는다 하더라도 그 비난은 결벽증적인 그의 머리에서부터 귀로 전해질지도 몰랐다.

그들이 멀어진 지 사흘째 되는 날이었다. 혹자는 클레어가 좀 더 동물적이었다면 더욱 고상한 인간이 되었을 거라는 묘한 역설을 용감하게 주장할지도 모른다. 하지만 일반적으로 그런 주장은 받아들여지지 않는다. 다만 클레어의 사랑은 지나치게 탈속적이고 비현실적이라고 할 만큼 공상적이었다. 이런 성격의 사람에게는 눈앞에 사람이 있을 때가 없을 때보다 호소력이 덜한 법이다. 눈앞에 사람이 없을 때에는 실제적인 존재의 결함을 편리하게 없애고 이상적인 존재를 상상해 내기 때문이다. 그녀는 자신의 존재가 기대했던 것만큼 강력하게 자신의 입장을 변호해 주지 못한다는 것을 깨달았다. 그의 비유는 옳았다. 그에게 그녀는 그의 욕망을 자극했던 여자가 아닌 다른 여자였다.

"당신이 하신 말씀을 곰곰 생각해 봤어요."

그녀는 집게손가락으로 식탁보를 만지작거리며 그에게 말했다. 마치 두 사람을 놀리는 것처럼 보이는 반지가 끼워진 다른 한 손은 이마를 괴고 있었다.

"모두 옳은 말씀이에요. 그래야죠. 당신은 저를 떠나셔야 해요."

"그렇지만 당신은 어떻게 하고?"

"저는 집으로 가야죠."

클레어는 그 생각은 미처 하지 못했었다.

"정말이오?"

그가 물었다.

"그럼요. 우린 헤어져야 해요. 모두 지난 일로 여기고 끝을 내는 게 좋아요. 당신은 언젠가 제가 남자들의 마음을 사로잡아 판단을 제대로 하지 못하게 하는 여자라고 말씀하신 적이 있으셨죠. 제가 계속 당신 옆에 있으면 당신은 저 때문에 자신의 판단과 소망과는 반대로 계획을 바꾸게 될지도 몰라요. 그러면 훗날 당신의 후회와 저의 슬픔은 어마어마해질 거예요."

"그래서 집으로 가겠다는 거요?"

그가 물었다.

"저는 당신을 떠나 집으로 가겠어요."

"그럼 그렇게 합시다."

그녀는 그를 올려다보지 않았으나 깜짝 놀랐다. 제안과 약속 사이에 차이가 있다는 것을 너무 빨리 느꼈던 것이다. 그녀는 여전히 온순한 얼굴을 하고 중얼거렸다.

"이렇게 될까 봐 두려웠어요. 엔젤, 불평은 하지 않겠어요. 이게 최선의 방법이라고 생각해요. 당신이 하신 말씀은 충분히 납득이 돼요. 맞아요, 우리가 함께 산다고 저를 욕할 사람이 아무도 없다 하더라도 언제고 세월이 흐르면 당신이 일상적인 일로 저한테 화를 내실지도 모르고, 또 제 과거를 당신 자신이 어떻게 처리했는지 알고 계시니까 그걸 입 밖에 내고 싶은 유혹을 받을 때도 있으실 텐데 그때 우리 아이들이 그 말을 엿듣게 될지도 모르죠. 아, 지금은 그저 가슴 아픈 정도이겠지만 그때는 너무나 고통스러워서 죽고 싶을 거예요! 떠나겠어요. 내일……."

"그럼 나도 이곳에 머무르지 않겠소. 이런 얘기를 하고 싶지는 않았지만, 나도 우리가 헤어지는 게 좋겠다고 생각했소. 내가 어떻게 된 일인지 사태를 더 잘 파악하고 당신한테 편지를 쓸 수 있을 때까지 당분간만이라도 말이오."

테스는 남편을 흘끗 쳐다보았다. 그는 창백했고 심지어 떨고 있었으나, 그녀는 자기가 결혼한 이 부드러운 남자의 마음속 깊은 곳에 있는 결의―보다 천박한 감정을 보다 섬세한 감정에, 물질을 관념에, 육체를 영혼에 굴복시키려는 의지력―가 표정에 드러난 것을 보고 섬뜩해졌다. 성향과 경향과 습관 따위는 그의 상상력이 지배하는 포악한 바람을 받아 떨어지는 낙엽에 불과했다.

그는 그녀의 표정을 읽었는지 이렇게 변명했다.

"난 멀리 떨어져 있는 사람을 더 좋게 생각한다오."

그리고 냉소적으로 한마디 덧붙였다.

"누가 알겠소. 우리도 언젠가는 지쳐서 함께 살게 될지도 모르지. 수많은 사람들이 그렇게 했듯이 말이오."

그날 그는 짐을 꾸리기 시작했고, 그녀도 위층으로 올라가서 짐을 꾸리기 시작했다. 그들에게 마지막 이별은 너무나 고통스러운 것이었기 때문에 고통을 덜기 위해 앞으로 일어날 일에 대해 좋게 생각해 보려고 애를 써 보았지만 다음 날 아침이면 영원히 헤어질지도 모른다는 사실을 두 사람 모두 잘 알고 있었다. 아마 헤어지고 나서 처음 며칠 동안은 서로가 상대에게 느꼈던 매력이 전보다 더 강하게 느껴질 테지만, 시간이 흐르면서 그 힘이 점점 약해지게 되리라는 것을 클레어도 알고 있었고 테스도 알고 있었다. 더 멀리 떨어져 냉정한 관점으로 조망해 보면 그녀를 아내로 받아들일 수 없다는 실제적인 논증들이 더 뚜렷하게 그 모습을 드러낼 수도 있을 터였다. 더욱이 두 사람이 일단 헤어지고 나면―같은 집과 같은 환경에서 살지 않게 되면―의식하지 못하는 사이에 새싹이 움터 각자의 빈자리를 메우게 될 것이고 예기치 않은 일이 일어나 함께 살고자 하는 마음을 방해하고 애초의 계획은 잊혀지고 말 것이다.

37

자정은 소리 없이 다가와 조용히 지나갔다. 프룸 골짜기에서 자정을 알려 주는 것은 아무것도 없었기 때문이다.

1시가 조금 지났을 때 옛날에 더버빌가의 저택이었던 이 깜깜한 농가에 희미하게 삐걱 대는 소리가 들렸다. 이층의 침실에서 자고 있던 테스는 그 소리에 잠이 깼다. 그것은 흔히 그렇듯 못이 헐거워진 층계의 모퉁이에서 나는 소리였다. 그녀는 자기의 침실 문이 열리고 자기의 남편이 이상하리만치 조심스런 발걸음으로 달빛 자락을 가로질러 다가오는 것을 보았다. 그는 셔츠와 바지만 입고 있었고, 처음에 그녀에게 밀려든 기쁨의 빛은 그의 두 눈이 기이하게 허공을 응시하고 있는 것을 알아차리자 이내 사라졌다. 그가 방 한가운데에 이르자 가만히 서서 형언할 수 없을 정도로 슬픈 어조로 중얼거렸다.

　"죽었구나, 죽었어, 죽어 버렸어!"

　마음이 몹시 뒤숭숭할 때면 클레어는 가끔 자면서 걸어 다니기도 하고 심지어 기이한 행동을 하기도 했다. 결혼하기 바로 전에 시장에서 돌아온 날 밤에도 그날 낮에 테스를 모욕한 남자와 자다가 다시 격투를 벌인 적이 있었던 것처럼 말이다. 테스는 계속된 정신적 고통으로 그가 지금 몽유병 상태에 빠졌다는 것을 알았다.

　그녀는 그를 마음속 깊이 신뢰하고 있었기 때문에 그가 깨어 있든 잠들어 있든 아무런 신변의 두려움을 느끼지 않았다. 만약 그가 권총을 들고 방에 들어왔다 하더라도 그가 보호해 줄 거라는 그녀의 믿음은 거의 변함이 없었을 것이다.

　클레어는 가까이 다가와 그녀 위로 몸을 숙이고 중얼거렸다.

　"죽었구나, 죽었어, 죽어 버렸어!"

　그는 얼마간 무한한 비통함이 담긴 시선으로 그녀를 응시한 다음, 몸을 더 낮게 숙여 그녀를 두 팔로 안고는 마치 수의로 감싸듯 홑이불로 그녀를 감쌌다. 그런 다음 마치 시신에게 하듯 조심스럽게 그녀를 침대에서 들어 올려 그녀를 안고 방을 가로질러 가며 중얼거렸다.

　"내 불쌍한, 불쌍한 테스…… 소중한 내 사랑 테스! 그토록 예쁘고,

그토록 착하고, 그토록 진실했던 내 사랑 테스!"

깨어 있을 때에는 그토록 엄격하게 억제하던 애정 표현이 터져 나오자, 그 말들은 외롭고 굶주린 그녀의 마음에 이루 말할 수 없이 달콤하게 다가왔다. 그녀는 설령 그렇게 하는 것이 지친 자신의 생명을 구하는 길이 된다 하더라도 몸을 움직이거나 버둥대어 지금의 상황을 끝내고 싶지는 않았다. 그래서 그녀는 숨도 조심스럽게 쉬며 꼼짝도 않고 누워 대체 그가 자기를 어떻게 할 것인지 의아해하며 층계참까지 안겨 내려갔다.

"내 아내가…… 죽었어, 죽었어!"

그는 중얼거리며 그녀를 안고 내려가다 말고 멈춰 서서는 잠시 난간에 기댔다. 그녀를 아래로 던져 버리려는 걸까? 이제 그녀는 스스로에 대한 걱정을 거의 하지 않았고, 내일이면 그가 떠난다는 것을, 아마 그와 영영 헤어지게 되리라는 것을 알고 있었기 때문에 이렇게 위태로운 자세로 그의 팔에 안겨 있는 것에 공포를 느끼기보다 오히려 기쁨을 느꼈다. 두 사람이 이대로 함께 떨어져 산산조각이 난다면 얼마나 그럴듯하고 멋진 일이겠는가.

하지만 그는 그녀를 떨어뜨리지 않고 난간을 이용하여 그녀의 입술에—낮에는 거부했던 그 입술에—키스를 했다. 그런 다음에 다시 그녀를 꼭 안고서 계단을 내려갔다. 낡은 계단의 삐걱대는 소리에도 그는 잠을 깨지 않았고, 그들은 무사히 아래층에 당도했다.

그는 그녀를 안고 있던 두 손 가운데 한 손을 잠깐 빼내어 출입문의 빗장을 열고 밖으로 나갔다. 양말을 신은 그의 발끝이 출입문 모서리에 살짝 부딪혔지만 그는 개의치 않는 것 같았다. 바깥에 나와 몸을 움직일 여유가 생기자 그는 그녀를 보다 쉽게 나르기 위해 어깨에 둘러멨다. 그녀는 옷을 입지 않은 만큼 가벼웠다. 이렇게 그는 그녀를 안고 집 마당을 벗어나 강 쪽으로 몇 미터를 걸어갔다.

대체 그가 무얼 하려는 건지, 그녀는 여전히 종잡을 수가 없었고, 마치 제삼자처럼 추측만 하고 있었다. 그녀는 이렇듯 아주 편안한 마음으로 자신의 온몸을 그에게 맡기고 있었기 때문에 그가 그녀를 마음대로 처분할 수 있는 자신의 전적인 소유물로 보고 있다는 생각에 흐뭇하기까지 했다. 그녀는 내일이면 헤어지게 된다는 두려움이 자꾸만 마음을 괴롭히는 상황에서 이제 클레어가 그녀를 정말로 아내로 인정하고 있다는 것과, 그가 아내로 인정했기 때문에 그녀를 벌할 수 있는 권리가 있음에도 불구하고 그녀를 내던지지 않았다는 것을 느끼자 위로가 되었다.

아하! 이제야 그녀는 그가 무슨 꿈을 꾸고 있는지 알아차렸다. 그는 낙농장의 소젖 짜는 다른 처녀들과 함께 그녀를 안아서 물을 건네주었던 그 일요일 아침 일을 꿈꾸고 있는 것 같았다. 그 처녀들은 그게 가능하다면 거의 테스만큼 클레어를 사랑했으나 테스는 그것을 결코 인정할 수 없었다. 클레어는 다리를 건너지 않고 근처의 방앗간 쪽으로 대여섯 걸음을 가다가 드디어 강가에 가만히 멈춰 섰다.

강물은 몇 킬로미터에 걸쳐 이 초원을 흐르고 있었는데 도처에서 갈라지며 구불구불 흐르기도 하고 이름 없는 작은 섬들을 돌아가기도 하다가 다시 되돌아와 널따란 본류가 되어 흘러갔다. 그가 그녀를 데리고 온 곳의 맞은편은 여러 물줄기가 합류한 지점이어서 그에 걸맞게 강물의 폭도 넓고 깊이도 깊었다. 그 물살을 건너는 좁은 다리가 하나 놓여 있었으나 가을 홍수에 난간이 떠내려가고 없어 지금은 달랑 널빤지만 남아 있었는데, 불과 6~7센티미터 아래에는 빠르게 흐르는 물살이 지나고 있었기 때문에 아무리 침착한 사람이라도 이 다리를 지나려면 현기증을 느꼈다. 테스는 낮에 집의 창문을 통해 청년들이 마치 묘기라도 부리듯 균형을 잡으며 다리를 건너가는 모습을 본 적이 있었다. 그녀의 남편도 아마 같은 모습을 보았을 것이다. 어쨌든 그는 지금 널빤지 위로 발을 내딛고 미끄러지듯 앞으로 나아가고 있었다.

그는 테스를 물에 빠뜨리려는 것일까? 그럴지도 몰랐다. 그곳은 외진 데다 강물도 깊고 넓어서 그런 목적이라면 쉽게 해낼 수 있는 장소였다. 그가 마음만 먹으면 그녀를 강물에 빠뜨릴 수도 있었다.

내일 헤어져 따로 살게 되느니 차라리 그편이 나을지도 몰랐다. 두 사람의 발아래에서 소용돌이치며 빠르게 흐르고 있는 급류는 수면에 비친 달그림자를 흔들고 비틀고 쪼개 놓았다. 곳곳에서 물거품이 떠내려가고 말뚝에는 잡초가 걸려 너울대고 있었다. 만약 두 사람이 지금 물속으로 함께 떨어진다면 그들은 팔로 서로를 꽉 껴안고 있기 때문에 살아남을 수 없을 것이다. 그들은 고통을 느끼지 않고 이 세상을 떠나게 될 것이고 그녀를 비난하거나 그녀와 결혼했다고 그를 비난하는 일도 더 이상 일어나지 않을 것이다. 그러면 그녀와 함께한 그의 마지막 30분은 사랑이 깃든 시간이 되겠지만, 만일 그가 잠이 깰 때까지 그들이 살아 있다면 낮 동안에 보여 주었던 그의 반감이 되살아나 이 시간은 단지 덧없는 꿈으로만 남을 것이다.

그녀는 몸을 움직여 두 사람 모두 소용돌이치는 물속으로 곤두박질치고 싶은 충동을 느꼈으나 차마 그럴 수 없었다. 그녀가 자신의 목숨을 어떻게 생각하는지를 보여 주는 일이 이미 있었지만, 그의 목숨을 함부로 주무를 권리는 그녀에게 없었다. 그는 그녀를 안고 무사히 건너편에 닿았다.

이제 그들은 수도원의 경내였던 농원 안에 있었고, 그는 그녀를 다시 고쳐 메고 몇 걸음을 더 걸어가, 지금은 잔해만 남은 수도원 교회당의 성가대석에 이르렀다. 북쪽 벽 바로 옆에는 수도원장의 텅 빈 석관이 놓여 있었는데, 무시무시하고 기이한 일에 흥미를 느끼는 여행객은 누구나 들어가 누워 보는 곳이었다. 클레어는 그 안에다 테스를 조심스럽게 눕힌 다음 두 번째로 키스를 하고는 마치 몹시 바라던 일을 완수하기라도 한 것처럼 깊은 숨을 내쉬었다. 그러고 나서 클레어는 자기도 그 관 옆에 나란히 눕더니 지친 탓에 곧 깊은 잠에 빠져들어 통나무처럼 꼼짝도 하지 않았다. 이런 수고를 하게 한 정신적인 흥분 상태가 이제 끝난 것이었다.

테스는 관에서 일어나 앉았다. 계절에 비해 건조하고 포근한 밤이었지만 옷을 반만 입은 상태인 그를 오랫동안 거기에 내버려 두기에는 위험할 만큼 꽤 추운 편이었다. 그를 그대로 둔다면 십중팔구 아침까지 거기에 있을 테고, 그렇게 되면 얼어 죽을 게 분명했다. 그녀는 그렇게 꿈을 꾸며 돌아다니다 얼어 죽은 경우를 들은 적도 있었다. 하지만 어떻게 그를 깨워서 그가 무슨 행동을 하고 있는지 알린단 말인가? 그러면 그가 그녀에게 한 어리석은 행동을 알고 무척 곤혹스러워할 텐데. 그러나 테스는 석관에서 나와 그를 살며시 흔들어 보았다. 하지만 격렬하게 흔들지 않고는 그를 깨울 수 없었다. 그녀도 홑이불 한 장으로 겨우 몸을 감싸고 있는 상태라 몸이 떨려 오기 시작했기 때문에 무슨 조치든 취해야만 했다. 위험을 무릅쓴 지난 몇 분 동안은 흥분 때문에 어느 정도 몸이 따뜻했지만 이제 그 행복의 순간은 지나가 버렸던 것이다.

문득 그를 설득해 보자는 생각이 그녀에게 떠올랐고, 그래서 그녀는 있는 힘을 다해 굳은 결심을 하고 그의 귀에 속삭였다.

"엔젤, 우리 함께 설어요."

말을 하면서 동시에 그의 팔을 잡고 재촉하는 몸짓을 했다. 다행히 그는 저항하지 않고 순순히 그녀의 말을 따랐다. 그 말을 듣고 그는 꿈속으로 다시 돌아간 것처럼 보였다. 거기서부터 꿈은 다시 새로운 단계로 들어가 그는 그녀의 영혼이 깨어나 자기를 천국으로 인도하는 것이라고 생각하고 있는 듯했다. 이렇게 그녀는 그의 팔을 잡고 그를 인도하여 집 앞 돌다리까지 와서는 다리를 건너 저택의 정문 앞에 섰다.

테스는 완전히 맨발이어서 돌부리에 채이고 뼛속까지 발이 시렸지만, 클레어는 털양말을 신고 있어서 전혀 불편하지 않은 것 같았다.

이제 더 이상 어려운 일은 없었다. 그녀는 그를 소파에 눕게 하고는 따뜻하게 이불을 덮어 주고 축축한 그의 몸이 완전히 마르도록 잠시 장작을 지폈다. 그녀는 이렇게 돌보는 소리에 혹시 그가 깨지나 않을까 하는 생각을 하며 내심 그러기를 바랐다. 하지만 그는 몸도 마음도 지쳐 꼼짝도 하지 않고 잠을 잤다.

다음 날 아침 그들이 만났을 때 테스는 엔젤이 간밤의 나들이에 그녀가 얼마나 많이 관여했는지를 거의 혹은 전혀 모르고 있다는 것을 곧바로 알아차렸다. 다만 그는 자기 자신이 가만히 누워서 잠을 자지는 않았다는 것을 알고 있는 듯했다. 사실 그는 그날 아침 죽음처럼 깊은 잠에서 깨어났고, 마치 잠에서 깬 삼손이 머리를 흔들어 보듯 그의 두뇌가 힘을 시험해 보는 처음 얼마 동안은 간밤에 평소와는 다른 이상한 일이 있었다는 것을 희미하게 감지했다.

하지만 그가 처한 현실이 곧 다른 문제에 관한 추측을 밀어냈다. 그는 어떻게 하는 것이 옳은지 정신이 가리키는 방향을 식별해 낼 수 있으리라 기대하며 기다리고 있었다. 그는 어젯밤에 결정한 계획이 무엇이었든 아침 햇살 속에서도 사라지지 않는다면 아무리 충동적인 감정에서 출발한 것이라 하더라도 순수한 이성 비슷한 것에 근거하고 있다는 뜻이므로 아직은 믿을 만하다고 생각했다. 그렇게 해서 그는 희미한 여명의 빛 속에서 그녀와 헤어지기로 한 결심이 뜨겁게 분노하는 본능이 아니라 본능을 타오르게 하는 열정이 제거된 뼈만 앙상한 해골에 불과하다는 것을 보았다. 그럼에도 불구하고 그것은 거기에 있었다. 클레어는 더 이상 망설이지 않았다.

아침 식사를 할 때와 남은 몇 가지 물건을 꾸릴 때 그의 모습에 간밤의 일로 지친 기색이 어찌나 역력히 드러나는지 테스는 밤새 있었던 일을 모두 얘기해 버릴까 하는 생각마저 했다. 그러나 엔젤이 자기의 분별로는 허용되지 않는 그녀에 대한 애정을 본능적으로 드러냈다는 사실과, 이성이 잠잘 때 자기의 본심이 위신을 떨어뜨렸다는 사실을 알게 되면 화를 내고 슬퍼하고 스스로를 한심스러워할 것이라는 생각이 들어서 그녀는 그러지 못했다. 그것은 취중에 했던 엉뚱한 행동을 가지고 술에서 깬 사람을 비웃는 것이나 다름이 없었다.

어쩌면 그는 자신의 애정이 드러난 기이한 행위를 희미하게나마 기억하면서도 그녀가 그 일을 기회로 그에게 떠나지 말아 달라고 애원하기라도 할까 봐 언급을 회피하고 있는 것인지도 모른다는 생각이 그녀의 머리를 스쳤다.

클레어는 미리 편지로 가장 가까운 읍내에서 마차를 불러 두었기 때문에 아침 식사가 끝난 뒤에 곧 마차가 도착했다. 그녀는 마차를 보자 이별의 순간이 다가오고 있다는 것을 실감했다. 다만 간밤의 일로 그에게 애정이 남아 있다는 사실을 알게 되면서 장차 그와 함께 살 수 있을지도 모른다는 꿈을 품게 되었기에 일시적인 이별이란 생각이 들었다. 마차에 짐을 싣고 올라타자 마부는 마차를 몰았다. 방앗간 주인과 시중들던 늙은 아낙은 그들이 갑자기 떠나는 것을 보고 놀라는 눈치였으나 클레어는 방앗간의 기계가 자기가 살펴보고 싶었던 현대식이 아니기 때문이라고 이유를 둘러댔는데 사실 틀린 말은 아니었다. 그들이 떠나는 모습에는 그들이 파경에 이르렀다거나 함께 친척들을 방문하러 가는 것이 아니라고 눈치챌 만한 것은 아무것도 없었다.

그들이 가는 길은 며칠 전 서로 그토록 엄숙한 환희를 느끼며 출발했던 낙농장 근처를 지나는 데다 클레어는 크릭 씨와 마무리 지을 일이 있었던 터라 낙농장에 들르고 싶어 했다. 그래서 테스는 그들이 불행한 상태라는 의심을 사지 않기 위해 클레어와 함께 낙농장에 가지 않을 수 없었다.

그들은 가능한 한 눈에 띄지 않게 조용히 방문하려고 큰길에서 낙농장 건물로 이어 주는 쪽문 앞에 마차를 세워 놓고 나란히 길을 걸어 내려갔다. 무성하던 버드나무들이 베어졌고, 그루터기 너머로 클레어가 테스에게 아내가 되어 달라고 조르며 쫓아다니던 장소가 눈에 들어왔다. 왼쪽에는 그녀가 그의 하프 소리에 매혹되었던, 울타리에 둘러싸인 땅이 있었고 축사 뒤편 저 멀리에는 그들이 첫 포옹을 했던 초원이 있었다. 하절기의 황금빛 풍경은 이제 잿빛으로 바뀌어, 빛깔은 초라해졌고, 비옥한 흙은 진흙이 되었고, 강물은 차가웠다.

안마당 문 너머로 그들을 발견한 낙농장 주인은 신혼부부가 다시 나타났을 때 탤버테이스 사람들과 인근의 사람들이 흔히 그러듯 익살맞은 표정을 지으며 걸어 나와서 그들을 맞이했다. 뒤이어 크릭 부인과 함께 몇몇 낯익은 얼굴들도 나왔지만 메리언과 레티의 얼굴은 보이지 않는 것 같았다.

테스는 그들의 짓궂은 공격과 정다운 농담을 의연하게 견뎌 냈으나 그들의 추측과는 전혀 다르게도 그런 상황은 그녀를 몹시 슬프게 했다. 헤어지는 것을 비밀로 하자는 부부간의 암묵적 합의에 따라 그들은 아무 일 없었다는 듯이 행동했다. 그리고 테스는 그 문제에 관해서는 차라리 아무 말도 안 듣게 되기를 바랐지만 메리언과 레티의 이야기를 자세히 들어야 했다. 레티는 자기 집으로 되돌아가고, 메리언은 다른 일자리를 찾아 떠났지만 그래 봐야 결과는 별로 좋지 않을 거라고들 걱정했다.

테스는 이런 이야기를 듣느라 슬퍼진 마음을 달래려고 자기가 가장 아끼던 젖소들을 찾아가 한 마리씩 손으로 쓰다듬으며 작별 인사를 했다. 떠날 때 테스와 클레어는 영혼과 육체가 하나가 된 부부처럼 나란히 서 있었지만, 그들을 정확하게 본 사람이라면 그 모습에 무언가 기이한 처량함이 스며 있다는 것을 알아차렸을 것이다. 그의 팔이 그녀의 팔에 닿고 그녀의 치맛자락이 그의 몸을 스치며 낙농장 사람들과 마주 보고 서서 '우리'라는 말로 작별 인사를 할 때 그들은 겉으로 보기에는 한 생명을 지닌 두 분신 같았지만 사실 그들은 양극으로 나뉘어 있었다. 어쩌면 그들의 태도에서 신혼부부의 자연스러운 수줍음과는 다른, 무언가 유달리 당혹함과 딱딱함, 그리고 억지로 사이좋은 척하는 데서 나타나는 어색함 같은 것이 보였는지도 모른다. 크릭 부인은 그들이 걸어가는 뒷모습을 바라보며 남편에게 이렇게 말했다.

"테스의 눈빛이 왜 그렇게 부자연스러워 보였을까요? 두 사람이 서 있는 모습은 마치 밀랍인형 같던데요. 말하는 것도 마치 꿈꾸는 사람들 같고 말이에요! 당신은 그런 것 같지 않던가요? 테스는 시종 이상했고, 지금도 보면 좋은 신랑을 만난 신부다운 자신감 같은 게 없잖아요."

그들은 다시 마차에 타고 웨더베리와 스택풋 레인을 향해 길을 따라갔다. 레인 여인숙에 당도하자 클레어는 마차와 마부를 돌려보냈다. 그들은 여기서 잠시 휴식을 취한 다음, 골짜기로 들어가 이번에는 그들의 관계를 모르는 낯선 마부가 모는 마차를 타고 그녀의 집으로 향했다. 네틀베리를 지났을 때 네거리가 있는 중간 지점에 이르자 클레어는 테스에게 그녀가 어머니한테로 돌아갈 생각이라면 자기는 이쪽에서 다른 길로 가야겠다고 했다. 마부가 있는 곳에서는 자유롭게 얘기할 수가 없었기 때문에 그는 그녀에게 잠깐 샛길을 함께 걷자고 제안했고 그녀가 이에 응하자 마부더러 잠시만 기다려 달라고 이르고는 천천히 걷기 시작했다. 그가 부드러운 어조로 말했다.

"우리 서로를 이해하도록 합시다. 지금 나에게는 견딜 수 없는 일이 있기는 하지만 우리 사이에 분노 같은 건 없소. 난 견뎌 내도록 노력할 작정이오. 내 생각이 정리되는 대로 그 결과를 당신한테 알려 주겠소. 만일 내가 견딜 수 있게 된다면—그게 바람직하고 가능하다면 당신한테로 가겠소—그러나 내가 당신을 찾아가기 전까지는 나를 찾지 않는 게 좋을 거요."

이 혹독한 선고는 테스에게 치명적이었다. 그녀는 그가 자기를 어떻게 보고 있는지 분명히 알 수 있었다. 클레어는 그녀를, 자기를 엄청나게 기만한 여자라고밖에 생각하고 있지 않는 것이었다.

그렇지만 아무리 그녀와 같은 잘못을 저지른 여자라 해도 이 모든 일을 당하는 게 마땅한가? 그러나 그녀는 그 문제를 가지고 그와 더 이상 말다툼을 벌일 수는 없었다. 그녀는 그가 한 말을 그저 되풀이할 수밖에 없었다.

"저를 찾아오기 전까지는 찾지 말라고요?"

"그렇소."

"편지는 해도 되나요?"

"아, 그래요. 혹시 아프거나 필요한 게 있으면요. 그럴 일이 없기를 바라지만. 아마도 내가 먼저 편지를 쓰게 될 거요."

"엔젤, 당신이 하라는 대로 하겠어요. 제가 무슨 벌을 받아야 할지 제일 잘 아는 사람은 당신일 테니까요. 다만 …… 다만 제가 견딜 수 없는 만큼은 하지 말아 주세요."

그것이 그 문제에 관해 그녀가 말한 전부였다. 만약 테스가 교활한 여자여서 그 호젓한 길에서 한바탕 난리를 피우거나 기절하거나 미친 듯 울어 댔다면 엔젤이 아무리 지독하게 까다로운 성격의 소유자라 하더라도 그녀에게 굴복하고 말았을 것이다. 그러나 테스의 기분은 오랜 괴로움으로 지쳐 있었기 때문에 그가 하려는 대로 내버려 두었고, 그녀 자신이 그의 가장 좋은 옹호자였던 것이다. 그녀의 자존심 역시 굴복하고 말았는데, 어쩌면 이렇게 운명에 경솔하게 묵종해 버리는 것은 더버빌 가문 전체에 너무 뚜렷이 나타나는 징후인지도 모른다. 그래서 그녀가 애원했다면 효과적으로 움직일 수도 있었을 여러 가닥의 심금은 건드려지지도 않았다.

이제 그들에게 남은 이야기는 실질적인 문제에 관한 것뿐이었다. 그는 일부러 은행에서 찾아 두었던 상당한 액수의 돈이 든 꾸러미를 테스에게 건네주었다. 보석은 소유권이 테스의 일생 동안으로 한정되어 있는 것 같으니(그가 유언장을 제대로 이해했다면) 안전하게 은행에 맡기겠다고 하자 그녀도 거기에 기꺼이 동의했다.

이런 일들이 정리되고 나자 그는 테스와 함께 마차로 걸어가서 그녀가 마차에 오르도록 손을 잡아 주었다. 그런 다음, 마부에게 값을 치르고 그녀가 가는 곳을 알려 주었다. 그러고는 자기의 가방과 우산을 들고—그가 여기까지 가져온 것은 그것뿐이었다—테스에게 작별 인사를 했다. 그렇게 그들은 헤어졌다.

마차는 기어가듯 천천히 언덕을 올라갔고 클레어는 테스가 잠깐만이라도 창밖으로 내다보았으면 하고 무심결에 바라며 마차가 멀어지는 것을 지켜보았다. 그러나 테스는 그럴 생각조차 못하고 생각을 했더라도 그럴 용기를 내지 못했을 것이다. 마차 안에서 반쯤 죽은 듯 힘없이 누워 있었다. 이렇게 그녀가 멀어지는 것을 보고 있자니 그는 마음이 너무나 괴로워 어느 시인의 시 한 구절을 제멋대로 고쳐서 읊조렸다.

하느님은 하늘에 계시지 않고
세상은 온통 결함투성이로다!
(로버트 브라우닝의 시 〈피파의 노래〉에 나오는 시구 '하느님은 하늘에 계시고 세상은 완벽하도다.'를 고친 것임_옮긴이)

테스가 탄 마차가 언덕 마루를 넘어 사라지자 클레어는 몸을 돌려 자기가 갈 곳으로 향했다. 그는 자기가 그녀를 여전히 사랑하고 있다는 것을 깨닫지 못했다.

마차가 블랙무어 골짜기로 접어들어 그녀가 어린 시절에 뛰어놀던 풍경이 주위에 펼쳐지기 시작하자 테스는 망연자실한 상태에서 깨어났다. 정신을 차린 테스에게 가장 먼저 떠오른 생각은 부모님 얼굴을 어떻게 대할까 하는 것이었다.

그녀는 마을로 이어지는 큰길에 있는 통행료를 받는 문에 당도했다. 문을 열어 준 사람은 여러 해 동안 그곳에서 일하던 노인이 아니라 낯선 사람이었다. 테스를 알고 있는 그 노인은 아마 많은 변화가 있는 새해 첫날에 교체되어 떠난 것 같았다. 최근 들어 그녀는 집에서 아무런 소식도 듣지 못했기 때문에 문지기에게 마을 소식을 물었다.

"아, 별일 없어요, 아가씨. 말롯 마을은 여전히 말롯 마을이죠. 누구누구가 세상을 떠났느니 하는 것뿐 별다른 일은 없어요. 참, 존 더비필드네는 이번 주에 딸을 지체 높은 농부에게 시집보냈죠. 결혼식은 존의 집이 아닌 다른 곳에서 올렸다고 하더군요. 저쪽 집안이 어찌나 대단한지 존의 식구는 결혼식에 참석도 못할 만큼 기운다고 여긴 모양입니다. 존도 혈통으로는 유서 깊은 명문가의 후손이고 조상들 유골이 지금도 가문 전용 묘지에 보존되어 있다는 게 밝혀졌는데 신랑은 그걸 몰랐던 것 같아요. 하긴 재산은 로마 시대에 다 없어졌다고 하더군요. 하지만 존 경은―요즘 우리를, 그를 그렇게 부른답니다―결혼식 날에 맞추어 마을 사람들을 모두 불러 거하게 한턱을 냈답니다. 존의 부인은 퓨어 드롭 주막에서 밤 11시가 넘을 때까지 노래를 불렀죠."

그가 대답했다.

이 말을 듣자 테스는 마음이 너무 아파서 차마 자신의 짐과 물건을 실은 채 마차를 타고 당당하게 집에 갈 수 없을 것 같았다. 그래서 그녀는 문지기에게 자기 짐을 좀 맡아 줄 수 있느냐고 물었다. 문지기가 그렇게 하겠다고 하자 그녀는 마차를 돌려보내고 혼자 마을 뒷길로 걸어갔다.

고향 집 굴뚝이 눈에 들어오자 그녀는 어떻게 집에 들어갈 수 있을까 스스로에게 물어보았다. 저 오두막 안의 가족들은 그녀가 제법 돈 많은 신랑과 결혼하여 멀리 신혼여행을 떠났으니 이제 그녀는 아무런 부족함 없이 살게 되려니 편안하게 생각하고 있을 텐데, 지금 그녀는 벗할 사람 하나 없이 혼자서 세상에 갈 데라고는 여기밖에 없는 듯 고향 집 문으로 기어들고 있었다.

그러나 그녀는 집에 당도하기 전에 다른 사람의 눈에 띄고 말았다. 정원의 산울타리 바로 옆에서 그녀를 아는 처녀─학교에 다닐 때 친하게 지내던 두세 명 가운데 하나─를 만났던 것이다. 그 친구는 테스가 어떻게 여기에 와 있는지 몇 마디 물은 뒤에 테스의 얼굴에서 슬픈 표정을 보지 못했는지 불쑥 이렇게 물었다.

"그런데 테스, 네 신랑은 어디 있니?"

테스는 볼일이 있어서 어딜 갔다고 서둘러 대답하고는 친구를 남겨두고 정원 울타리를 넘어 집으로 들어갔다. 뜰 사이의 오솔길을 걸어갈 때 어머니가 뒷문 옆에서 노래하는 소리가 들렸고, 뒷문이 눈에 들어왔을 때에는 더비필드 부인이 뒷문 앞 계단에서 홑이불 빨래를 짜고 있는 모습이 보였다. 빨래를 다 짠 어머니가 테스를 보지 못한 채 집안으로 들어가 버리자, 딸도 뒤따라 들어갔다.

빨래통은 예전과 같은 자리에 여전히 커다란 통 위에 놓여 있었고, 어머니는 방금 짠 홑이불을 옆으로 밀어놓고 다시 두 팔을 물통에 담그려 하고 있었다.

"아니, 테스! 네가 왔구나! 그런데 결혼하지 않았니? 난 네가 이번에는 진짜로 결혼한 줄 알았는데……, 그래서 사과주도 보냈고…….."

"네, 엄마, 결혼했어요."

"할 거라고?"

"아뇨, 결혼했어요."

"결혼했다고! 그런데 남편은 어디 있어?"

"아, 그이하고는 당분간 떨어져 있을 거예요."

"떨어져 있을 거라고! 그럼, 결혼식은 언제 올린 거니? 네가 말한 날에?"

"네, 엄마, 화요일이에요."

"오늘이 겨우 토요일밖에 안 됐는데, 떨어져 있을 거라니?"

"네, 가 버렸어요."

"그게 무슨 소리야? 그따위 빌어먹을 남편이 어디 있어?"

테스는 조운 더비필드 품에 달려가서 얼굴을 파묻고 흐느끼기 시작했다.

"엄마! 어떻게 말씀드려야 할지 모르겠어요. 엄마는 그이한테 말하지 말라고 그렇게 당부하고 편지도 하셨지만, 전 그이한테 말하지 않을 수 없었어요. 그랬더니 그이는 멀리 떠나 버렸어요!"

"아이고, 이 철없는 바보야⋯⋯. 이 철없는 바보야!"

더비필드 부인은 너무 흥분한 나머지 테스와 자기 몸에 마구 물을 튀겨 대며 소리를 질렀다.

"맙소사! 내 이런 말을 다시는 하지 않게 되기를 바랐는데, 또 하게 되는구나. 이 철없는 바보야."

테스는 여러 날 동안 긴장했던 게 마침내 풀리면서 몸을 들썩이며 울어 댔다. 그녀는 흐느껴 울면서도 헐떡이며 말했다.

"나도 알아요, 안다고요. 그렇지만 아! 엄마, 어쩔 수 없었어요! 그이는 너무 좋은 사람이어서⋯⋯ 그이한테 그 일을 숨기는 건 나쁜 짓이란 생각이 들었어요! 만약에⋯⋯ 만약에⋯⋯ 다시 그런 상황에 놓이게 된다 해도⋯⋯ 전 똑같이 했을 거예요. 전 그이한테⋯⋯ 죄를 지을 수 없었어요. 차마 그럴 수 없었어요."

"그렇다면 애초에 결혼하는 것부터가 죄를 짓는 거 아니냐."

"그래요, 그래요. 그래서 제가 그토록 괴로워했던 거예요. 그렇지만 전 그이가 그 일을 눈감아 줄 수 없다면 이혼할 수 있을 거라고 생각했어요. 그리고 아, 제가 얼마나 그이를 사랑했는지…… 얼마나 그이와 결혼하고 싶었는지―제가 그이를 사랑하는 마음과 그이를 속이지 않겠다는 마음 사이에서 얼마나 고민했는지―엄마가 아신다면…… 반만이라도 아신다면."

테스는 너무 흥분해서 더 이상 말을 잇지 못하고, 힘없이 의자에 털썩 주저앉았다.

"그래, 그래, 이왕 일어난 일이니 이제 와서 어쩌겠니? 어째서 내가 낳은 자식들은 다른 집 애들보다 더 숙맥인지 모르겠다. 그런 일은 알아도 어쩔 수 없을 때까지 밝히지 말아야 한다는 걸 왜 몰라."

더비필드 부인은 어머니로서 자기 자신이 가여워서 눈물을 흘리기 시작했다. 그녀가 말을 이었다.

"네 아버지가 이 사실을 알면 뭐라고 하실지 모르겠다. 그 양반은 네 결혼 소식을 알고부터는 날마다 롤리버 주막과 퓨어 드롭 주막에서 네 결혼 얘기만 떠들고 다니셨단다. 네가 결혼해서 당신 집안의 위상을 제자리로 되돌려 놓을 거라고 말이야. 불쌍하고 어리석은 양반 같으니! 이제 모든 게 엉망이 되고 말았구나. 하느님 맙소사!"

그때 마침 테스의 아버지가 집으로 돌아오는 소리가 들렸다. 그러나 그는 곧바로 집 안으로 들어오지 않았다. 더비필드 부인은 이 나쁜 소식은 자기 혼자 알릴 테니 테스더러 잠시 자리를 피하라고 했다. 부인은 처음에는 몹시 실망했으나 지금은 테스가 지난번에 불행을 당했을 때처럼 이 불행을 휴일에 비가 왔다거나 감자 농사를 망친 것쯤으로 받아들이기 시작했다. 다시 말해 어떤 잘못이나 실수와는 아무런 상관이 없는 것으로, 잘못에 대한 징계가 아니라 그저 참고 견뎌야 할 우연한 변고로 받아들였던 것이다.

테스는 위층으로 올라갔다가 침대의 위치가 바뀌고 새로이 정돈된 것을 우연히 보게 되었다. 그녀가 쓰던 침대는 동생 둘이서 쓰도록 개조되어 있었다. 이제는 여기에도 그녀가 있을 자리는 없었다.

아래층에는 천장이 없었기 때문에 거기서 나는 소리는 위층에서 거의 다 들을 수 있었다. 곧 아버지가 들어왔는데, 살아 있는 암탉 한 마리를 들고 온 게 분명했다. 그는 두 번째 말도 팔지 않을 수 없었기 때문에 지금은 팔에 바구니를 끼고 걸어서 행상을 다니고 있었던 것이다. 그 암탉은 그가 자주 그러듯 자기가 놀지 않는다는 것을 사람들에게 보여 주려고 오늘 아침에 데리고 나갔던 것인데, 사실은 다리가 묶인 채 롤리버 주막의 탁자 밑에 한 시간 이상 놓여 있었다.

"무슨 얘기를 하다 왔냐 하면 말이야." 하고 더비필드가 말문을 열더니, 주막에서 벌어졌던 신부에 관한 토론에 대해 아내에게 자세히 이야기하는 것이었다. 그 토론은 그의 딸이 성직자 집안으로 시집간 이야기를 하다가 시작되었다고 했다.

"예전에는 신부도 우리 조상들처럼 '경'으로 불렸다더군. 엄밀히 말해서 요즘에는 사실 그저 '신부'라고 불리지만 말이야."

그리고 그는 테스가 이번 일을 크게 알리지 말라고 했기 때문에 상세한 이야기는 하지 않았노라고 하면서, 그녀가 곧 그 함구령을 걷어 주기를 바랐다. 그는 또 딸네 부부가 남편의 성을 쓰는 것보다 철자가 바뀌지 않은 테스의 원래 성인 더버빌을 쓰는 게 나을 것 같다고 했다. 그러고는 그날 혹시 테스한테서 무슨 편지라도 안 왔느냐고 물었다.

그러자 더비필드 부인은 편지는 오지 않고 불행히도 테스가 직접 왔다는 것을 알렸다. 딸의 결혼이 파경에 이르렀다는 설명을 듣게 되자 더비필드는 여느 때와는 달리 몹시 실망하고 시무룩해져서 흥겨운 술기운마저 눌려 버렸다. 하지만 사건의 본질적인 특성상 그 자신의 예민한 감정보다는 다른 사람들이 어떻게 생각할까 하는 데 더 신경이 쓰였다.

"아니, 이렇게 끝이 나고 말다니! 킹스비어 교회 지하에 졸라드 나리네 맥주 창고만큼 널따란 가족 묘지도 있고, 거기에 이 지방의 역사에 기록된 어떤 가문보다도 진골인 우리 조상들 유골이 안장되어 있는 내가 이런 일을 겪다니! 이제 롤리버나 퓨어 드롭에 가면 사람들이 나더러 뭐라고 할지 뻔하구먼! 곁눈질을 하고 눈을 껌벅대며 이렇게들 말하겠지. '이게 자네가 그렇게 떠들어 대던 굉장한 혼사라는 거군. 노르망디 왕조 때의 조상들 위상을 찾는다더니 어떻게 된 건가?' 여보, 이건 너무 심하지 않소? 가문이고 뭐고 콱 죽어 버렸으면 좋겠구려. 더는 견딜 수가 없어! 그런데 테스가 결혼을 했다면 그자한테 먹여 살리라고 할 수 있을 텐데?"

"물론, 그렇죠. 하지만 그 애는 그럴 생각이 없나 봐요."

"그자가 정말 테스하고 결혼하기는 한 것 같소? 혹시 먼젓번처럼……."

가엾은 테스는 여기까지 듣자 차마 더 듣고 있을 수 없었다. 그녀는 자신의 말이 심지어 여기서까지, 자기 부모가 사는 곳에서조차 의심받고 있다는 생각이 들자 집에 대한 반감이 솟구쳤다. 운명의 공격은 얼마나 갑자스럽게 일어나는지! 그리고 아버지마저 자기를 의심한다면 이웃과 친지들은 얼마나 더하겠는가! 아, 그녀는 집에 오래 머무를 수 없었다.

그래서 그녀가 집에 머물렀던 기간은 고작 며칠뿐이었다. 떠나기 전에 클레어에게서 짧은 편지 한 통을 받았다. 영국 북부로 농장을 알아보러 간다는 내용이었다. 그녀는 그의 아내로서의 진짜 위치를 되찾게 되기를 간절히 바랐고, 둘 사이의 엄청난 균열을 부모한테 감추기 위해, 그 편지를 다시 떠나는 이유로 삼아 남편에게로 떠난다는 인상을 남겼다. 게다가 그녀는 남편이 자기에게 냉정하다는 비난을 듣지 않도록 하기 위해, 엔젤 클레어 같은 남자의 아내라면 그 정도의 여유는 있다는 듯이 클레어가 준 50파운드 가운데 25파운드를 꺼내어 어머니한테 건네면서 지난 몇 해 동안 부모님께 걱정과 모욕을 끼친 데 대한 약소한 위자료라고 말했다. 이렇게 스스로 위신을 세우고 나서 그녀는 부모 곁을 떠났다. 그 후로 얼마 동안 더비필드네 가족은 테스가 준 돈 덕택에 활기가 넘쳤다. 테스의 어머니는 젊은 부부 사이에 일었던 불화가 서로 떨어져서는 살 수 없다는 강렬한 감정에 의해 자연히 해소되었다고 말했고 정말 그렇게 믿고 있었다.

39

　결혼한 지 3주가 지났을 때 클레어는 자기 아버지의 유명한 사제관으로 이어지는 언덕길을 내려가고 있었다. 비탈길을 내려갈 때 저녁 하늘 위로 솟아오른 교회의 탑이 왜 돌아왔느냐고 묻는 것 같았다. 땅거미가 진 그 마을에는 그를 알아보는 사람이 아무도 없는 듯했고, 그를 기다리는 사람은 더더욱 없는 듯했다. 그는 유령처럼 가고 있었고, 발걸음 소리마저 없애야 할 장애물처럼 느껴졌다.

　그의 눈앞에 펼쳐진 인생의 그림은 완전히 바뀌어 있었다. 전에는 인생을 사색적으로만 알고 있었으나 이제 현실적인 인간으로서 인생을 알게 되었다고 스스로 생각했다(하지만 아직 그런 것 같지는 않았다). 그럼에도 불구하고 클레어의 눈앞에 인간은 이제 더 이상 슬프고도 감미로운 이탈리아 미술품처럼 서 있는 게 아니라, 비어츠 미술관(무시무시하고 그로테스크한 분위기가 나는 그림을 그렸던 벨기에의 화가 안톤 비어

츠의 작품을 전시하는 브뤼셀의 미술관_옮긴이)의 그림에서처럼 뚫어지듯 처다보는 섬뜩한 모습이거나 반 비어스(벨기에의 화가_옮긴이)의 스케치에서처럼 짓궂게 흘겨보는 태도로 서 있었다.

테스와 헤어지고 처음 몇 주 동안 그의 행동은 이루 말할 수 없을 만큼 산만했다. 그가 고금의 위대하고 지혜로운 분들이 충고하는 대로 마치 아무 일도 없었던 것처럼 자신의 농사 계획을 추진하려고 애를 쓴 끝에 내린 결론은 그 위대하고 지혜로운 분들 중에 본인의 가르침이 실행 가능한 것인지 검증할 수 있을 만큼 자기 자신을 벗어나 본 사람은 거의 없다는 것이었다.

"이것이 가장 중요하리라, 평정심을 찾으라."고 이교도의 어느 도학자(스토아 철학자 마르쿠스 아우렐리우스를 가리킴_옮긴이)는 말했다. 클레어도 같은 의견이었다. 그러나 그는 심란해서 평정심을 찾을 수 없었다. "너희는 마음에 근심하지 말고 두려워하지도 말라(〈요한복음〉 14장 27절_옮긴이)."고 나사렛 사람(예수 그리스도_옮긴이)은 설교했다. 클레어도 이 말에 충심으로 동의했으나 그의 마음은 여전히 번민과 괴로움에 휩싸여 있었다. 얼마나 그는 그 두 사상가를 직접 만나 인간 대 인간으로 하소연하고 그들의 방법을 가르쳐 달라고 간절히 부탁하고 싶었는지!

그의 기분은 고집스런 무관심으로 변했고 급기야 자신의 존재를 국외지의 소극적인 관점에서 바라보고 있다는 생각마저 들었다. 이 모든 슬픔은 테스가 더버빌가의 후손이라는 우연한 사실 때문에 초래된 것이라는 데 생각이 미치자 그는 마음이 쓰라렸다. 테스가 동층 계급의 새로운 집안이 아니고 몰락한 옛 명문가의 후손이라는 것을 알았을 때 왜 그녀를 냉정하게 포기하여 자신의 원칙을 충실히 지키지 못했던가? 그에게 이 모든 괴로움은 자신이 원칙을 저버린 것에 대한 결과였으므로 이런 벌을 받는 것은 당연한 것처럼 여겨졌다.

이렇게 그는 괴롭고 불안했고, 그의 근심은 점점 더해 갔다. 테스를 부당하게 대한 것은 아니었을까 하는 의문도 들었다. 그는 자신이 먹고 있다는 것도 느끼지 못한 채 식사를 했고, 맛도 느끼지 못한 채 술을 마셨다. 시간이 흐르면서 지난날 그가 했던 일련의 행동에 대한 동기가 하나하나 그의 눈앞에 드러났고, 테스와 그토록 결혼하고 싶었던 그의 마음도 그의 계획과 말과 진로와 얼마나 밀접한 관련이 있었는지 깨달았다.

여기저기를 돌아다니던 중에 그는 어느 소도시 변두리에서, 농업 이민을 가기에는 브라질이 아주 유리하다고 선전하는 울긋불긋한 플래카드를 보았다. 그곳에서는 토지를 굉장히 유리한 조건으로 제공한다는 것이었다. 어쩐지 브라질이 새로운 정착지로 그의 흥미를 끌었다. 거기라면 테스도 함께 갈 수 있을 것이다. 환경도 개념도 풍습도 다른 그 나라에서라면 여기서 테스와 함께 사는 것을 불가능하게 하는 인습이 그다지 크게 영향을 미치지 않으리라. 요컨대 그는 브라질에 가야겠다는 쪽으로 마음이 기울었는데, 특히 출발 시기도 가까워서 더욱 마음에 들었다.

이런 생각을 가지고 그는 부모님께 자신의 계획을 말씀드리기 위해 에민스터로 돌아오는 중이었다. 테스가 같이 오지 않은 것에 대해서는 두 사람이 헤어진 실제 이유를 밝히지 않고 적당히 둘러댈 참이었다. 문 앞에 당도했을 때 초승달이 그의 얼굴을 비추었다. 클레어가 밤중에 아내를 팔에 안은 채 강을 건너 수도원 묘지에 갔던 그날 밤에 떠 있던 달과 꼭 같은 모양이었지만, 그의 얼굴은 그때보다 더 야위어 있었다.

클레어는 부모님께 집에 가겠다는 기별을 미리 하지 않았기 때문에 그가 도착하자 마치 물총새가 고요한 호수에 파문을 일으키듯 사제관의 분위기가 술렁였다. 아버지와 어머니는 거실에 있었으나 형들은 집에 없었다. 엔젤은 들어가서 조용히 문을 닫았다.

"엔젤, 그런데 네 처는 어디 있니? 갑자기 이렇게 혼자 오다니 무슨 일이야?"

어머니가 소리쳤다.

"아내는 잠시 친정에 갔어요. 저는 브라질에 가기로 했다는 말씀을 드리려고 급히 집에 온 거예요."

"브라질이라고! 그곳 사람들은 모두가 로마 가톨릭교를 믿고 있을 텐데!"

"그래요? 그 생각은 못했는데요."

클레어 부부는 아들이 가톨릭교의 땅으로 간다는 속상하고도 새로운 소식을 듣고 잠시 충격을 받았으나, 그 충격은 부모로서 아들의 결혼식에 대한 궁금증을 오랫동안 밀쳐 두지는 못했다.

"결혼한다는 너의 간략한 편지를 3주 전에 받았다. 그래서 아버지가 대모님이 네 처한테 남기신 선물을 너에게 보냈던 거란다. 그 애의 친정이 어딘지는 모르겠다만 네가 신부 댁이 아니라 목장에서 결혼식을 하겠다고 해서 우리는 아무도 결혼식에 참석하지 않았다. 물론 그건 최선의 선택이었지. 너도 난처했을 테고 우리도 별로 기분이 좋지는 않았을 테니까. 네 형들도 그게 아주 마음에 들지 않는가 보더라. 이제는 다 끝난 일이니 불만은 없다. 더구나 네가 복음을 전하는 일 대신에 히기로 한 일에 도움이 되는 여자라고 하니 말이다. 그런데 엔젤, 결혼하기 전에 내가 그 애를 만나 보거나 그 애에 대해 조금 더 잘 알았다면 좋았겠다는 생각이 드는구나. 우리가 따로 선물을 보내지 않았던 것은 그 애가 뭘 좋아할지 모르기 때문이었단다. 그러니 그저 좀 늦어지는 것이려니 생각해라. 엔젤, 나나 네 아버지는 네가 이 결혼을 했다고 너를 미워하는 마음은 전혀 없어. 그러나 우리가 며느리를 좋아하는 것은 직접 보고 난 뒤로 미루는 게 좋을 것 같다는 생각이었단다. 그런데 이번에도 데리고 오지 않았으니, 이상하구나. 무슨 일이라도 있었니?"

클레어 부인이 말했다.

그는 자기가 여기 와 있는 동안 아내를 잠시 친정에 가 있게 하는 게 최선일 것 같았다고 대답했다.

"어머니, 솔직히 말씀드릴 게요. 저는 제 아내가 어머니 앞에 훌륭하게 나타날 수 있을 때까지 이 집에 데려오지 않을 생각이랍니다. 하지만 브라질에 가기로 한 것은 최근에야 내린 결정이어서, 브라질에 가게 된다면 처음에는 저 혼자 가 보는 게 좋을 것 같아요 그 사람은 제가 돌아올 때까지 친정집에 있게 할 작정이에요."

그가 말했다.

"그럼 네가 출발하기 전에 그 애를 못 본단 말이냐?"

그는 죄송하지만 그렇게 될 것 같다고 말했다. 그의 원래 계획은 그가 앞서 말했던 대로 그녀를 부모님께 인사시키는 것을 잠시 뒤로 미루는 것이었다. 그것은 어떻게든 부모님의 감정을 상하게 하지 않기 위한 것이었고, 그 밖에도 여러 이유들 때문에 그는 그 원칙을 고수하고 있었던 것이다. 그는 당장 떠난다 하더라도 1년 안에 집에 올 것이며 두 번째로 떠나기 전에는 그녀를 부모님께 인사시키겠다고 말씀드렸다.

서둘러 저녁 식탁이 차려졌고, 엔젤은 자신의 계획을 좀 더 자세히 설명했다. 그의 어머니는 신부를 보지 못한 섭섭함을 떨쳐 버리지 못했다. 지난번에 엔젤이 테스에 대해 열정적으로 말씀드렸던 것이 어머니의 공감을 얻었던 것인지, 어머니는 나사렛에서 어떤 선한 것이 나올 수 있었듯이(《요한복음》 1장 46절_옮긴이) 탤버테이스 농장에서도 매력적인 여자가 나올 수 있다고 상상하셨던 것이다. 그녀는 아들이 식사하는 모습을 지켜보았다.

"그 애의 모습이 어떤지 설명해 줄 수 있겠니? 분명 아주 예쁠 거야,

그렇지, 엔젤?"

"그야 물론이죠!"

그는 씁쓸함을 감추기 위해 일부러 열을 내며 말했다.

"그리고 순수하고 정숙한 아이임에 틀림없겠지?"

"그럼요. 순수하고 정숙하고말고요."

"어떤 모습인지 아주 또렷이 보이는 듯하구나. 요전번에 네가 이렇게 말했지. 통통한 체격에 몸매가 아름답고, 큐피드의 화살 같은 진홍빛 입술과 까만 속눈썹과 눈썹을 가지고 있으며, 머리숱은 범선의 닻줄처럼 풍성하고, 큼직한 두 눈은 보랏빛이 도는 푸르께한 검은색이라고 말이야."

"네, 맞아요, 어머니."

"눈에 선하다. 그렇게 외진 시골에 살았으니 널 만날 때까지 외부 세계의 젊은 남자를 만날 일이 거의 없었겠구나."

"그렇죠."

"그 애한테 네가 첫사랑이니?"

"물론이죠."

"순진하고 건강하고 입술이 붉은 농촌 처녀보다 안 좋은 아내가 세상에는 많단다. 내 아들이 농부가 될 거라면 그 아내도 들일에 익숙한 사람이어야 한다는 게 당연한데 왜 그걸 진작 생각하지 못했는지 모르겠구나."

아버지는 질문을 별로 안 하셨지만, 저녁 기도 전에 늘 하던 대로 성경 구절을 읽는 시간이 되자 클레어 부인에게 이렇게 말했다.

"내 생각에는 엔젤도 왔으니 평소 읽던 순서대로 하지 말고 잠언 31장을 읽는 게 더 좋을 것 같은데?"

"그렇겠네요. 르무엘 왕의 말씀 말이죠(부인은 남편 못지않게《성서》의 장과 절을 인용할 줄 알았다). 애야, 아버지는 잠언에 나오는 현숙한 부인을 칭찬하는 구절을 읽어 주실 거란다. 지금 이 자리에 없는 그 애에게 해당되는 말이라는 건 말할 필요도 없겠지. 하느님, 무슨 일에서나 그녀를 지켜 주옵소서!"

클레어 부인이 말했다.

엔젤은 설움이 북받쳐 목이 메었다. 구석에서 휴대용 성서대(聖書臺)를 가져다가 벽난로 앞 중앙에 옮겨 놓고 늙은 하인 두 사람이 들어오자, 엔젤의 아버지는 잠언 31장 10절부터 읽기 시작했다.

"누가 현숙한 아내를 찾아 얻을 수 있겠느냐. 그 가치는 진주보다 더하니라. 그 여자는 날이 밝기도 전에 일어나서 식구들이 먹을 음식을 만들고, 허리를 단단히 동여매고, 억센 팔로 일을 한다. 사업이 잘 되어 가는 것을 알고 밤에도 등불을 끄지 않는다. 그녀는 집안일을 두루 보살피고, 일하지 않고 얻은 양식은 먹는 법이 없다. 자식들은 모두 일어나 어머니에게 고맙다고 인사하고 남편도 아내를 칭찬하여 이르기를 덕을 행하는 여자들은 많이 있으나 당신이 모든 여자 가운데 으뜸이오라고 하느니라."

기도가 끝나자 어머니가 말했다.

"아버지가 읽어 주신 말씀 가운데 특히 몇 구절은 네가 택한 그 애에게 아주 잘 들어맞는다는 생각이 드는구나. 너도 알다시피, 완벽한 여자란 부지런히 일하는 여자다. 게으른 여자나 잘생긴 여자가 아니라 다른 사람들의 행복을 위해 자신의 손과 머리와 마음을 쓸 줄 아는 여자란다. '자식들은 모두 일어나 어머니에게 고맙다고 인사하고 남편도 아내를 칭찬하여 이르기를 덕을 행하는 여자들은 많이 있으나 당신이 모든 여자 가운데 으뜸이오라고 하느니라.' 정말이지, 엔젤, 내가 그 애를 만났다면 좋았을 텐데 아쉽구나. 순수하고 정결한 애라면 나한테도 예의 바르게 행동했을 거야."

엔젤은 더 이상 견딜 수 없었다. 그의 눈에는 녹은 납 방울 같은 눈물이 가득 고여 있었다. 그는 자신이 그토록 사랑하는 이 성실하고 소박한 두 분에게 안녕히 주무시라는 인사를 하고는 황급히 자리를 떴다. 그분들은 세상도 육체도 모를 뿐 아니라 당신들 마음속에 숨어 있는 악마도 모르고 있었다. 그것들은 그들과는 상관없는 모호하고 막연한 무언가일 뿐이었다.

어머니가 뒤따라와 그의 방문을 두드렸다. 클레어가 문을 열었다. 어머니가 걱정스런 눈길로 문밖에 서 계신 모습이 보였다.

"엔젤, 그렇게 급히 자리를 뜨다니 무슨 문제라도 있는 거니? 아무래도 평소 때의 네 모습과는 좀 다른 것 같구나."

어머니가 물었다.

"네, 어머니, 실은 좀 그래요."

그가 말했다.

"그 애 때문이니? 얘야, 이 어미는 알고 있다. 그 애 때문이라는 걸 말이야. 그 애 때문이지? 지난 3주 동안 싸우기라도 한 거니?"

"정확히 말하면 싸운 건 아니에요. 하지만 생각이 좀 달라서."

그가 대답했다.

"엔젤, 그 애는 과거를 조사해 봐도 걸릴 게 없는 처녀겠지?"

클레어 부인은 어머니의 육감으로 아들을 괴롭히고 있는 원인이라 여겨지는 문제를 짚어 냈던 것이다.

"그럼요, 순결한 여자예요!"

그는 이렇게 대답하며, 당장 지옥에 떨어진다 해도 거짓말을 하지 않을 수 없다는 생각을 했다.

"그렇다면 그 외의 다른 문제는 신경 쓸 것 없다. 사실, 때 묻지 않은 시골 처녀보다 더 깨끗한 사람은 별로 없으니까. 처음에는 아마도 교양 있는 네 눈에 거슬리는 투박한 면이 있을지도 모르지만, 너와 함께 살면서 보고 배우면 그런 점은 자연히 없어지게 되어 있거든."

이런 맹목적인 관대함은 지독한 풍자처럼 느껴져 엔젤은 결혼으로 자기의 신세를 완전히 망치고 말았다는 생각이 들었다. 그녀의 고백을 듣고 난 뒤에 여러 가지 생각을 하게 되었지만 이런 생각이 드는 건 처음이었다. 사실 그는 자기 자신을 위해서는 자신의 장래에 별로 관심이 없었으나, 부모와 형들을 생각하면 최소한 남부끄럽지 않은 사람이 되고 싶었다. 엔젤이 촛불을 들여다보고 있을 때, 불꽃은 자기는 분별 있는 사람들을 비추기 위해 만들어진 것이어서 얼간이나 패배자는 비추기 싫다고 소리 없이 표현하고 있는 듯했다.

흥분이 가라앉자 그는 부모님을 속일 수밖에 없는 상황을 초래한 그의 가련한 아내가 문득문득 몹시 원망스러워졌다. 그는 그녀가 방 안에 있기라도 한 듯 성을 낼 뻔했다. 그러자 애처롭게 간청하는 그녀의 다정한 목소리가 어둠을 가르며 들려오는 듯했고, 벨벳의 감촉처럼 부드러운 그녀의 입술이 그의 이마를 스치며 허공 속에서 그녀의 따스한 숨결이 느껴졌다.

그날 밤, 엔젤이 그토록 무시하고 원망하는 그 여인은 자기 남편이 얼마나 훌륭하고 좋은 사람인지 생각하고 있었다. 그 두 사람 위에는 엔젤 클레어가 느끼고 있는 그림자—다시 말해 그 자신의 한계—보다 더 짙은 그림자가 드리워져 있었다. 어떤 것에도 구애받지 않고 독자적인 판단을 내리려고 애를 썼으나, 지난 25년에 걸쳐 형성된 모범적이고 진보적이고 선량한 이 청년도, 어린 시절의 가르침에 불현듯 사로잡힐 때면 관습과 인습의 노예가 되고 말았다. 그녀의 도덕적 가치는 그녀가 겪은 일이 아닌 그녀의 품성에 의해 판단해야 하므로 그의 젊은 아내도 죄악을 싫어하는 품성을 지닌 다른 여자들 못지않게 르무엘 왕의 찬사를 받을 자격이 있는 것이라고 그에게 알려 준 예언자는 아무도 없었고, 그 자신도 스스로 이런 사실을 깨달을 만한 지혜가 없었던 것이다. 게다가 이런 경우에 가까이 있는 사람은 결점이 훤히 드러나지만 멀어서 희미하게만 보이는 사람은 거리 때문에 오점도 우아한 장점으로 보이게 마련이다. 그는 테스의 한 가지 오점만을 너무 골똘히 생각하느라 그녀의 참모습을 볼 수 없었고, 흠 있는 사람이 완전한 사람보다 더 나을 수도 있다는 사실을 잊고 있었다.

40

아침 식탁에서는 브라질이 화제로 떠올랐다. 모두들 그곳으로 이민을 갔다가 1년도 안 되어 돌아온 농부들이 있다는 부정적인 소식을 알고 있음에도 불구하고, 식구들은 모두 엔젤이 그 나라 땅에서 농사를 지어 보겠다는 실험적인 계획을 희망적으로 바라보려고 애썼다. 아침 식사를 마친 뒤에 엔젤은 작은 읍내로 나가서 자신과 관련된 몇 가지 자질구레한 일들을 처리하고 은행에 예금해 둔 돈을 전부 찾았다. 돌아오는 길에 교회 옆에서 머시 찬트 양을 우연히 만났다.

그녀는 교회당 벽에서 홀연히 나온 것 같은 모습이었다. 그녀는 자기 반 학생들에게 줄 성경을 한 아름 안고 있었고, 인생을 바라보는 그녀의 시각은 아주 굉장해서 다른 사람 같으면 비탄에 잠길 만한 일도 그녀에게는 행복한 미소를 짓게 할 정도였다. 비록 엔젤은 그것이 이상할 정도로 부자연스럽게 인간성을 신비주의에 희생함으로써 얻어진 결과라고 생각했지만, 부러운 결과이기도 했다.

그녀는 엔젤이 곧 영국을 떠날 계획이라는 것을 들어서 알고 있다며, 그건 참 훌륭하고 유망한 계획인 것 같다고 말했다.

"그럼요, 상업적인 의미에서 충분히 유망한 계획이라는 데에는 의심의 여지가 없답니다. 하지만 머시 양, 그건 생활의 연속성을 뚝 끊어 버리는 것과 같아요. 아마 수도원에 들어가는 편이 더 나을걸요."

그가 대답했다.

"수도원이라고요! 아, 엔젤 클레어!"

"왜요?"

"아니, 정말 고약하군요. 수도원에 들어간다는 건 수도사가 되는 것을 의미하고, 수도사가 된다는 건 로마 가톨릭교를 믿는다는 말이잖아요."

"로마 가톨릭교를 믿는다는 건 죄를 짓는 일이고, 죄를 지으면 벌을 받겠죠. 그러니 '그대는 위험한 상황에 있도다, 엔젤 클레어.'라는 결론이 나는군요."

"저는 개신교 신자인 게 자랑스럽습니다."

그녀는 심각하게 말했다. 그러자 엔젤은 지독한 고통에 의해 악마 같은 기분에 내던져져 자신의 신조와는 반대로 무례한 행동을 하게 되었다. 그녀를 가까이 부르고는 귀에다 대고 자기가 생각해 낼 수 있는 가장 이단적인 생각을 악마처럼 속삭였다. 그녀의 흰 얼굴에 공포의 빛이 어리자 그는 순간적으로 웃음을 터뜨렸지만 그 표정이 고통과 그의 건강에 대한 걱정으로 바뀌자 곧 웃음을 그쳤다.

"머시 양, 나를 용서하시오. 내가 제정신이 아닌 것 같소."

그녀도 그가 정말 그런 것 같다고 생각했다. 이렇게 두 사람의 우연한 만남이 끝나자 엔젤은 다시 사제관으로 들어갔다. 그는 행복한 날이 올 때까지 보석을 그 지역 은행에 맡겨 두었다. 아울러 30파운드를 은행에 맡겨 두었다. 혹시 테스에게 필요할지 모르므로 몇 달 후에 그녀에게 보내 주도록 부탁했던 것이다. 그리고 그는 자기가 그렇게 해두었다는 사실을 알리는 편지를 써서 블랙무어 골짜기에 있는 그녀의 부모님 댁으로 보냈다. 헤어질 때 그녀에게 건네준 500파운드와 이 돈이면 당분간 그녀가 생활하는 데에는 충분하리라고 생각했고, 또 그러기를 바랐다. 혹시 급한 일이 생기면 그의 아버지한테 연락하라고 일러두었기 때문이었다.

그는 부모님과 테스가 서로 연락을 하지 않는 편이 낫다고 생각했기 때문에 부모님께는 테스의 주소를 알리지 않았다. 그의 어머니나 아버지도 아들 내외가 소원해진 진짜 이유가 무엇인지 모르고 있었기 때문에 그녀의 주소를 군이 알려고 하지 않았다.

이 지방을 떠나기 전에 그가 마지막으로 해야 할 일은 테스와 함께 결혼식 후 첫 사흘을 보낸 웰브리지의 농가를 찾아가는 것이었다. 얼마 안 되지만 방세도 치러야 하고, 그들이 쓰던 방 열쇠도 돌려줘야 하고, 두고 온 짐 두세 가지도 가져와야 했던 것이다. 그의 인생에 가장 어두운 그림자가 덮쳤던 곳이 바로 그 지붕 밑이었건만, 그가 그 집 거실 문을 열고 집 안을 들여다보았을 때 가장 먼저 떠오른 것은 그날 오후 이맘때쯤에 둘이 행복하게 도착했을 때의 기억이었다. 같은 공간에서 함께 기거하게 되었다는 그 첫 순간의 신선한 느낌, 둘만의 첫 식사, 두 손을 꼭 잡고 난롯가에서 이야기를 나누던 일 등이 떠올랐다.

그가 찾아갔을 때 집주인인 농부 내외는 들에 일을 나가고 없었기 때문에 엔젤은 얼마 동안 집안에 혼자 있었다. 아직 완전히 청산하지 못한 감정이 그의 마음에 부풀어 올라 그는 테스의 침실이었던 이층 방으로 올라가 보았다. 침대는 떠나던 날 아침에 그녀가 직접 정돈해 둔 대로 말끔했다. 크리스마스 장식용 겨우살이는 엔젤이 놓아 둔 그대로 침대의 닫집 아래에 매달려 있었다. 거기에 매달아 둔 지 삼사 주가 지났기 때문에 색이 바래고 이파리와 열매가 시들어 있었다. 엔젤은 그것을 내려 벽난로에 욱여넣었다.

거기에 서서 그는 이번 사태에서 자신의 행동이 현명하지도 너그럽지도 못했던 게 아니었을까 하는 생각을 처음으로 했다. 무정하리만치 시야가 좁았던 것은 아니었을까? 갈피를 잡을 수 없이 혼란스러운 갖가지 감정들에 휩싸여 그는 무릎을 꿇고 눈물을 글썽였다.

"아, 테스! 좀 더 일찍 말해 주기만 했더라도 용서했을 텐데!"

그가 탄식했다.

아래층에서 올라오는 발소리를 듣고 그는 일어나서 층계 쪽으로 나갔다. 층계참에 한 여자가 서 있는 것이 그의 눈에 들어왔다. 그 여자가 고개를 들었을 때 그는 핏기 없는 얼굴에 검은 눈동자의 이즈 휴에트라는 것을 곧 알아보았다.

"클레어 씨, 내외분을 뵙고 안부 인사를 하러 들렀어요. 다시 여기에 돌아와 계실 것 같았거든요."

그녀가 말했다.

그는 이 처녀의 비밀을 대강 알고 있었으나 그녀는 그의 비밀을 전혀 짐작하지 못하고 있었다. 그를 사랑하던 정직한 처녀였고 테스만큼이나 훌륭한 농부의 아내가 되었을 처녀였다.

"여긴 나 혼자만 왔소. 우린 지금 여기에 살지 않아요."

그는 그곳에 온 이유를 설명하고 나서 물었다.

"이즈, 어느 길로 해서 집으로 갈 건가요?"

"저는 이제 탤버테이스 목장에 살지 않아요."

그녀가 말했다.

"왜요?"

이즈는 시선을 떨어뜨렸다.

"너무 쓸쓸해서 떠났거든요! 지금은 이쪽으로 나와서 살아요."

그녀는 반대쪽을 가리키며 말했다. 그쪽은 그가 가는 방향이었다.

"그렇군요. 지금 갈 건가요? 괜찮다면 가는 길에 마차로 데려다 주겠소."

그녀의 올리브 빛 안색이 붉게 상기되었다.

"고맙습니다, 클레어 씨."

그녀가 말했다.

그는 곧 농부를 찾아내어 방세를 계산하고, 급히 떠나는 바람에 처리하지 못했던 그 밖의 몇 가지 문제를 해결했다. 클레어가 마차로 돌아오자 이즈가 그의 옆자리에 올라탔다.

"이즈, 난 곧 영국을 떠날 겁니다. 브라질로 갈 작정이에요."

마차를 몰며 그가 말했다.

"클레어 부인도 거기 가는 게 좋대요?"

그녀가 물었다.

"그 사람은 이번에 같이 안 가요. 1년쯤 있다가 오게 되겠죠. 이번에는 나만 답사하러 가는 거예요. 그곳이 살 만한지 알아보러 가는 거죠."

그들은 동쪽으로 상당한 거리를 달렸고, 이즈는 아무런 대꾸도 하지 않았다.

"다른 아가씨들은 잘 있나요? 레티는 어때요?"

그가 물었다.

"지난번에 만났을 때 보니까 신경과민 상태에, 심하게 야위고 볼이 움푹 꺼진 모습이 폐병에 걸린 것 같더군요. 이젠 그 애를 좋아할 남자는 아무도 없을 거예요."

이즈는 망연자실한 얼굴로 말했다.

"메리언은요?"

이즈는 목소리를 낮추었다.

"메리언은 술병을 끼고 살아요."

"설마!"

"정말이에요. 그래서 낙농장에서 쫓겨났는걸요."

"당신은 잘 지내고 있어요?"

"저는 술도 안 마시고 폐병에 걸리지도 않았지만, 이제는 아침을 먹기 전에 전처럼 노래를 부를 수가 없어요."

"왜 그렇게 되었소? 아침에 소젖을 짤 때면 '큐피드의 정원에서'나

'재봉사의 바지' 같은 곡들을 멋들어지게 부르곤 했잖아요?"

"아, 그럼요! 클레어 씨가 처음 왔을 때는 그랬죠. 하지만 조금 시간이 흐르고부터는 잘 안 되더라고요."

"왜 그렇게 활기를 잃게 되었을까?"

그의 얼굴을 바라보는 그녀의 검은 눈이 순간 반짝이며 대답을 대신했다.

"이즈! 정말 마음이 약하군요! 나 같은 사람 때문에!"

그는 이렇게 말하고는 상념에 잠겼다.

"그렇다면…… 만약 내가 이즈한테 결혼하자고 했다면 어떻게 되었을까?"

"만약 그러셨다면 저는 '네' 하고 대답했을 테고, 당신도 당신을 사랑하는 여자하고 결혼하셨겠죠!"

"정말이오?"

"정말이고말고요! 맙소사! 그걸 지금에야 아셨어요?"

그녀가 열정적으로 속삭였다. 이윽고 그들은 마을로 갈라지는 샛길에 당도했다.

"저는 이제 내려야 해요. 저기 살고 있거든요."

사랑을 고백한 뒤로 아무 말도 하지 않던 이즈가 불쑥 말했다.

엔젤은 마차의 속도를 늦추었다. 그는 자기의 운명에 분개하고, 사회적 관습을 원망했다. 그것들은 그를 구석에 가둬 놓고 거기에서 빠져나갈 정당한 길은 차단해 버렸기 때문이다. 이렇게 옴짝달싹 못한 채 관습이라는 도학자의 몽둥이에 입을 맞추는 대신에 차라리 앞으로 가정생활을 함부로 해서 사회에 복수하는 게 어떨까 하는 생각이 들었다.

"이즈, 난 브라질에 혼자 갈 작정이오. 아내와 떨어져 지내는 건 여행 때문이 아니고 개인적인 문제가 있기 때문이오. 다시는 그녀와 살 수 없을지도 모른다오. 내가 당신을 사랑할 수 있을지는 모르겠지만 아내 대신 나하고 같이 가지 않겠소?"

그가 말했다.

"정말 저랑 같이 가고 싶으세요?"

"그렇소. 난 너무 지쳐서 이젠 좀 쉬고 싶어요. 그리고 당신은 적어도 날 사심 없이 사랑하고 있지 않소."

"좋아요. 같이 갈게요."

잠시 아무 말이 없던 이즈가 대답했다.

"가 주겠소? 그게 무엇을 뜻하는지는 알고 있겠죠, 이즈?"

"당신이 그곳에 가 있는 동안 제가 당신과 함께 산다는 것을 뜻하겠죠. 저한테는 그걸로 충분해요."

"이제 도덕적인 면에서 난 믿을 만한 사람이 못 된다는 걸 기억해요. 그리고 분명히 말해 두지만, 분명, 다시 말해 서구 문명의 관점에서 볼 때 그것은 분명 잘못된 행동이 될 거요."

"그런 건 아무래도 좋아요. 괴로움이 극에 달하고 다른 방도가 없다 면 어떤 여자라도 그런 문제에 신경 쓰지 않을 거예요."

"그럼 내리지 말고 그대로 앉아 있어요."

그는 갈림길을 지나 2~3킬로미터를 계속 달렸고 그동안 아무런 애 정 표시도 하지 않았다.

"이즈, 정말 나를 아주 많이 사랑하죠?"

그가 갑자기 물었다.

"그럼요. 그렇다고 말씀드렸잖아요! 낙농장에 계시던 내내 당신을 사랑했어요."

"테스보다 더?"

그녀는 고개를 저었다.

"아뇨, 그렇지는 못해요."

그녀가 중얼거렸다.

"어째서?"

"어느 누구도 테스가 당신을 사랑하는 것보다 더 사랑할 수는 없었을 테니까요! 테스는 당신을 위해서라면 목숨까지 바쳤을 거예요. 저도 테스보다는 당신을 사랑하지 못했어요."

브올 산 꼭대기의 예언자(구약성서 민수기에 나오는 예언자 발람을 가리킴. 이스라엘 민족을 저주해 달라는 부탁을 받았으나, 하느님의 영이 내려 축복의 예언을 하게 된 예언자임_옮긴이)처럼 이즈 휴에트는 그 순간 나쁘게 말하고 싶은 심술이 일었지만, 그녀의 다소 거친 성격은 테스의 성품에 깊은 인상을 받았기 때문에 그녀는 있는 그대로 말할 수밖에 없었다.

엔젤은 아무 말도 하지 못했다. 신뢰할 만한 정보통에게서 너무나 뜻밖에 이런 솔직한 말을 들었기 때문에 그는 감정이 북받쳤던 것이다. 마치 울음이 나오다 말고 목구멍에서 굳어 버린 것처럼 목이 메었다. 방금 들은 말이 그의 귀에 자꾸만 맴돌았다. '테스는 당신을 위해서라면 목숨까지 바쳤을 거예요. 저도 테스보다는 당신을 사랑하지 못했어요!'

그는 갑자기 말머리를 돌려 마차의 방향을 바꾸며 말했다.

"이즈, 우리가 했던 어리석은 말들은 잊어버려요. 내가 무슨 말을 하고 있었는지 모르겠소! 이제 당신 집으로 가는 샛길에 데려다 주겠소."

"솔직하게 말씀드렸는데 너무하시는군요! 아, 저는 어떻게 견디라고요. 어떻게 하라고요…… 어떻게!"

이즈 휴에트는 격렬하게 울음을 터뜨렸다. 그리고 자기의 솔직한 말로 이런 결과가 빚어진 것을 깨닫고는 이마를 쳤다.

"이 자리에 없는 사람을 공정하게 평가한 것에 대해 후회하는 거요? 제발, 이즈, 후회를 해서 그 착한 행동을 망치지 말아요!"

그녀는 차츰 진정했다.

"알았어요. 저 역시 무슨 생각으로 간다고 대답했는지 모르겠어요! 그건 불가능한 일이었는데 말이에요!"

"내게는 이미 사랑하는 아내가 있기 때문에 그래요."

"그럼요, 그렇죠! 당신에겐 아내가 있어요."

그들이 30분 전에 지나온 샛길 모퉁이에 당도하자 이즈 휴에트는 마차에서 뛰어내렸다.

"이즈, 제발, 부탁인데 내가 순간적으로 저지른 경솔한 짓을 잊어 줘요. 너무 경솔하고 무분별한 짓이었소."

그가 소리쳤다.

"잊으라고요? 절대, 절대로 못 잊어요! 아, 저한테는 결코 가벼운 일이 아니었어요."

그는 스스로 그 상처 입은 외침 소리가 전하는 비난을 받아 마땅하다고 느끼자, 형언할 수 없는 슬픔이 북받쳐서 마차에서 뛰어내려 그녀의 손을 잡았다.

"그래요, 이즈. 하지만 우리는 어쨌든 서로 좋은 감정으로 헤어져야 하지 않겠소? 내가 얼마나 큰 괴로움을 견디고 있는지 당신은 모를 거요!"

그녀는 정말 너그러운 처녀였고 작별을 망칠 만한 신랄한 말은 더이상 하지 않았다.

"용서해 드릴게요!"

그녀가 말했다.

그녀가 그렇게 옆에 서 있는 동안, 그는 결코 내키지는 않았지만 조언자의 역할을 하지 않을 수 없다고 느꼈기 때문에 이렇게 덧붙였다.

"그리고 이즈…… 메리언을 만나거든 마음을 굳게 먹고, 어리석은 짓으로 몸을 망치지 말라고, 건강하고 좋은 사람이 되라고 전해 줘요.

약속할 수 있겠죠? 그리고 레티에게도 세상에는 나보다 더 훌륭한 남자가 많이 있으니 부디 나를 위해서 지혜롭고 건강하게 잘 지내라고 전해 줘요. 이 말을 잊지 말아요. 지혜롭고 건강하게. 나는 죽어 가는 사람이 죽어 가는 사람에게 전하는 심정으로 이 부탁을 하고 있는 것이오. 다시는 그네들을 만날 수 없을 테니까. 그리고 이즈, 당신이 내 아내에 대해 정직하게 말해 준 덕택에 나는 아내를 배신하는 어리석은 행동을 하지 않게 되었소. 여자들도 나쁠 수 있겠지만, 이런 걸 보면 남자들만큼 나쁘지는 않은 것 같소! 이 일 하나만으로도 난 당신을 절대 잊지 못할 거요. 지금까지와 마찬가지로 언제나 착하고 성실하게 살아가길 바라오. 그리고 나를 형편없는 애인이 아닌 믿을 만한 친구로 여겨 주시오. 약속해 줘요."

그녀는 약속했다.

"클레어 씨, 하느님의 축복과 가호가 있길 빌게요. 안녕히 가세요."

그는 마차를 몰았다. 그러나 이즈는 샛길로 접어들어 클레어가 보이지 않게 되자마자 격심한 괴로움을 이기지 못하고 길가 둔덕에 쓰러졌다. 그날 밤늦게 어머니의 집에 들어서는 그녀는 몹시 지친 이상한 얼굴을 하고 있었다. 엔젤 클레어가 떠났을 때부터 그녀가 집에 들어왔을 때까지의 그 어두운 몇 시간을 이즈가 어떻게 보냈는지 아무도 이야기를 듣지 못했다.

클레어 역시 그녀와 헤어진 뒤에 가슴이 아리고 입술이 떨렸다. 그러나 그의 슬픔은 이즈 때문이 아니었다. 그날 밤 그는 하마터면 가까운 곳에 있는 기차역으로 가지 않고 그와 테스의 집 사이에 있는 남부 웨섹스의 높은 산등성이를 넘어갈 뻔했다. 그러나 그가 그렇게 하지 않은 것은 그녀의 성품을 혐오하거나 그녀의 마음 상태를 의심했기 때문은 아니었다.

이즈가 솔직히 말해 준 덕분에 엔젤에 대한 테스의 사랑이 확인되었음에도 불구하고 사실은 변한 게 없다는 생각이 들었기 때문이다. 처음에 자기가 그렇게 하는 게 옳다고 생각했다면 지금도 옳은 것이었다. 이날 오후에 그에게 작용한 것보다 더 강하고 지속적인 힘에 의해 행동의 방향이 바뀌지 않는 한, 시작한 행동의 여세는 그를 하던 대로 계속하게 했다. 만약 그때 테스에게 갔다면 곧 그녀를 만날 수 있었을 것이다. 그러나 그는 그날 밤 런던행 기차를 탔고 닷새 후에는 배가 출항하는 항구에서 형들과 작별의 악수를 나누었다.

41

앞서 얘기한 사건들이 있었던 동절기에서부터 엔젤과 테스가 헤어진 지 여덟 달 남짓 지난 10월의 어느 날로 넘어가도록 하자.

테스의 처지는 완전히 달라져 있었다. 다른 사람들이 날라 주는 상자나 트렁크를 거느린 새색시가 아니라, 그전처럼 자기 손으로 보퉁이와 바구니를 들고 다니는 외로운 처지로 돌아가 있었던 것이다. 이 유예 기간 동안 편안히 지내도록 남편이 넉넉히 챙겨 준 돈은 간데없고 지갑이 얄팍해져 있었다.

고향 말롯을 다시 떠난 뒤에 그녀는 힘에 크게 부치지 않는 일을 하며 봄과 여름을 보냈다. 이 기간 동안 블랙무어 골짜기 서쪽에 있는 포트 브레디―고향 집과 탤버테이스에서 비슷한 거리에 있는―근처에서 낙농장 일을 거들어 주며 지냈다. 그녀는 엔젤이 준 생활비를 쓰는 것보다 이렇게 사는 것이 더 좋았다. 이 무렵 그녀는 정신적으로 몹시 침체되어 있었고, 그녀가 하는 기계적인 일은 이런 상태에서 벗어나게 하는 데 도움이 되지 않고 오히려 조장하기만 했다. 그녀의 의식은 줄곧 다른 낙농장의 다른 계절에 가 있었다. 늘 그 다정한 애인이 있던 그 낙농장에서 그를 만났던 일이며 그가 자기 사람이 된 순간 환영처럼 사라져 버린 것만을 생각하며 지냈던 것이다.

목장 일은 소젖의 양이 줄어들기 시작할 때까지만 할 수 있었다. 그녀는 탤버테이스 낙농장에서처럼 정규직으로 다시 고용된 것이 아니라 그저 임시 일꾼으로만 일했기 때문이다. 그러나 추수가 막 시작될 시기였으므로 일터를 목초지에서 밭으로 옮기기만 하면 일을 구하기는 쉬웠다. 추수가 끝날 때까지 밭에서 일하며 살아갔다.

엔젤에게서 받은 50파운드 중에서 부모님께 끼친 심려와 손실에 대한 보상으로 25파운드를 떼어 드린 뒤에 남은 돈은 조금밖에 쓰지 않은 채로 남아 있었다. 그러나 안타깝게도 그 뒤로 한동안 비 오는 날이 계속 이어지는 바람에 하는 수 없이 그 돈에 의지할 수밖에 없었다.

그녀는 그 돈이 조금씩 없어지는 것이 견딜 수 없었다. 엔젤이 그녀에게 주려고 은행에서 반짝이는 새 돈으로 찾아다 건네주었던 그 돈은 엔젤의 손길이 닿아 신성해진 것 같았고, 오직 엔젤과 그녀 자신이 만들어 놓은 내력만을 가지고 있는 듯했기 때문에 그녀에게는 그를 추억하는 기념물이나 다름없었다. 그래서 그것을 쓴다는 것은 유품을 내다 버리는 것이나 마찬가지였던 것이다. 그러나 그녀에게는 다른 방도가 없었고, 그래서 금화는 하나씩 하나씩 그녀의 수중에서 떠나갔다.

그녀는 어쩔 수 없이 가끔 어머니께 주소를 알려 드려야 했다. 하지만 자기가 어떤 상황에서 살아가고 있는지에 대해서는 전혀 알리지 않았다. 돈이 거의 바닥이 났을 때 어머니의 편지 한 통이 도착했다. 어머니는 집안 형편이 몹시 어렵다고 쓰고 있었다. 가을비가 지붕의 이엉 사이로 마구 새어 들어와 지붕을 완전히 새로 갈아야 할 텐데 지난번 이엉 값도 아직 못 갚은 상태라 엄두도 못 내고 있다고 했다. 그리고 서까래와 이층 천장도 새로 해야 하므로 작년 외상값까지 해서 모두 20파운드가 필요하다는 것이었다. 테스의 남편은 돈이 많은 사람이고 지금쯤이면 틀림없이 집에 돌아왔을 테니 그 돈을 좀 보내 줄 수 없겠느냐는 사연이었다.

엔젤이 거래하는 은행에서 30파운드가 곧 오기로 되어 있었고 집안 사정이 하도 딱했으므로 그 돈이 도착하자마자 테스는 어머니가 요구한 대로 20파운드를 보냈다. 남은 돈의 일부는 겨울옷을 장만하는 데 쓸 수밖에 없었는데, 그러고 나니 곧 닥쳐올 혹한의 날씨에 쓸 돈 몇 푼밖에 남지 않았다. 마지막 1파운드마저 다 없어지고 나자, 돈이 더 필요하면 언제든 아버지한테 부탁하라던 엔젤의 말이 생각났다.

그러나 테스는 생각하면 할수록 그러고 싶지 않았다. 테스는 그와 별거가 길어지고 있는 사실을 친정 부모님께 숨겨 왔던 것과 똑같은 이유로—뭐라고 집어서 말할 수는 없으나 민감함, 자존심, 그릇된 수치심, 엔젤의 입장 등의 이유로—엔젤이 그녀에게 상당한 액수를 주고 갔으나 돈이 부족하다는 것을 그의 아버지께 알릴 수 없었다. 그분들은 어쩌면 벌써 그녀를 멸시하고 있을지 모르는데, 거지처럼 구걸까지 한다면 얼마나 더 경멸하겠는가! 결국 테스는 자신의 궁핍한 상황을 시아버지께 알리지 못했다.

시부모에게 편지하는 것을 주저하는 마음은 시간이 지나면서 줄어들 것이라는 생각이 들었다. 그러나 친정 부모에게는 그 반대가 되어 버렸다. 결혼한 뒤에 잠깐 방문하고 고향 집을 떠날 때 부모는 그녀가 결국 남편과 함께 살러 간다는 인상을 받았다. 그리고 그때부터 지금까지 그녀는 자기가 편안하게 남편을 기다리고 있겠거니 믿고 있는 그분들의 믿음이 잘못되었다는 것을 알리는 어떤 말도 하지 않은 채, 혼자 속으로만 엔젤이 브라질에 잠깐 있다 돌아와 그녀를 데려가거나 그녀더러 그리로 오라는 전갈을 보내올 것이며, 어느 경우든 머지않아 엔젤과 그녀가 양가 부모와 세상 사람들 앞에 부부로서 모습을 드러낼 수 있게 될 거라는 가능성이 희박한 희망을 품었던 것이다. 그녀는 아직도 이 희망을 버리지 않고 있었다. 그녀는 첫 번째의 좌절을 없었던 일로 돌려 버릴 만큼 영예로운 결혼을 하고 난 뒤 부모의 어려운 살림까지 도와주고 난 이 마당에, 자기가 버림받은 아내가 되어 얼마간 남편이 준 돈으로 살아가다 이제는 제 손으로 생활비를 벌어야 하는 처지가 되었다는 것을 부모한테 알린다면 너무들 상심이 클 것 같았다.

엔젤이 은행에 맡겨 두었다는 보석 세트가 머리에 떠올랐다. 그러나 엔젤이 보석을 어느 은행에다 맡겼는지 그녀는 알지 못했고, 그녀가 보석을 사용할 수는 있어도 팔 수는 없다는 것이 사실이라면 맡긴 곳을 알아봐야 소용이 없었다. 설령 그녀에게 그 보석들에 대한 완전한 소유권이 있다 하더라도 본래 자기 것이 아닌 물건에 대한 법적인 권리를 이용하여 돈을 마련하는 것은 야비한 일로 여겨졌다.

한편 그녀의 남편 역시 시련 없는 생활을 하고 있는 것은 결코 아니었다. 이 무렵 엔젤은 브라질의 쿠리티바 근처의 진흙땅에서 폭풍우에 몸이 흠뻑 젖은 뒤 여러 가지 다른 고초를 겪었기 때문에 열병에 걸려 몸져누워 있었다. 이런 사정은 당시 브라질 정부의 약속에 현혹되어 영국에서 건너간 모든 농장주와 농장 노동자 들도 마찬가지였다. 그들은 영국의 고원지대에서 밭을 갈고 씨를 뿌리며 본토의 갖가지 변덕스런 날씨를 이겨 낸 체력이라면 브라질 평원의 기습적인 날씨도 충분히 견뎌 낼 수 있으리라는 근거 없는 생각에 겁없이 그곳으로 건너갔던 것이다.

다시 테스 이야기로 돌아오자. 그렇게 해서 그녀는 마지막 금화마저 다 떨어졌지만 따로 돈을 마련할 데도 없는 처지가 되고 말았는데, 계절도 계절인지라 일자리 또한 구하기가 쉽지 않았다. 그녀는 자신의 총명함, 열정, 건강, 의욕 같은 것이 인생의 어느 영역에서든 진귀하다는 것을 알지 못했기 때문에 집 안에서 하는 일자리는 구하려고 하지 않았다. 도회지나 대저택, 돈 많고 세련된 상류층 사람이나 언행이 소박하지 않고 예의범절을 따지는 사람들이 두려웠던 것이다. 그녀에게 닥친 검은 재앙도 그 점잖아 보이는 곳에서부터 비롯되었다. 테스는 상류 사회가 자기의 보잘것없는 경험에 미루어 추측하고 있는 것보다 더 나은 곳일지도 모른다는 생각이 들었지만, 그것을 입증할 만한 증거가 없었기 때문에 이 상황에서는 본능적으로 상류층의 영역은 피하고 싶었다.

테스가 봄과 여름 동안 임시로 고용되어 소젖 짜는 일을 했던 포트 브레디 너머 서쪽의 소규모 낙농장들에는 더 이상 일감이 없었다. 탤버테이스 낙농장에서라면 그저 동정심만으로도 그녀가 있을 자리를 마련해 주었겠지만, 그곳에서의 생활이 아무리 편했다 하더라도 거기로 다시 돌아갈 수는 없었다. 부러움을 받으며 떠났다가 이런 처지가 되어 다시 찾아간다는 것은 견딜 수 없는 일이었고, 그녀가 다시 그곳에 돌아가면 존경의 대상이었던 남편이 비난을 받게 될 것 같았다. 그녀는 그곳 사람들에게 동정을 받는 것은 물론, 그녀의 묘한 처지를 두고 그들끼리 서로 수군대는 것을 참을 수 없을 것 같았다. 그러나 사람들이 그녀의 이야기를 각자 알고만 있고 서로 수군대지 않는다면 그녀는 자기의 처지가 알려진다 해도 견딜 수 있을 것 같았다. 그녀의 섬세한 마음을 위축시키는 것은 사람들이 그녀를 놓고 이러쿵저러쿵 떠들어 대는 것이었다. 테스는 그 차이가 무엇인지 설명할 수는 없었지만, 자기가 그렇게 느끼고 있다는 것만은 알고 있었다.

지금 그녀는 그 주 중심부의 고지대에 있는 어느 농장으로 가는 길이었다. 그 농장은 이리저리 떠돌다 마침내 테스의 손에 전해진 메리언의 편지에서 추천받은 곳이었다. 메리언은 어디서 들었는지 테스가 남편과 헤어진 사실을 알고 있었다. 아마 이즈 휴에트를 통해서 들었을 것이다. 지금은 술꾼이 되었지만 원래 마음이 고운 메리언은 테스의 어려운 처지를 짐작하고 서둘러 옛 친구에게 소식을 전해 왔던 것이다. 그 내용인즉슨 자기는 탤버테이스 낙농장을 떠난 뒤에 그 고지대로 왔는데, 그곳에는 일자리가 있으니 테스가 예전처럼 다시 일한다는 게 정말 사실이라면 그 농장에서 보자는 것이었다.

낮의 길이가 점점 짧아지자 남편의 용서를 받을 수 있으리라는 모든 희망이 사라지기 시작했다. 그리고 아무 생각 없이 이리저리 돌아다니는 그녀의 본능에는 어딘지 야생동물의 습성 같은 것이 있었다. 한 걸음을 옮길 때마다 파란 많은 과거로부터 스스로를 조금씩 떼어 놓으며 지금까지 자기 정체성을 형성해 온 기억들을 하나씩 지우고 있었다. 그리고 어쩌다 우연한 일이 발생하여, 그들의 행복과는 무관하더라도 그녀 자신의 행복에 중대한 영향을 미칠 수 있는 다른 사람들이 그녀의 소재를 빠르게 알게 될지도 모른다는 생각 또한 전혀 하지 않았다.

그녀가 혼자 살면서 겪은 적지 않은 어려움 중에는 외모 때문에 사람들의 눈길을 끄는 게 있었다. 본래의 매력적인 외모에 엔젤한테서 배운 남다른 몸가짐이 더해진 까닭이었다. 결혼할 때 장만한 옷을 입고 있는 동안에는 이런 관심 어린 시선을 받아도 성가신 일이 없었지만, 어쩔 수 없이 밭일하는 여자의 복장을 하게 되자마자 무례한 말을 여러 번 듣게 되었다. 그러나 11월 어느 날 오후까지는 신변에 위협을 느낄 만한 일이 일어난 적은 없었다.

그녀는 지금 향하고 있는 고지대 농장보다 브리트 강 서쪽 지역이 더 마음에 들었다. 그 이유는 우선 그 지역은 시댁과 가깝기 때문이었다. 언젠가는 시부모가 살고 계신 그 사제관을 방문할지 모른다는 생각을 하며 누구의 눈에도 띄지 않고 이 지역을 돌아다니는 것은 즐거운 일이었다. 그러나 일단 더 높고 건조한 곳으로 가기로 결정한 이상 동쪽으로 발길을 돌려 초크 뉴튼 마을을 향해 걸음을 재촉했다. 그날 밤은 거기서 묵을 작정이었다.

그 오솔길은 길고 단조로운 데다 낮의 길이가 빠르게 짧아졌기 때문에 어느새 땅거미가 지기 시작했다. 그녀는 언덕 꼭대기에 이르자 언덕 아래로 희미한 빛을 내며 뻗어 있는 꼬불꼬불한 길이 시야에 들어왔다. 그때 그녀의 등 뒤에서 발걸음 소리가 들렸는데 이내 한 남자가 그녀를 쫓아와서는 옆으로 다가서며 말했다.

"안녕하시오, 예쁜 아가씨."

이 인사에 그녀는 예의 바르게 응대했다.

주변 풍경은 거의 어둠에 잠겨 있었으나 하늘에 아직 남아 있던 빛이 그녀의 얼굴을 비추었다. 그 남자는 고개를 돌려 그녀를 뚫어지게 쳐다보았다.

"맞아, 틀림없군. 트랜트리지에서 잠깐 살았던 그 아가씨로군. 더버빌 댁 젊은 나리하고 친구였잖소? 그때는 나도 그 동네에 살았었소. 지금은 아니지만."

그녀는 그 남자가 누구인지 알아보았다. 그는 결혼 직전에 엔젤과 여관에 갔을 때 그녀에게 상스러운 말을 하다가 엔젤에게 얻어맞았던 부유한 농부였던 것이다. 마치 경련이 일듯 온몸에 고통이 엄습하여 그녀는 아무 대답도 하지 못했다.

"솔직하게 인정하시지. 당신 애인은 화를 냈지만 읍내에서 내가 한 말은 사실이었잖소. 안 그래요, 교활한 아가씨? 생각해 보면 그때 그 사람이 날 때린 것에 대해 아가씨가 나한테 사과해야 하는 거 아니요?"

여전히 테스는 아무 대답도 못했다. 그녀의 쫓기는 영혼이 빠져나갈 방법은 오직 한 가지밖에 없는 듯했다. 그녀는 갑자기 바람처럼 빠르게 달아나기 시작했고, 뒤도 돌아보지 않고 길을 따라 계속 달리다, 어느 조림지로 곧바로 통하는 출입문 앞에 이르렀다. 그녀는 조림지 안으로 뛰어 들어갔는데, 절대 들킬 염려가 없을 만큼 깊숙이 들어가서야 숨을 돌렸다.

발아래에는 낙엽들이 바스락거렸고, 낙엽수들 사이사이에 자라고 있는 호랑가시나무의 이파리들은 외풍을 차단해 줄 만큼 무성했다. 그녀는 낙엽을 한데 모아 큼지막한 무더기를 만들고, 그 한가운데에서 잠을 잘 수 있도록 마무리한 뒤에 그 안으로 기어들어 갔다.

이렇게 자는 잠은 깊이 들지 못하게 마련이다. 그녀는 이상한 소리가 들리는 것 같았지만 바람 소리려니 하고 넘겨 버렸다. 그녀는 자기가 있는 이곳은 춥지만 남편은 지구 반대편에 있는 막연하고도 따뜻한 나라에 있다는 생각을 했다. 세상에 나만큼 불쌍한 존재가 또 있을까 하고 테스는 스스로에게 물어보았다. 그리고 황폐해진 자신의 인생을 생각하며 "모든 것이 헛되도다(〈전도서〉 1장 2절_옮긴이)." 하고 탄식했다. 그녀는 기계적으로 이 말을 되뇌다가 현대에 적용하기에는 지극히 부적절한 발상이라는 생각이 들었다.

2천여 년 전 솔로몬은 거기까지밖에 생각을 못했으나, 그녀 자신은 비록 사상가의 선두에 있지는 않더라도 솔로몬의 생각보다 훨씬 더 멀리까지 도달해 있었다. 모든 것이 그저 허무하기만 하다면 걱정할 일이 뭐가 있겠는가?

애석하게도 세상만사──불공평, 징벌, 강탈, 죽음 등──는 허무보다 더 지독했다. 엔젤 클레어의 아내는 손을 이마에 대고 이마의 둥근 윤곽과, 부드러운 피부 밑으로 감지되는 눈언저리 뼈를 더듬으며 언젠가는 이 뼈만 남는 때가 오리라는 생각을 했다. "차라리 지금 그렇게 되었으면." 하고 그녀가 중얼거렸다.

이런 종잡을 수 없는 공상을 하고 있는데 나뭇잎 사이에서 또 이상한 소리가 들려왔다. 바람 소리인 것 같았으나 바람은 거의 불지 않고 있었다. 가슴 뛰는 소리인가 하면 날개를 퍼덕이는 소리 같기도 했고, 숨을 헐떡이거나 그르렁대는 소리 같기도 했다. 이윽고 야생 짐승들이 내는 소리라는 확신이 들었고, 처음에는 머리 위 나뭇가지에서 들리다가 뒤이어 무거운 몸뚱이가 땅바닥에 떨어지는 소리가 들렸던 것을 생각하니 그 확신이 더욱 굳어졌다. 만약 그녀가 지금과는 달리 좀 더 행복한 상태에서 숨어 있었다면 그녀는 몹시 두려웠을 것이다. 하지만 지금 그녀는 인간 세계를 벗어나 있는 상태였기 때문에 두려울 게 전혀 없었다.

마침내 날이 샜다. 나무 위 높은 하늘이 환해지더니 얼마 후 숲속도 밝아졌다. 세상이 활동하는 시간을 알리는 일상의 빛이 좀 더 강해지자 그녀는 곧바로 낙엽 더미에서 기어 나와 대담하게 주위를 둘러보았다. 그제야 그녀는 간밤에 나던 소리의 정체를 알게 되었다. 그녀가 숨어들었던 그 조림지는 그 지점에서 꼭대기까지 경사가 져 있었는데, 울타리 밖에는 경작지였으므로 조림지는 거기서 끝나고 있었다. 나무 밑에는 화려한 깃털이 피로 얼룩진 여러 마리의 꿩들이 여기저기 쓰러져 있었다. 죽어서 널브러진 녀석, 힘없이 날개를 실룩대는 녀석, 하늘만 응시하고 누운 녀석, 가쁜 숨을 몰아쉬는 녀석, 몸을 비틀며 누워 있는 녀석, 축 늘어뜨린 채 누운 녀석 등 더 이상 견디지 못하고 간밤에 고통을 끝낸 운 좋은 몇 마리만을 제외하고는 모두 고통으로 몸부림치고 있었다.

테스는 곧 어떻게 된 일인지 알아차렸다. 이 새들은 그 전날 몇몇 사냥꾼에게 쫓겨 이 구석까지 왔던 것이다. 총을 맞고 바로 죽거나 날이 저물기 전에 죽은 꿩들은 사냥꾼들이 찾아서 가져갔지만, 상처를 입고 달아나서 몸을 숨겼거나 빽빽한 나뭇가지 사이에 올라갔던 많은 꿩들은 밤새 피를 흘리며 그 자리를 지키고 있다 더 견딜 수가 없게 되자 한 마리씩 땅에 떨어졌던 것이다.

그녀는 소녀 시절에 이따금 이런 사람들을 본 적이 있었다. 이들은 기이한 복장을 하고 피에 굶주린 눈빛으로 산울타리 너머 혹은 수풀 속을 노려보며 총을 겨누곤 했다. 이럴 때는 이 사람들이 몹시 사납고 잔혹해 보이지만 1년 내내 그런 것은 아니고 사실 가을과 겨울 몇 주간을 제외하면 아주 점잖은 사람들이라는 말도 들었다. 다만 이 기간 동안에는 말레이 반도의 원주민들처럼 살상욕에 미쳐 날뛰며 생명을─그들의 이런 취향을 만족시키기 위해 인공적으로 번식시킨 천진한 날짐승들─죽이는 것을 목적으로 삼고는 무수한 자연의 가족 중에서 자기들보다 약한 짐승들에게 지독히도 야비하고 무례한 짓을 했던 것이다.

테스는 새들의 고통이 마치 자기 자신의 고통인 듯 크게 느껴졌다. 그래서 가장 먼저 든 생각은 아직 살아 있는 새들을 고통에서 해방시켜 주어야겠다는 것이었다. 그러기 위해 그녀는 눈에 띄는 것은 모조리 손으로 직접 목을 비틀어 죽인 다음 원래 있던 자리에 눕혀 놓았다. 아마 사냥터지기들이 사냥한 짐승을 다시 찾아보러 또 올 것이기 때문이었다.

"가여운 것들! 너희들이 이렇게 고통을 겪고 있는데 내가 세상에서 가장 불쌍한 존재라고 생각하다니!"

그녀는 이렇게 외치며 애정을 다해 새들을 죽였다. 그녀의 눈에서는 눈물이 흘러내렸다.

"나는 아픈 데가 있는 것도 아니지 않은가! 몸이 찢긴 것도 아니고, 피를 흘리는 것도 아니고, 내 몸을 먹이고 입힐 수 있는 두 손도 있지 않은가."

그녀는 간밤의 우울한 생각이 부끄러웠다. 그것은 자연에 근거하지 않고 자의적으로 만들어놓은 사회 법칙 때문에 벌을 받고 있다는 생각일 뿐 확실한 근거가 전혀 없는 생각이었다.

42

이제 날이 환히 밝자 그녀는 다시 길을 떠나 조심스럽게 한길로 나왔다. 그러나 사람이라곤 하나도 보이지 않았으므로 조심할 필요는 없었다. 그녀는 꿋꿋하게 앞으로 걸어갔다. 새들이 밤새 조용히 고통을 견뎌 낸 것을 알고 그녀는 슬픔이란 상대적이라는 깨달음을 가슴 깊이 새겼다. 그리고 자기도 일단 다른 사람들의 평판을 무시할 수 있을 만큼 마음을 다부지게 먹는다면 자기의 슬픔은 견뎌 낼 수 있는 것이라는 생각이 들었다. 하지만 엔젤의 평가만은 무시할 수 없었다.

그녀는 초크 뉴튼에 당도하여 어느 주막에서 아침 식사를 했다. 거기 있던 젊은 남자 몇 명이 그녀의 미모에 대해 성가실 정도로 칭찬했다. 그녀는 아직은 남편한테서도 저런 말을 들을 가능성이 있지 않을까 하는 생각을 하자 어쩐지 희망이 생기는 것 같았다.

그런 날이 오기를 바란다면 스스로 몸조심을 하고 이렇게 치근대는 남자들을 멀리 해야 했다. 그러기 위해 테스는 자기의 외모 때문에 더 이상 위험한 일을 당하지 않도록 해야겠다고 다짐했다. 마을을 벗어나자마자 그녀는 덤불숲으로 들어가 바구니에서 가장 낡은 작업복을 꺼내 입었다. 낙농장에서도 입지 않던—말롯의 그루터기 밭에서 일할 때 이후로는 입어 본 적이 없는—옷이었다. 또 한 가지 기발한 생각이 나서 보따리에서 수건을 꺼내 마치 이앓이라도 하는 사람처럼 턱과 볼의 반쯤 그리고 관자놀이가 가려지도록 얼굴을 싸매고 그 위에 모자를 썼다. 그런 다음에는 손거울에 얼굴을 비춰 보며 작은 가위로 눈썹을 사정없이 잘라 버렸다. 저돌적인 칭찬을 받지 않도록 이렇게 철저히 방비를 한 뒤에 그녀는 울퉁불퉁한 길을 계속 걸어갔다.

"무슨 여자가 꼭 허수아비 꼴을 하고 있어."

처음 만난 남자가 그의 동행에게 말했다.

이 말을 듣자 테스는 자기의 신세가 처량해서 눈물이 났다.

"하지만 괜찮아. 그럼, 아무려면 어때! 이제 난 언제나 흉한 꼴을 하고 있을 거야. 엔젤도 여기 없고, 날 돌봐 줄 사람도 없으니까. 남편이던 그이는 떠나가 이젠 날 사랑하지도 않겠지만, 난 여전히 그이를 사랑하고 있어. 다른 남자는 누구도 싫으니까 날 실컷 비웃으라고 해."

그녀가 중얼거렸다.

그렇게 테스는 풍경의 일부가 되어 계속 걸었다. 회색 모직 망토에 붉은색 털목도리, 모직 치마 위에 걸친 낡고 색 바랜 갈색 작업복, 누런 가죽 장갑 등 겨울 옷차림을 한 순진하고 수수한 시골 여자의 모습이었다. 그 낡은 옷은 비에 젖고 햇볕에 그을리고 바람에 시달려 실올 하나까지 색이 바래고 닳아 있었다. 이제 그녀의 모습에서는 젊은이의 열정이라고는 전혀 찾아볼 수 없었다.

처녀의 입술은 싸늘하고

......

수수한 옷을 겹쳐 입고

머리를 동여맸네.

(스윈번의 시 〈프라골레타〉에서 인용_옮긴이)

이런 겉모습만 봐서는 지각할 수 없는 것은 물론이고 거의 생명조차 있을 것 같지 않았지만, 그 안에는 인생의 좌절과 욕망의 잔인함, 사랑의 덧없음을 나이에 비해 너무 많이 알아 버린 살아 있는 생명의 기록이 있었다.

다음 날은 날씨가 나빴지만 그녀는 터덜터덜 계속 걸어갔다. 솔직하고 직선적이고 공평한 자연의 적의에 그녀는 조금도 당황하지 않았다. 그녀의 목표는 겨울을 지낼 일자리와 집을 구하는 것이었으므로 지체

할 시간이 없었다. 임시 고용이 어떤 것인지 충분히 경험해 봤기 때문에 그녀는 더 이상 그런 일자리는 수락하지 않기로 결심했다.

그녀는 이렇게 여러 농장을 거치며 메리언이 편지에서 알려 준 곳을 향해 걸어갔다. 그곳은 일이 힘들다고 소문난 곳이라 별로 마음이 내키지 않았다. 그래서 가는 길에 일자리를 구해 보고 정 여의치 않으면 마지막으로 의탁할 최후의 수단쯤으로 생각했던 것이다. 처음에는 가벼운 일자리를 찾으려 했으나 그런 일자리를 구하는 것은 가망 없어 보였다. 그래서 그다음에는 덜 가벼운 쪽으로 알아보게 되었고 결국에는 그녀가 가장 좋아하는 낙농장 일이나 양계장 일에서 시작하여 가장 싫어하는 힘들고 거친 일—밭일—까지 하게 되었던 것이다. 정말이지 밭일은 다른 일자리가 있다면 절대 하려고 하지 않았을 만큼 몹시 힘든 일이었다.

그날 해가 질 무렵 그녀는 울퉁불퉁한 백악질 고원에 당도했다. 그곳은 반구형 봉분들이 젖가슴마냥 솟아 있어서 마치 젖가슴이 여럿이라는 키벨레 여신이 땅에 등을 대고 누워 있는 듯 보였다.

그리고 그 고원은 그녀의 고향이 있는 블랙무어 골짜기와 그녀가 사랑하는 이가 살던 골짜기 사이에 뻗어 있었다. 이곳의 공기는 차고 건조해서, 기다랗게 뻗은 마찻길에서는 비가 오고 나서 몇 시간도 안 되어 희뿌연 연기가 일어나곤 했다. 나무는 거의, 아니 전혀 없다시피 했다. 산울타리 사이에서 자라고 있었을 나무들도 나무나 덤불과는 천적인 소작농들이 무자비하게 가지를 구부려 울타리와 함께 엮어 버렸다. 그녀의 앞쪽으로 멀리 중간쯤에 벌배로와 네틀컴 타우트의 봉우리들이 다정하게 솟은 모습이 눈에 들어왔다.

그 봉우리들은 어릴 적 블래무어에서 반대쪽으로 다가갈 때에는 하늘을 배경으로 높이 솟은 요새처럼 보였는데 이 고원에서 바라보니 나지막하고 겸손해 보였다. 남쪽으로 눈을 돌려 저 멀리 언덕과 산맥 너머 해안 지대를 바라보니 잘 닦인 강철처럼 반짝거리는 수면을 식별할 수 있었다. 그것은 프랑스 쪽으로 멀리 나간 지점의 영국 해협이었다.

그녀의 눈앞으로 다소 낮은 지대에 마을의 흔적이 있었다. 사실 그녀는 메리언이 묵고 있는 플린트콤 애쉬에 도착한 것이었다. 그곳을 피할 방법은 없는 것 같았다. 그녀는 이곳에 올 수 밖에 없는 운명이었던 것이다. 주위의 단단한 토양을 보니 이곳에서 하는 일이 얼마나 힘들 것인지 확실히 알 수 있었다. 그러나 이제는 일자리를 찾는 데에도 지쳤고 비까지 내리기 시작했기 때문에 이곳에 머물기로 마음을 먹었다. 마을 초입에 박공이 길가로 튀어나온 집이 있어 그녀는·거처를 구하는 것은 잠시 뒤로 미루고 그 박공 아래에 서서 땅거미가 내려앉는 모습을 지켜보았다.

"누가 나를 엔젤 클레어 부인이었다고 생각할까."

테스가 중얼거렸다.

그녀는 등과 어깨에 닿은 벽이 따뜻한 걸 느끼고는 박공 바로 안쪽에 벽난로가 있다는 것을 알아냈다. 벽난로의 열기가 벽돌을 통해 전해졌던 것이다. 그녀는 언 손을 벽돌에 갖다 대어 녹이고, 찬 빗방울에 젖어 불그레한 뺨도 그 아늑한 벽면에 갖다 댔다. 그 벽만이 그녀의 유일한 벗인 듯했다. 그녀는 그곳을 전혀 떠나고 싶지 않아 밤새 거기에 서 있을 수도 있을것 같았다.

테스의 귀에는 벽 안쪽에서 그 집 식구들이 하루의 일을 끝내고 모여 앉아 이야기하는 소리며 저녁 식탁의 접시들이 부딪히는 소리가 들려왔다. 그러나 마을 거리에는 아직 한 사람도 보이지 않았다. 마침내 한 여자가 나타나면서 거리의 정적이 깨졌다. 저녁이라 날씨가 꽤 쌀쌀했는데도 그 여자는 날염 드레스를 입고 차양 달린 여름 모자를 쓰고 있었다. 테스는 직감적으로 메리언일지 모른다고 생각했고, 어둠 속에서도 식별할 수 있을 만큼 그 여자가 가까이 다가왔을 때 보니 틀림없이 메리언이었다. 메리언은 전보다 훨씬 더 건강하고 얼굴도 더 불그레했으나 옷차림은 무척 초라했다.

예전 같았으면 테스는 그런 신세로 친구를 다시 만나는 게 달갑지 않았을 테지만, 지금 그녀는 너무나 외로웠기 때문에 메리언의 인사에 반갑게 응대했다.

메리언은 아주 조심스럽게 질문을 했는데, 테스가 별거 중이라는 소식은 들어서 어렴풋이 알고 있었지만 여전히 나아진 게 없다는 사실에 몹시 마음 아파했다.

"테스가, 클레어 부인이, 그 존경스런 분의 어여쁜 아내가 이렇게 되다니! 얘, 네가 그토록 딱한 처지가 된 게 정말이니? 예쁜 얼굴은 왜 그렇게 싸매고 있는 거니? 누가 때리기라도 한 거야? 그분이 때린 건 아니겠지?"

"아냐, 아냐, 그럴 리가 있니! 그냥 사내들이 치근대지 않게 하려고 동여맨 것뿐이야, 메리언."

테스는 얼굴을 싸매고 있어서 그런 터무니없는 생각을 하는구나 싶어 진저리를 치며 수건을 풀었다.

"그리고 옷에 깃을 안 달았네(테스는 낙농장에 있을 때 조그만 흰색 깃을 다는 습관이 있었다)."

"그래, 메리언."

"실에서 잃어버렸구나."

"잃어버린 게 아니라, 실은 외모에 신경 쓰고 싶은 마음이 없어서 달지 않은 거야."

"결혼반지도 안 꼈네?"

"아냐, 끼고 있어. 사람들의 눈에 띄지 않게 리본에 끼워서 목에 걸고 있거든. 난 사람들이 내가 결혼했다는 것과 누구와 결혼했는지 하는 것들을 몰랐으면 해. 이렇게 살아가야 하는 지금 처지에 그런 사실이 알려지면 몹시 거북할 테니까."

메리언이 잠시 주저하다가 말했다.

"그렇지만 넌 좋은 집안에 시집갔잖아. 네가 이렇게 살아야 한다는 건 아무래도 정당한 일은 아닌 것 같아."

"아냐, 정당한 일이야. 몹시 불행하긴 하지만."

"글쎄, 글쎄다. 그분이 너와 결혼했는데 네가 불행하다니."

"아내는 가끔 불행해지기도 하지. 남편의 잘못 때문이 아니라 자기 자신의 잘못 때문에 말이야."

"애, 넌 아무 잘못 없어. 그건 내가 확신해. 그분도 마찬가지고. 그렇다면 두 사람과는 상관없는 무슨 다른 문제가 있는 거로구나."

"메리언, 메리언, 이제 질문은 그만 하고 날 좀 도와주지 않겠니? 남편은 외국에 가 버렸고, 난 남편한테서 받은 생활비를 어떻게 하다 모두 다 써 버렸기 때문에 당분간 예전처럼 일을 해서 생활비를 벌어야 해. 이제 나를 클레어 부인이라고 부르지 말고 전처럼 테스라고 불러 줬으면 해. 여기는 일손이 부족하니?"

"아, 그럼. 여긴 오려는 사람이 거의 없어서 늘 일손이 부족해. 땅이 너무 척박한 곳이야. 옥수수와 순무밖에 자라지 않아. 나도 여기서 일하고 있긴 하지만 너 같은 애까지 오다니 참 안됐어."

"그런데 너도 나 못지않게 소젖 짜는 일을 잘 했잖아."

"그래, 하지만 술을 마시기 시작하면서 낙농장에서 쫓겨났어. 제기랄, 이제 날 위로해 줄 수 있는 건 술밖에 없단다. 네가 고용되면 순무 캐는 일을 하게 될 거야. 나도 그 일을 하고 있긴 하지만 별로 마음에 들지 않을 거야."

"아무 일이나 괜찮아! 부탁 좀 해 줄래?"

"네가 직접 말하는 게 나을 거야."

"알았어. 그런데 메리언, 잘 들어 둬. 내가 일하게 되면 그이에 관한 이야기는 하지 말아 줘. 그이의 이름을 욕되게 하고 싶지 않아서 그래."

테스보다는 성격이 다소 거칠었으나 정말 믿어도 될 만한 여자인 메리언은 테스가 부탁한 대로 하겠노라고 약속했다.

"마침 오늘 저녁이 품삯 받는 날이라 다시 농장에 가는 길이야. 나랑 함께 가 보면 곧 알게 될 거야. 네가 행복하지 않아서 정말 안됐어. 그분이 안 계셔서 그렇다는 걸 난 알아. 만약 그분이 여기에 계시다면 넌 불행할 수 없을 거야. 설령 그분이 너한테 돈 한 푼 안 주고 일꾼처럼 부려먹는다 해도 말이야."

메리언이 말했다.

"맞아. 불행할 리 없지!"

그들은 함께 걸어 곧 농가에 당도했는데, 그곳은 황량함이 거의 극에 달해 있었다. 나무 한 그루 보이지 않았고, 초록색 풀밭도 없었다. 일정한 높이로 가지를 쳐낸 산울타리에 의해 구획 지어진 너른 들판에는 사방이 온통 휴한지와 순무뿐이었다.

테스는 일꾼들이 품삯을 받을 때까지 농가의 대문 밖에서 기다렸고, 일꾼들이 돌아가고 나자 메리언이 그녀를 안내했다. 농장 주인은 집에 없는 듯 이날 저녁에는 그 부인이 남편 대신 주인 일을 보고 있었는데, 구(舊) 수태고지축일(천사 가브리엘이 성모 마리아에게 성령에 의한 회임을 알려준 일을 일컬음. 이 일을 기념하는 수태고지축일은 보통 3월 25일이시만 예전에 사용하던 율리우스력에 따르는 구 수태고지축일은 4월 6일이었다_ 옮긴이)까지 있겠다는 동의를 받고 테스를 고용하기로 했다. 요즘 밭에서 일하려는 여자는 거의 없었고, 여자 일꾼의 품삯이 더 싸기 때문에 여자도 남자 못지않게 잘 해낼 수 있는 일에는 여자를 쓰는 편이 더 유리했던 것이다.

계약서에 서명을 하고 나자 이제 테스는 숙소를 구하기만 하면 됐다. 그녀는 아까 몸을 녹였던 박공벽이 있는 집에 가서 숙소를 얻었다.

그녀가 확보한 생계수단은 보잘것없었으나 여하튼 겨울을 날 만한 피난처는 마련된 셈이었다.

남편이 말롯으로 편지를 보내올지도 몰랐기 때문에 그날 밤 그녀는 고향집에 계신 부모님께 새 주소를 알리는 편지를 썼다. 그러나 자신의 딱한 사정은 알리지 않았다. 그랬다면 부모님은 남편을 비난했을 것이다.

43

플린트콤 애쉬 농장이 척박한 땅이라던 메리언의 말은 전혀 과장이 아니었다. 이곳의 토양은 기름진 것과는 거리가 멀었고, 이곳에 단 하나 기름진 게 있다면 그건 메리언뿐이었지만, 그녀도 사실 외지에서 온 사람이었다. 마을에는 지주가 돌보는 마을, 마을 사람들이 돌보는 마을, 그리고 지주도 마을 사람도 돌보지 않는 마을(다시 말해 마을에 거주하는 지주가 소작인을 관리하는 마을 자유 소유권 보유자들과 등본 보유권자들이 경작하는 마을, 그리고 부재지주가 토지를 임대한 마을) 등 세 종류가 있는데, 이 중에 이곳 플린트콤 애쉬는 세 번째에 해당되었다.

여하튼 테스는 일을 시작했다 조심스런 몸가짐과 정신적인 용기가 결합된 인내심은 이제 더 이상 엔젤 클레어 부인의 소소한 특징이 아니라, 그녀를 지탱해 주는 커다란 힘이었다. 테스와 메리언이 일을 하는 순무밭은 돌투성이 경사지 가운데 가장 높은 지대에 있는, 한 뙈기에 백여 에이커쯤 되는 밭이었는데, 백악질 지층에 규산질 토양의 지맥이 노출되어 있어 알뿌리 모양, 끝이 뾰족한 모양, 남근 모양 등 갖가지 모양의 점착성 없는 무수한 흰색 차돌로 이루어져 있었다. 순무의 위쪽 절반쯤은 가축들이 모조리 먹어 버린 터라, 이 두 여자의 일은 해

커라 불리는 호미같이 생긴 연장으로 땅속에 묻혀 있는 뿌리의 아래쪽 절반을 캐내는 것이었다. 순무 잎은 이미 뜯어 먹히고 없었기 때문에 들판은 온통 칙칙한 황갈색이었다. 그것은 마치 턱에서 이마까지 피부로만 덮여 있는 얼굴처럼 아무런 특징 없는 모습이었다. 하늘도 색깔만 다를 뿐 들판과 흡사했다. 아무런 특징 없이 희끄무레하게 텅 빈 모습을 하고 있었다. 이렇게 아래 위의 두 얼굴은 온종일 서로의 얼굴을 마주보고 있었다. 허연 얼굴은 갈색 얼굴을 내려다보고 갈색 얼굴은 허연 얼굴을 올려다보고 있었고, 그사이에는 갈색 얼굴 위에서 파리처럼 기어 다니는 두 여자 외에는 아무것도 없었다.

아무도 그들이 일하는 곳에 오지 않았고, 그들의 동작은 기계처럼 규칙적이었다. 그들은 올이 굵은 삼베로 만든 작업복—소매 달린 갈색 앞치마 모양의 이 옷은 속에 입은 옷이 이리저리 바람에 나부대지 않도록 맨 밑 부분까지 비끄러매게끔 되어 있었다—을 덧입은 모습이었는데, 치마 기장이 좀 빠듯한 탓에 발목까지 올라온 장화가 드러나 보였고 손에는 손목까지 가려주는 기다랗고 누런 양가죽 장갑을 끼고 있었다. 햇빛 가리개가 드리워진 머릿수건을 쓰고 고개 숙인 그들의 모습에서 풍기는 사색적인 분위기를 옛 이탈리아인의 생각을 좀 아는 사람이 접했다면 '두 명의 마리아'를 떠올렸을 것이다.

그들은 풍경 속에서 자신들이 얼마나 쓸쓸해 보이는지 이식하지 못힌 채 그들의 운명이 정당한지 아닌지 하는 생각도 하지 않고 몇 시간이고 계속 일했다. 그들과 같은 처지에서도 꿈을 꾸며 산다는 것은 가능한 일이었다. 오후에 다시 비가 내리자, 메리언이 그만 일해도 된다고 말했다. 하지만 일하지 않으면 품삯을 받을 수 없기 때문에 그들은 계속 일했다. 이 밭은 아주 높은 지대에 있어서 비가 아래로 떨어지는 대신 윙윙대는 바람을 타고 수평으로 날아들었고 마치 유리조각처럼 찔러오는 빗물에 그들은 흠뻑 젖고 말았다. 테스는 여태껏 그 말의 진짜 의미를 모르고 있었다. 비에 젖는 것에도 정도가 있는 법이다. 아주 조금 비에 젖었을 때에도 우리는 흔히 흠뻑 젖었다고 말한다. 그러나 비 오는 밭에서 천천히 일하는 동안 처음에는 다리와 어깨, 그다음에는 엉덩이와 머리, 그다음에는 등과 가슴과 옆구리로 빗물이 스며드는 것이 느껴져도 아랑곳하지 않고 납빛 햇살이 사라져 하루해가 졌다는 표시가 날 때까지 일을 하려면 분명 약간의 극기와 심지어 용기마저 필요하다.

하지만 그들은 몸이 비에 젖은 것을 남들이 예측하는 것만큼 심하게 느끼지 않았다. 둘 다 젊었고, 탤버테이스 낙농장에서 함께 살며 사랑하던 시절과 여름이면 후한 선물을 안겨 주던 그 복 받은 녹색 지대에 대해 이야기하고 있었기 때문이다. 테스는 실제로는 아니라 하더라도 법적으로는 자기 남편인 남자에 대해서는 메리언과 이야기하고 싶지 않았지만 그 화제가 지닌 이겨 내기 어려운 매력 때문에 그녀는 메리언과 말을 주고받지 않을 수 없었다. 이렇게 해서, 앞서 말한 대로 비에 젖은 모자의 차양이 바람에 펄럭이며 얼굴을 찰싹 후려치고, 겉옷은 지겨울 정도로 몸에 달라붙었지만, 그들은 이날 오후 내내 초록빛의 화창하고 낭만적인 탤버테이스의 추억에 잠겨 있었다.

"날씨 좋은 날이면 여기서도 프룸 골짜기에서 몇 킬로미터도 채 안 되는 거리에 있는 언덕이 희미하게 보인단다."

메리언이 말했다.

"아, 정말이니?"

테스는 이곳에도 좋은 점이 있다는 사실을 깨달은 듯한 표정으로 말했다. 어느 곳이나 마찬가지겠지만, 즐거움을 찾으려는 본능적 의지와 즐거움을 거스르는 환경적 의지가 여기서도 작용하고 있었다. 메리언은 즐겁게 지내기 위해 의존하는 것이 있었다. 오후가 이울어 가자 그녀는 흰 헝겊으로 마개를 한 1파인트짜리 술병을 꺼내 한 모금 마시고는 테스에게도 마셔보라고 권했다. 그러나 무언가에 의지하지 않고도 꿈꿀 수 있는 테스의 힘은 현재의 상황을 충분히 승화시킬 수 있었기 때문에 그저 입에 대는 시늉만 했다. 메리언은 다시 그 술을 쭉 들이키고는 말했다.

"버릇이 돼서 이젠 끊을 수가 없어. 내 유일한 낙이거든. 너도 알다시피 난 그분을 잃었잖니. 넌 그런 건 아니니까 술 없이도 견딜 수 있겠지."

테스는 자신의 상실감도 메리언의 상실감만큼 크다고 생각했지만, 적어도 서류상으로는 엔젤의 아내라는 이유로 메리언의 차별을 그냥 받아들였다.

이런 곳에서 테스는 오전에는 서리를, 오후에는 비를 맞으며 부지런히 일했다. 순무 캐는 일이 없을 때에는 순무를 다듬었다. 나중에 쓸 순무를 저장하기 전에 작은 낫으로 흙과 잔털을 긁어 내는 일이었다. 이 일을 할 때에 는 비가 오더라도 바자(작은 가지로 엮어서 만든 이동식 울타리_옮긴이)를 이용하여 비를 피할 수 있었다.

그러나 서리가 내린 날에는 살얼음 낀 순무를 만지다 보면 두꺼운 가죽 장갑을 끼고 일을 해도 손가락이 얼어붙는 것 같았다. 그래도 테스는 희망을 잃지 않았다. 그녀는 여전히 엔젤의 성격 중에 관대함이 아주 큰 부분을 차지하고 있다고 믿고 있었고, 조만간 그 관대함이 그로 하여금 그녀와 다시 결합하게 할 것이라고 확신하고 있었다.

메리언은 술기운에 익살맞아져서 앞서 말한 남근 모양의 차돌을 발견하고는 새된 소리로 깔깔대며 웃었지만, 테스는 모른 척하고 가만 있었다. 그들은 이따금 눈을 들어, 비록 보이지는 않지만, 바 또는 프룸이라 불리는 골짜기가 뻗어 있다고 여겨지는 쪽을 바라보았다. 회색 안개로 덮인 그곳을 응시하며 거기서 지낸 옛 시절을 떠올렸던 것이다.

"아, 그 시절의 낙농장 친구들 중에 한두 명만 더 오면 얼마나 좋을까! 그럼 우린 매일 탤버테이스 낙농장을 여기 이 밭에다 옮겨 놓고, 그분에 대한 이야기도 하고, 그곳에서 즐거웠던 일이며 그때 우리가 알고 있던 것들을 이야기하면서, 생각만으로라도 그 시절을 모두 되돌릴 수 있을 텐데."

그때의 광경이 메리언의 눈앞에 다시 펼쳐진 듯 눈이 한없이 부드러워지고 목소리가 흐려졌다.

"이즈 휴에트한테 편지를 써야겠어. 내가 알기론 지금 아무 일도 안 하고 집에 있는 것 같거든. 우리가 여기에 있다는 걸 알리고 여기로 오라고 해야겠어. 레티도 아마 지금쯤 건강해졌을 거야."

메리언이 말했다.

테스는 이 제안에 반대할 이유가 없었다. 그러고 나서 이삼 일 후, 테스는 탤버테이스의 즐거웠던 시절을 여기에 옮겨놓자는 이 계획에 대한 소식을 다시 듣게 되었다. 메리언은 이즈가 답장을 보내왔는데 여건만 되면 오겠노라고 약속했다고 알려줬다. 이런 지독한 겨울은 몇 해 만에 처음이었다. 겨울은 마치 체스 두는 사람의 움직임처럼 은밀하고 신중하게 살금살금 다가왔다. 어느 날 아침에는 몇 그루 안 되는 외로운 나무들과 울타리의 가시나무들이 마치 식물의 외피를 벗어 버리고 동물의 외피를 뒤집어쓴 것처럼 보였다. 잔가지마다 밤새 나무껍질에서 모피라도 자라난 듯 하얀 솜털로 뒤덮여 있었고, 그래서 여느 때보다 네 배는 더 튼튼해 보였다. 교목, 관목 할 것 없이 모든 나무들은 우중충한 회색 하늘과 지평선에 흰색 선으로 선명하게 그려 놓은 소묘 같았다. 전에는 하나도 보이지 않던 거미줄들이 대기의 결정 작용으로 헛간과 벽에서 모습을 드러내었다. 바깥채, 기둥, 문 등의 눈에 띄는 지점에 흰색 털실 고리처럼 매달려 있었다.

이렇게 습기가 응결되는 시기가 지나면 마른 서리가 내리는 시기가 이어진다. 이때가 되면 북극 저 너머에서 온 기이한 새들이 플린트콤 애쉬의 고원에 소리 없이 날아들기 시작했다. 뼈만 앙상하고 유령처럼 음산한 이 새들은 슬픈 눈을 하고 있었다. 그 눈은 인간이 상상할 수 없을 정도로 거대하고도 접근 불가능한 극지에서 천지개벽의 무시무시한 광경을 목격한 눈이었고, 북극광이 내뿜는 빛에 의해 빙산이 충돌하고 설산이 내려앉는 모습을 지켜본 눈이었고, 무시무시하게 휘몰아치는 폭풍우며 땅과 바다가 뒤틀리는 일련의 사건들을 겪고 반쯤은 멀어 버린 눈이었으며, 이런 광경들이 빚어낸 독특한 표정을 지난 눈이었다. 이 이름 모를 새들은 테스와 메리언의 곁으로 제법 가까이 날아오기만 할뿐, 저들은 목격했으나 인간은 결코 볼 수 없을 그 모든 것에 대해 아무런 이야기도 해 주지 않았다. 나그네들이 자기가 본 것을 이야기해 주고 싶어 하는 것과는 달리 그들은 그럴 마음이 없어 보였고, 묵묵히 표정 없는 얼굴로 과거의 경험은 별로 중요하지 않은 듯 기억에서 밀어내고 이 거친 고원에서 지금 일어나고 있는 일들—두 여자가 호미로 흙을 파헤쳐 이 철새들이 좋아하는 무언가를 캐내는 것—만을 주의 깊게 지켜보았다.

그러던 어느 날, 탁 트인 이 지대의 대기에 특이한 기운이 몰려들었다. 그것은 습한 냉기였으나 비올 때의 습기나 서리 내릴 때의 추위와는 사뭇 달랐다. 두 사람은 눈알이 얼얼하고 이마가 아렸는데 냉기가 뼛속까지 스며들어 살갗보다 몸속이 더 추웠다. 그들은 눈이 올 징조라는 것을 알았고, 밤이 되자 눈이 오기 시작했다.

어느 외로운 나그네에게든 힘을 북돋워주는 따뜻한 박공이 있는 자그마한 집에 여전히 살고 있던 테스는 밤중에 잠이 깨었는데, 마치 바람들이 지붕 위에서 시합이라도 벌이고 있는 듯 시끄러운 소리가 들려왔다. 테스가 새벽에 일어나 등불을 켜자, 창문 틈으로 들어온 고운 가루 같은 눈이 창문 안쪽에 하얀 원뿔을 만들어 놓은 것이 보였다. 굴뚝을 타고 내려온 눈은 바닥에 구두창 두께로 쌓여 있어, 그녀가 이리저리 걸어다닐 때마다 발자국이 생겼다. 바깥에서는 바람이 어찌나 세차게 부는지 부엌에도 눈발이 하얗게 날리고 있었다. 그러나 아직 밖은 깜깜해서 아무것도 보이지 않았다.

테스는 순무 캐는 일을 하기는 힘들겠다고 생각했다. 테스가 작고 쓸쓸한 등불 옆에서 아침 식사를 마쳤을 무렵, 메리언이 찾아와서 날씨가 좋아질 때까지 헛간에서 다른 여자들과 함께 밀 이삭 훑는 일을 하게 되었다고 알려 주었다. 그래서 장막을 친 듯 깜깜하기만 하던 바깥이 희끄무레한 회색으로 바뀌기 시작하자마자, 그들은 등불을 끈 다음, 가장 두툼한 옷으로 몸을 감싸고 털목도리를 목에 둘러 가슴 앞에 여미고 헛간을 향해 출발했다. 눈은 하얀 구름 기둥의 형태로 북극에서부터 새들을 쫓아왔기 때문에 눈송이 하나하나를 볼 수 있는 것은 아니었다. 빙산과 북극해, 고래, 백곰 등의 냄새가 나는 돌풍 때문에 눈은 대지를 스치고 지나갈 뿐 깊이 쌓이지 못했다. 그들은 몸을 숙인 채 폭신한 눈을 밟으며 터덜터덜 앞으로 걸어가며, 할 수 있는 한 울타리를 방패삼아 눈을 피해 보려 했으나 울타리는 눈을 차단해주기보다 걸러주는 정도였다.

난무하는 무수한 눈송이 때문에 창백해진 대기가 그것들을 괴팍스럽게 비틀고 휘돌리는 광경은 무채색의 혼돈을 연상시켰다. 하지만 이 젊은 두 여인은 기분이 꽤 좋았다. 건조한 고원 지대에서는 이런 날씨 자체가 우울한 것은 아니었기 때문이다.

"하하! 저 영리한 철새들은 눈이 올 줄 알고 있었던 거야. 북극성에서 줄곧 눈보라를 앞질러 날아왔던 게 틀림없어. 테스, 분명 네 남편이 있는 곳은 요즘 찌는 듯이 더울 거야. 아, 그분이 지금 이 아리따운 당신 아내의 모습을 볼 수만 있다면! 이런 날씨에도 너의 아름다움은 조금도 상하지 않는구나, 정말. 오히려 더 돋보이는걸."

메리언이 말했다.

"나한테 그이 얘기는 하지 마, 메리언."

테스가 단호히 말했다.

"그래, 하지만…… 너도 그분을 사랑하잖아! 안 그래?"

테스는 대답을 하는 대신 눈물을 글썽이며 남아메리카 방향으로 고개를 돌리고 입술을 내밀어 눈보라에 열렬한 키스를 했다.

"그래, 그래, 네가 그분을 사랑한다는 거 알고 있어. 하지만 솔직히 말하면, 결혼한 부부가 이렇게 살아가는 게 좀 이상해! 그래, 이제 더는 이야기하지 않을게! 글쎄, 날씨가 이래도 헛간에서 일하면 춥지는 않을 거야. 하지만 밀 이삭 훑는 일은 끔찍하게 힘들단다. 순무 캐는 일보다 더 힘들어. 나야 건강하니까 견딜 수 있지만, 넌 나보다 가늘어서 걱정이 되는구나. 주인이 왜 너한테 이 일을 시키는지 모르겠다."

그들은 헛간에 도착하여 안으로 들어갔다. 길쭉한 건물의 한쪽 끝에는 밀이 가득 쌓여 있었고, 가운데에서 밀 이삭 훑는 일을 하게끔 되어 있었는데, 거기에는 벌써 전날 저녁에 오늘 하루 동안 여자들이 일할 충분한 양의 밀대가 틀에 쌓여 있었다.

"어머, 이즈 아냐!"

메리언이 말했다.

정말 이즈였다. 이즈가 앞으로 걸어 나왔다. 그녀는 그 전날 오후 집을 출발하여 내내 걸어왔는데 거리가 그렇게 멀 줄은 몰랐기 때문에 늦었다는 것이었다. 하지만 다행히 눈이 내리기 전에 도착하여 주막에서 하룻밤을 묵었다고 했다. 농장 주인은 시장에서 이즈의 어머니를 만났을 때 이즈가 오늘까지만 도착하면 고용하겠다고 약속했고, 이즈는 늦어서 주인이 실망할까 봐 걱정했었다고 했다.

테스와 메리언, 이즈 외에도 이웃 마을에서 온 두 여자가 더 있었다.

아마존의 여전사 같은 두 자매였는데, 테스는 그들이 스페이드의 여왕이란 별명의 까무잡잡한 카와 그 동생인 다이아몬드의 여왕—이들은 트랜트리지에서 한밤중에 테스에게 싸움을 걸었던 여자들이었다—임을 알아보고 깜짝 놀랐다. 그러나 그들은 테스를 알아보지 못하는 표정이었는데, 아마 그들은 테스 아닌 다른 누구도 알아보지 못했을 것이다. 그들은 술에 취해 있었고, 지금 여기서처럼 그때도 그곳에 잠시 머물러 있었기 때문이었다. 그들은 우물 파기, 울타리 만들기, 도랑 파기, 땅 파기 등 남자들이 하는 일도 뭐든 서슴지 않고 맡아서 조금도 힘들어하는 기색 없이 거뜬히 해내는 사람들이었다. 밀 이삭 훑는 일도 잘하기로 유명해서 다른 세 여자를 다소 오만한 눈길로 바라보았다.

모두들 장갑을 끼고는 틀 앞에 한 줄로 자리를 잡고 일을 시작했다. 그 틀은 수직으로 선 두 기둥이 하나의 가로대에 의해 연결된 구조물이었는데, 가로대는 수직 기둥에 있는 못에 걸려 있어 아래에 놓인 밀다발이 줄어들면 밑으로 칸칸이 내려오게끔 되어 있었다.

빛이 하늘에서 아래로 비추는 대신 마당에 쌓인 눈에서 위로 반사되어 헛간 문으로 들어왔기 때문에 더욱 강렬해졌다. 여자들은 틀에서 밀대를 한 손 가득 빼냈다. 하지만 추잡한 뒷소문을 늘어놓는 낯선 여자들 때문에 메리언과 이즈는 처음에는 바라던 대로 옛이야기를 할 수 없었다. 곧이어 둔탁한 말발굽 소리가 들리더니 농장 주인이 헛간 문 앞에 나타났다. 그는 말에서 내려 테스 곁으로 다가오더니 그녀의 옆얼굴을 유심히 지켜보았다. 테스는 처음에는 고개를 돌리지 않았으나 그가 계속 그렇게 가만히 서 있자 돌아보았다. 그 순간 그녀는 자기를 고용한 사람이 며칠 전 큰길에서 자신의 과거를 들추며 말을 걸어와 정신없이 도망쳤던 바로 그 트랜트리지 사람이라는 것을 알게 되었다.

그는 테스가 훑어 낸 밀단을 바깥의 밀짚 더미로 가지고 나올 때까지 기다렸다가 입을 열었다.

"내 친절을 악의로 받아들인 그 젊은 여자가 맞지? 누가 새로 들어왔다는 얘기를 듣자마자 그게 당신일 거라고 생각했지! 애인하고 여관에서 나를 만났던 첫 번째나 길에서 내빼던 두 번째 모두 나를 이겼다고 생각했을 테지만, 이번에는 내가 이긴 것 같은 데 그래?"

그는 냉혹한 웃음으로 말을 맺었다.

테스는 아마존의 여전사들과 농장 주인 사이에 끼여 마치 그물에 걸린 새처럼 아무 대답도 하지 못하고 밀 훑는 일만 계속했다. 이때쯤 테스는 주인이 치근댈까 봐 두려워할 필요가 없다는 것을 알 수 있을 만큼 충분히 사람의 성격을 파악할 줄 알았다. 오히려 주인은 엔젤한테 얻어맞은 것에 대한 분풀이로 그녀를 학대할 것 같았다. 대체로 그녀는 남자들이 이렇게 자기를 미워하는 것이 오히려 마음이 편했고, 그만한 것은 참아 낼 만한 용기도 있었다.

"내가 반하기라도 한 줄 알았나? 여자들 중엔 사내가 조금 쳐다보기만 해도 진심으로 그러는 줄 아는 바보들이 있단 말이야. 그런 치들의 머리에서 터무니없는 생각을 몰아내는 데는 겨울에 밭일을 시키는 것보다 더 좋은 게 없지. 수태고지축일까지 일하기로 동의하고 계약도 했으니까, 이제 나한테 사과하는 게 어때?"

"사과를 해야 할 사람은 당신인 것 같은데요."

"잘났군 그래. 좋을 대로 하시지, 그러나 여기서 누가 주인인지는 알고 있으라고. 그래, 오늘 훑은 밀단이 이게 전분가?"

"네, 그래요."

"아주 형편없군. 저기 저 여자들은 얼마나 했나 보라고. 나머지 사람들도 이보다는 많이 했잖소."

건장한 두 여자를 가리키며 주인이 말했다.

"다들 전에 이 일을 해 본 사람들이지만, 나는 처음이라 그래요. 그리고 이건 일한 만큼만 삯을 주는 일이니까 당신한테 해가 될 일은 없을 텐데요."

"아니, 그렇지 않아. 난 헛간을 빨리 치우고 싶단 말이야."

"다른 사람들은 2시에 가더라도 난 가지 않고 남아서 오후 내내 일하면 되잖아요."

그는 못마땅한 눈초리로 그녀를 쳐다보고는 가 버렸다. 테스는 이보다 더 고약한 곳을 찾아낼 수는 없었을 거라는 생각이 들었다. 그래도 치근대는 것보다는 나았다. 2시가 되자 능숙하게 밀 이삭을 훑던 여자들은 낫을 내던지고 반 파인트 남은 술병을 쭉 들이켜더니 마지막 밀단을 묶은 다음 나가 버렸다. 메리언과 이즈도 그 생각이었으나, 테스가 일이 서둘러서 못한 만큼 시간으로 벌충하기 위해 남아서 일하겠다는 말을 듣자 가려고 하지 않았다. 여전히 내리고 있는 눈발을 바라보며 메리언이 외쳤다.

"야, 이제 우리만 남았구나."

그렇게 해서 그들은 마침내 낙농장에서 지내던 옛이야기를 하기 시작했는데, 물론 엔젤 클레어를 좋아하던 일도 이야기하게 되었다.

"이즈, 메리언." 하고 엔젤 클레어 부인은 자기 자신이 그의 아내로서의 역할을 거의 하지 못하는 것을 알면서도 위엄을 갖추어 말했다. 하지만 그런 자신의 모습이 몹시 측은하게 느껴졌다.

"이제 난 예전처럼 너희들이랑 클레어 씨에 대해 이야기할 수가 없어. 내가 그럴 수 없는 이유는 너희들도 알 거야. 그이가 지금은 나한테서 떠나 있지만 아직은 내 남편이기 때문이야."

이즈는 엔젤을 사랑했던 네 처녀들 중에 성미가 가장 뻔뻔하고 신랄한 편이었다.

"그분이 아주 멋진 애인이었다는 건 틀림없어. 하지만 널 그렇게 빨리 떠난 걸 보면 그렇게 다정한 남편은 아닌가 보구나."

"그이는 떠날 수밖에 없었어. 거기로 건너가서 땅을 둘러봐야 했으니까."

테스가 변명했다.

"네가 겨울을 넘기게 해 줄 수도 있었을 텐데."

"아, 그건 우연한 일 때문이야. 오해가 있었지. 우리는 그 문제로 말다툼을 벌이고 싶지 않았어. 그이를 위해 할 말은 얼마든지 있을 거야! 그이는 부인한테 말도 안하고 떠나 버리는 남자들과는 달라 난 그이가 어디에 있는지 언제든 알아낼 수 있다고."

테스가 울먹거리며 대답했다.

이 말이 끝나자 그들은 한참 동안 상념에 잠겨 묵묵히 일만 계속했다. 밀 이삭을 움켜잡고 밀짚을 뽑아낸 다음, 밀짚을 겨드랑이에 끼고 낫으로 이삭을 잘라내는 과정이 이어졌고, 헛간에는 밀짚 바스락거리는 소리와 낫으로 이삭 치는 소리만이 났다. 그때 갑자기 테스가 맥을 못 추고 발치의 밀 이삭 더미에 쓰러졌다.

"내가 이럴 줄 알았다니까! 이 일을 견디려면 네 살집으로는 안 돼."

메리언이 소리쳤다.

바로 그때 농장 주인이 들어왔다.

"이런, 내가 자리에 없으면 이 지경이군."

그는 테스를 향해 말했다.

"하지만 이건 내 손해일 뿐 당신 손해는 아니잖아요."

그녀가 변명했다.

"일을 빨리 끝내고 싶다니까."

그는 고집스럽게 말하며, 헛간을 가로질러 다른 쪽 문으로 나갔다.

"신경 안 써도 돼, 테스. 난 전에도 여기서 일한 적이 있었거든. 자, 저기 가서 누워 있어. 이즈와 내가 네 숫자를 채워 줄게."

메리언이 말했다.

"너희들한테 그 힘든 일을 시키고 싶지 않아. 내가 너희들보다 키도 더 크잖니."

그러나 테스는 너무 힘이 없었기 때문에 잠깐 누워 있으라는 말을 따르기로 하고, 헛간 저쪽에 쌓아놓은 밀짚더미—곧은 밀짚을 추려 내고 버려진 허섭스레기—에 몸을 기대고 누웠다. 그녀가 쓰러진 것은 힘든 일 때문이기도 했지만 남편과 헤어진 이야기를 하느라 흥분한 탓이 컸다. 그녀는 아무런 의지 없이 그저 의식만 있는 채로 누워 있었기 때문에, 두 사람이 밀짚을 훑고 이삭 자르는 소리가 몸으로 감지될 만큼 무겁게 느껴졌다.

이런 소리 외에도 두 사람이 소곤대는 소리가 구석에 누워 있는 테스의 귀에 들렸다. 그들이 아까 시작한 이야기를 계속하고 있다는 것은 확실했으나, 목소리가 너무 작아서 말은 알아들을 수가 없었다. 마침내 테스는 그들이 무슨 얘기를 하고 있는지 너무 궁금해져서 이제 괜찮아졌다고 생각하며 몸을 추슬러 일어나 다시 일을 시작했다.

그런데 이번에는 이즈가 쓰러졌다. 그녀는 전날 저녁에 19킬로미터 넘게 길을 걸어오고 나서 자정에야 잠자리에 들었는데 오늘 또 5시에 일어났던 것이다. 메리언 혼자만 술기운과 튼튼한 체격 덕분에 등과 팔이 혹사를 당해도 아픈 줄 모르고 버텨 냈다. 테스는 이즈에게 자기는 이제 괜찮아졌으니 이즈 없이도 그날 일을 마칠 수 있겠다고 하면서 밀단 숫자도 똑같이 나눌 테니 그만 들어가 쉬라고 권했다.

이즈는 이 제안을 고맙게 받아들이고는 큰 문으로 해서 자기 숙소로 향하는 눈 덮인 길로 사라졌다. 오후 이맘때쯤이면 으레 그렇듯 메리언은 술기운으로 인해 낭만적인 기분에 젖어들기 시작했다.

메리언이 몽롱한 어조로 말했다.

"그분이 그럴 줄은 몰랐어. 정말로! 내가 그토록 사랑하던 그분이 그럴 줄이야! 나랑 결혼한 건 그래도 괜찮아. 하지만 이번에 이즈한테 한 행동은 너무 심했어!"

테스는 이 말에 어찌나 놀랐던지 하마터면 낫으로 손가락을 자를 뻔했다.

"내 남편 말이니?"

테스가 더듬거리며 물었다.

"글쎄, 그렇다니까. 이즈가 너한테는 말하지 말라고 했지만 도저히 잠자코 있을 수 없구나! 그분이 이즈더러 브라질에 함께 가자고 했다지 뭐니!"

테스의 얼굴이 헛간 밖 풍경만큼이나 하얗게 질리면서 표정이 굳어졌다.

"그래서 이즈가 거절했대?"

그녀가 물었다.

"모르겠어. 여하튼 그분이 마음을 바꿨대."

"피, 그렇다면 그건 진심으로 한 말이 아니었잖아! 그저 남자들이 으레 하는 농담 같은 것이었겠지!"

"아냐, 진심이었나 봐. 이즈를 태우고 기차역 쪽으로 한참을 달렸다고 하던걸."

"그래도 데려가지 않았잖아!"

그들은 묵묵히 일을 계속했는데, 별안간 테스가 울음을 터뜨렸다.

"이런! 내가 말하지 않는 건데 그랬어."

메리언이 말했다.

"아냐, 네가 말한 건 아주 잘한 일이야! 그동안 난 결과가 어떻게 될지 알지도 못한 채 그저 슬퍼하기만 했던 것 같아. 그이한테 편지라도 좀 더 자주 써 보내야 했어. 그이는 자기 있는 곳에 오지 말라고만 했지, 편지를 자주 보내지 말라고는 하지 않았거든. 더 이상 이렇게 우물쭈물하고 있어서는 안 되겠어! 여태껏 그이가 하는 대로 내버려 둔 건 잘못이었어. 내가 소홀했던 거야!"

날이 저물어 헛간 안이 어두워지자 그들은 더 이상 일을 할 수 없었다. 그날 저녁 숙소로 돌아온 테스는 희게 회칠이 된 자그마한 자기 방에 들어가 엔젤에게 격정적으로 편지를 쓰기 시작했으나 미심쩍은 기분이 들어 끝까지 쓸 수가 없었다. 그녀를 떠난 지 얼마 되지도 않았을 때 이즈더러 함께 외국으로 가자고 했다는 그 사람, 자꾸만 그녀에게서 달아나려고만 하는 그 사람이 정말 그녀의 남편이라는 생각을 스스로에게 일깨우기라도 하듯, 그녀는 리본에 매달아 목에 소중히 걸고 있던 결혼반지를 빼내어 그날 밤 내내 손가락에 끼고 있었다. 그러나 그런 사실을 알고 있는데 어떻게 그에게 애원의 편지를 쓰고 아직도 그를 사랑한다고 표현할 수 있겠는가?

44

테스는 헛간에서 그런 사실을 듣게 되자, 최근에 두어 번 떠오르곤 하던 에민스터 사제관에 대해 다시 한 번 깊이 생각해보게 되었다. 남편은 편지를 보내고 싶거든 부모님이 계신 그 사제관을 통하도록 하고 어려운 일이 생기면 그곳에 직접 알리라고 했었다. 그러나 테스는 자기가 엔젤에게 도덕적으로 요구할 입장이 못 된다는 생각을 하며 편지를 보내고 싶은 충동을 유보하고 말았다. 그래서 그녀는 결혼한 이후로 친정 부모한테 연락하기를 꺼려 왔던 것처럼 사제관의 시댁 식구들한테도 존재하지 않는 사람이나 마찬가지였다. 이렇게 양쪽 집에 자신의 존재를 드러내지 않은 것은, 자기의 잘잘못을 곰곰 생각해 보고서 자기가 받을 자격이 없다고 판단되는 호의나 동정은 어떤 것도 바라지 않는 독립적인 성격 탓이었다. 그녀는 일어서든 넘어지든 자기 힘으로 해 보려고 노력했고, 엔젤이 한때의 충동에 이끌려 자기와 결혼식을 올렸다고 해서 얼굴도 모르는 그의 가족과 한 식구가 되었다는 순전히 형식적인 권리 같은 것은 포기하기로 마음먹었던 것이다.

그러나 이즈의 이야기를 듣고 나서 어찌나 열이 나고 가슴이 뛰던지 더 이상 자제가 되지 않았다. 왜 남편은 편지를 하지 않는 것일까? 적어도 어디에 있는 것쯤은 알려 주겠다고 분명히 암시했으면서도 주소를 알리는 편지도 한 줄 보내오지 않았다. 정말 무관심한 것일까? 아니면 병이라도 난 걸까? 그녀 자신이 먼저 편지를 해야 하지 않을까? 아무래도 용기를 내어 사제관을 찾아가서 남편의 소식도 알아보고 남편의 침묵으로 그녀가 얼마나 슬퍼하고 있는지도 하소연해야 할 것 같다. 엔젤의 아버지가 소문으로 들은 것처럼 좋은 분이라면 자신의 애끊는 심정을 충분히 헤아려줄 수 있을 것이다. 자신의 궁핍한 형편이야 숨기려고만 하면 숨길 수 있었다.

평일에는 농장을 떠날 수 없었기 때문에, 가능한 날은 일요일뿐이었다. 플린트콤 애쉬는 아직 철도가 올라오지 않은 백악질 고원의 한복판에 있었기 때문에 걸어서 다녀올 수밖에 없었다. 그런데 오가는 거리가 각각 24킬로미터였기 때문에, 하루에 다녀오려면 아침 일찍 출발해야 했다.

2주일 후, 눈도 다 녹고 뒤이어 된서리가 내리자 그녀는 도로 사정이 좋은 틈을 타서 길을 떠나기로 했다. 일요일 새벽 4시에 그녀는 아래층으로 내려와서 별빛 속으로 나갔다. 날씨는 여전히 좋았고 발밑의 땅은 쇠모루(대장간에서 불린 쇠를 올려놓고 두드리는 받침쇠_옮긴이)처럼 울렸다.

메리언과 이즈는 그녀의 나들이가 남편과 관련이 있다는 것을 알고 많은 관심을 보였다. 그들의 숙소는 골목을 따라 조금 더 내려간 저 안쪽이었지만, 테스의 숙소로 찾아와서 출발하는 것을 거들었다. 그 친구들은 시부모의 마음을 사로잡으려면 가장 예쁜 옷으로 차려입고 가야 한다고 테스에게 성화를 부렸지만, 정작 그녀 자신은 클레어 신부가 검소하고 엄격한 캘빈주의를 신조로 삼고 있다는 것을 알고 있었기 때문에 옷치장에는 무관심했고 심지어 치장을 해서는 안 된다는 생각마저 들었다. 이제 슬픈 결혼 생활을 한 지도 1년이 다 되었지만 테스는 아직도 그때 장만해 둔 옷을 보관하고 있어서, 최신 유행에 맞춰 꾸미지는 못하더라도 소박한 시골 여자로서 아주 예쁘게 차려입을 수 있는 옷은 충분히 남아 있었다. 그녀는 얼굴과 목덜미의 복숭앗빛 피부를 돋보이게 하는 흰 주름장식이 달린 보드라운 회색 모직 드레스와 까만 벨벳 재킷을 입고 모자를 썼다.

"네 남편이 지금의 네 모습을 볼 수 없다니 너무 아쉽구나. 정말 예쁘구나."

바깥의 싸늘한 별빛과 방 안의 누런 촛불 빛 사이의 문간에 서 있는 테스의 모습을 보며 이즈 휴에트가 말했다. 이즈는 이때 자신의 감정은 버려 두고 너그러운 마음으로 말했던 것이다. 마음이 개암나무 열매보다 작지 않은 여자라면 누구나 그랬을 테지만, 이즈는 테스 앞에서는 반감을 가질 수 없었다. 테스가 같은 여자들에게 끼치는 감화력은 아주 남다른 따뜻함과 힘을 지니고 있어, 기묘하게도 심술이나 경쟁심 같은 좀 더 저열한 여자들의 감정을 압도해 버리는 것이었다.

마지막으로 여기저기 옷매무새를 잡아 주고 솔질을 하고서야 그들은 테스를 놓아주었다. 그러자 테스는 동트기 전의 진줏빛 대기 속으로 사라졌다. 그들은 테스가 딱딱한 길에서 성큼성큼 걸어가는 발소리를 들었다. 이즈조차도 테스가 원하는 바를 이루고 돌아오기를 바랐다. 이즈는 스스로 자신의 인품이 훌륭하다고 생각하지는 않았지만 잠시 엔젤의 유혹을 받았을 때 친구를 배반하지 않았다는 게 흐뭇했다.

엔젤과 테스가 결혼한 지도 어느덧 하루 모자란 1년이 되었고 그가 그녀 곁을 떠난 지도 겨우 며칠 모자란 1년이 되었다. 그래도 건조하고 맑은 겨울날 아침에, 돼지 등껍질 같은 이런 백악질 산등성이의 희미한 대기 속을 지금 같은 용무를 지니고 활기차게 걸어간다는 것은 우울한 일이 아니었다. 그리고 이렇게 길을 떠나는 테스의 희망이, 시어머니한테 잘 보여서 자기편으로 만들고, 이번 일의 자초지종을 모두 말씀드려 남편을 되찾는 것이었음은 의심의 여지가 없었다.

이윽고 테스는 거대한 신비탈의 가장자리에 이르렀다. 그 아래에는 새벽 안개에 싸인 비옥한 블랙무어 골짜기가 펼쳐 있었다. 저 아래의 대기는 고원지대의 무채색 대기와는 달리 짙은 푸른색을 띠고 있었다. 그녀가 지금 일하고 있는 농장은 1백 에이커나 되는 거대한 규모인데 반해, 비탈 아래로 보이는 밭들은 6에이커도 안 되는 작은 규모로 그 수효가 어찌나 많은지 높은 곳에서 바라보니 마치 그물코처럼 보였다. 위쪽의 이곳 풍경은 희끄무레한 갈색을 띠었지만, 아래쪽은 프룸 골짜기처럼 한결같은 초록색이었다. 하지만 그녀의 슬픔이 생겨난 곳도 그 골짜기였기 때문에 그녀는 그곳이 전처럼 사랑스럽지 않았다. 아름다움을 느껴본 모든 사람들처럼, 테스도 아름다움이란 사물 자체에 있는 것이 아니라 그것이 무엇을 상징하느냐에 따라 달라진다고 느꼈다.

테스는 골짜기를 오른쪽으로 내려다보며 계속해서 서쪽으로 갔다. 힌톡을 지난 다음, 셔튼 애버스와 캐스터브리지를 연결하는 도로를 건너고, '악마의 부엌'이라는 협곡을 사이에 둔 독베리 힐과 하이 스토이를 돌아갔다. 계속 높은 길을 따라 가다 마침내 크로스인 핸드에 당도했는데, 그곳에는 기적이나 살인, 혹은 두 가지 모두 일어났던 곳이라는 표시로 돌기둥 하나가 말없이 쓸쓸히 서 있었다. 5킬로미터를 더 가서 롱 애쉬 레인이라는 지금은 사용하지 않는 로마시대의 직선 도로를 횡단했다. 그곳에 당도하자마자 다시 출발한 그녀는 산을 가로지르는 길을 따라 내려와 에버셰드라는 작은 읍인지 마을인지에 이르렀다. 이제 거리상 반쯤은 온 셈이었다.

그녀는 여기서 걸음을 멈추고 두 번째 아침 식사를 배부르게 먹었다. 여관은 피하려고 했기 때문에 '사우 앤 에이콘'이라는 여관에서 먹지 않고 교회 옆의 오두막집에서 먹었다

　여정의 남은 반은 벤벌 레인을 따라 좀 더 평탄한 지대를 지나게 되어 있었다. 그러나 목적지가 점점 가까워오자 테스는 자신감이 줄어들었고 자기 앞에 놓인 일이 더 두려워졌다. 자기의 목적은 너무 도드라져 보이는데 주변 풍경은 희미해져서 하마터면 길을 잃을 뻔했다. 그러나 정오쯤에는 에민스터와 그 사제관이 자리한 분지의 초입에 있는 문에 당도했다.

　이 순간 신부와 교인들이 모여 있을 교회의 맨 위에 있는 네모난 종탑은 테스의 눈에 엄한 모습으로 비쳤다. 어떻게든 변통을 해서 주말을 피할 걸 그랬다는 생각이 들었다. 아무리 선량한 분이라도 그녀의 어쩔 수 없는 사정을 알지 못한다면 여자가 주일에 찾아온 것에 대해 편견을 가지고 있을지도 몰랐다. 그러나 이젠 계속 갈 수밖에 다른 도리가 없었다. 그녀는 거기까지 신고 걸어온 투박한 장화를 벗고 얇고 예쁜 에나멜가죽 구두를 신었다. 그리고 장화는 다시 쉽게 찾을 수 있도록 문기둥 옆 산울타리 속에 밀어 넣고 언덕을 내려갔다. 차가운 공기 속을 활기차게 걸어온 덕분에 얼굴에 싱싱한 혈색이 돌았는데 사제관이 가까워오자 자기도 모르는 사이에 그 싱싱함이 희미해졌다.

　테스는 자기를 도와줄 무슨 우연한 일이라도 생겼으면 하고 바랐지만, 아무 일도 일어나지 않았다. 사제관 정원의 딸기나무들은 차가운 산들바람이 불편하기라도 한 듯 부스럭거렸고, 그녀는 자기 옷 중에 제일 좋은 옷으로 차려입고 있었지만 아무리 상상의 나래를 펴 보아도 그 집이 자기와 가까운 사람들이 사는 곳이라는 느낌이 들지 않았다. 그러나 성품이나 감정 등 본질적으로는 그녀가 그들과 다른 점은 없었다. 생각, 즐거움과 괴로움, 삶과 죽음, 그리고 사후의 세계에 이르

기까지 그들은 똑같았다.

그녀는 가까스로 용기를 내어 회전문을 통해 안으로 들어가 초인종을 울렸다. 일은 벌어졌다. 이제 물러설 수 없었다. 그러나 아니었다. 아직 일은 벌어지지 않았다. 초인종을 울려도 안에서는 아무런 대답이 없었다. 그녀는 다시 마음을 다잡아 먹고 두 번째로 종을 울렸다. 종을 울릴 때의 흥분에 24킬로미터를 걸어온 피곤이 겹쳐 그녀는 기다리는 동안 한 손으로 엉덩이를 짚고 그 팔꿈치를 현관벽에 기대어 몸을 지탱해야만 했다. 바람은 어찌나 쌀쌀했던지 담쟁이 잎사귀는 시들어 회색으로 변해 있었고, 각 잎사귀가 옆의 잎사귀와 끊임없이 부딪치며 부스럭대는 소리는 그녀의 신경을 건드려 불안하게 했다. 고기를 구입한 어느 집의 쓰레기 더미에서 날아온 피 묻은 종이 한 장이 대문 밖 길에서 이리저리 날아다니고 있었다. 가만히 내려앉기엔 너무 가볍고 날아가 버리기엔 너무 무거운 모양이었다. 지푸라기 몇 가닥도 동무라도 되어 주려는 듯 함께 날아다니고 있었다.

두 번째 종소리는 더 크게 울렸지만, 여전히 아무도 나오지 않았다. 그러자 그녀는 현관에서 걸어 나와 대문을 열고 밖으로 나왔다. 그러고는 다시 되돌아가려는 듯 주춤거리며 집의 정면을 바라보았지만 한숨을 내쉬며 문을 닫았다. 그녀는 (어떻게 알았는지는 알 수 없으나) 자기가 누군지 알아보고 들이지 말라는 분부가 내려진 게 아닌가 하는 생각이 자꾸 머릿속을 맴돌았다. 테스는 모퉁이까지 갔다. 그녀는 이제 자기가 할 수 있는 일은 다 했다고 생각했지만, 현재의 두려움을 피하느라 훗날의 괴로움을 만드는 일은 하지 말자는 결심을 하고는 다시 집을 지나 걸어가며 창문 하나하나를 올려다보았다.

아하, 집안사람들 모두가 교회에 갔기 때문에 응답이 없었던 거였구나. 엔젤의 아버지는 하인들까지 포함한 온 집안 식구들이 아침 예배에 참석해야 한다고 늘 고집하시고, 그래서 예배를 끝내고 집에 돌아오면 언제나 식은 음식을 먹어야 한다던 엔젤의 말이 기억났다. 그녀는 그곳에서 기다리다 사람들 눈에 띄는 건 싫었기 때문에 교회를 지나 골목으로 가려고 했다. 그런데 그녀가 교회 앞마당 문에 이르렀을 때 사람들이 쏟아져 나오는 바람에 그녀는 그 사람들 속으로 휩쓸리고 말았다.

에민스터 교회의 교인들은 단지 작은 읍민들이 느긋하게 집으로 걸어가며 외지에서 온 낯선 여자를 바라보는 눈길로 그녀를 바라볼 뿐이었다. 그녀는 사제관 식구들이 점심 식사를 마칠 때까지 산울타리 나무 사이에 숨어 있기 위해 걸음을 빨리하여 왔던 길을 올라갔다. 그렇게 하는 것이 그들에게 더 편할 것 같았기 때문이다. 그녀는 곧 교인들에게서 멀어졌지만, 팔짱을 긴 두 청년이 그녀의 뒤를 빠른 걸음으로 활기차게 걸어오고 있었다.

그들이 가까이 다가오자 테스는 열성적으로 이야기를 나누고 있는 그들의 목소리를 들을 수 있었다. 그런 처지에 있는 여자의 예리한 직감으로 그 목소리들이 남편의 어조와 닮았다는 것을 금방 알아차렸다. 테스의 뒤에서 걸어오던 그들은 엔젤의 두 형이었던 것이다. 그녀는 자신이 거기에 와 있는 목적은 모두 잊어버린 채, 대면할 준비도 안 된 이런 예기치 않은 상황에서 그들이 자기를 따라잡으면 어떻게 하나 하는 두려움에 사로잡혔다. 그들이 자기를 알아볼 리야 없겠지만 그들이 자기를 자세히 살펴보는 것이 본능적으로 두려웠던 것이다. 그들은 오랜 시간 예배를 보느라 차가워진 손발을 녹이기 위해 점심을 먹으러 들어가기 전에 빠른 걸음으로 좀 걸을 작정이었던 것이다.

테스의 앞쪽에는 저 언덕 위로 단 한 사람만이 걸어가고 있었다. 숙녀처럼 보이는 다소 눈길을 끄는 젊은 여자였지만 태도에 어딘지 좀 부자연스러운 데가 있었고 새침해 보였다. 테스가 거의 그 여자를 따라잡았을 때 두 시아주버니들도 빠른 걸음으로 테스의 바로 등 뒤에

와 있었기 때문에 그들이 하는 말을 전부 다 들을 수 있었다. 그러나 특별히 테스의 관심을 끄는 이야기는 없었다. 그러다 그들 중 한 명이 아직 저 앞에 있는 젊은 숙녀를 보고 이렇게 말했다.

"저기 머시 찬트가 가고 있군. 따라가 보자."

테스는 그 이름을 알고 있었다. 그 이름은 엔젤의 평생의 반려자로 양가 부모들이 미리 약속해 두었던 여인이었고, 테스가 끼어들지 않았다면 엔젤이 결혼했을지도 모르는 여인이었던 것이다.

테스는 전에 이런 내용을 모르고 있었더라도 조금만 기다렸다면 알 수 있었을 것이다. 엔젤의 두 형들 중 한 명이 이렇게 말했기 때문이다.

"아! 불쌍한 엔젤. 불쌍한 엔젤! 저 참한 아가씨를 볼 때마다 그 녀석이 소젖 짜는 여자인지 뭔지 하는 여자한테 자신을 내던져 버린 경솔함이 더욱 안타깝단 말이야! 정말 이상한 일이야. 지금은 함께 살고 있는지 모르겠어. 몇 달 전에 소식을 들었을 때에는 헤어져 있는 것 같던데."

"나도 모르겠어요. 요즘은 나한테 아무 소식도 없다니까요. 별난 생각을 하면서부터 나와 멀어지기 시작하더니 경솔한 결혼을 하고부터는 완전히 멀어져 버린 것 같아요."

테스는 그 기다란 언덕길을 더욱 빠른 걸음으로 올라갔지만, 더 이상 그들보다 앞서간다면 눈길을 끌게 될 것 같았다. 마침내 그들은 테스를 지나쳐 갔다. 아직 저 앞에 있는 젊은 여인은 그들의 발소리를 듣고 뒤를 돌아보았다. 그러자 그들은 서로 인사를 나누고 악수를 하고는 셋이서 함께 걸어갔다.

그들은 곧 언덕의 꼭대기에 다다랐고, 그들은 이 지점까지 왔다가 되돌아가려 했던 게 분명했다. 그들은 걸음을 늦추더니, 한 시간 전에 테스가 읍내로 내려가기 전에 둘러보려고 잠시 걸음을 멈췄던 문 쪽으로 돌아섰다. 이야기를 나누는 동안 성직자 형들 중 한 명이 우산으로 산울타리를 주의 깊게 뒤지더니 밝은 데로 무언가를 끄집어내 며 말했다.

"헌 장화가 한 켤레 있네. 부랑자나 누가 버리고 간 모양이군."

"아마 동정심을 끌려고 맨발로 마을에 내려오는 어느 사기꾼의 짓 일 거예요."

머시 찬트가 말했다.

"맞아요, 틀림없어요. 장화가 멀쩡하잖아요. 해진 데라곤 한 군데도 없군요. 이런 야비한 짓을 하다니! 가지고 가서 가난한 사람한테 줘야 겠어요."

장화를 발견한 커스버트 클레어가 지팡이 손잡이의 굽은 부분으로 그것을 집어 올렸다. 그렇게 해서 테스의 장화는 남의 손에 들어가고 말았다.

이 말을 들은 테스는 털실로 짠 베일로 얼굴을 가린 채 그들을 지나 간 다음, 잠시 후 돌아보니 그 신도들은 그녀의 장화를 들고 문을 떠나 언덕 아래로 내려가고 있었다. 그러고 나서 우리의 주인공은 다시 걷 기 시작했다. 눈물이 앞을 가리고 뺨으로 흘러내렸다. 그 장면을 자신 에 대한 비난으로 받아들이는 것은 지극히 감상적인 것이고 근거 없이 예민해진 까닭이라는 것을 그녀는 알고 있었지만, 그럼에도 불구하고 그런 생각을 떨쳐 버릴 수가 없었다. 그녀는 자신을 방어할 힘도 없는 처지에서 이렇게 불길한 조짐을 거슬러 행동할 수 없었다. 사제관으로 다시 돌아간다는 것은 생각할 수도 없었다. 엔젤의 아내는 마치 그 최 고로 훌륭한 그녀가 보기에는—성직자들에게 멸시를 받고 언덕 위로 쫓겨올라온 듯한 느낌이 들었다—아무것도 모르고 한 멸시였다 하더 라도, 테스가 아버지가 아니라 그 아들들을 우연히 만난 것은 운이 나 빴던 것이다. 그들의 부친은 편협하긴 하지만 그들만큼 딱딱하거나 냉 정하지 않았고 자비심이 넘치는 사람이었다. 다시 그 흙 묻은 장화에 생각이 미치자 테스는 그들의 조롱을 받은 장화가 가여워졌고 그 주인의 인생도 참으로 절망적이라는 느낌이 들었다.

테스는 자기 자신이 가엾어서 한숨을 쉬었다.

"아! 그들은 내가 험한 길을 오는 동안 그이가 사 준 이 예쁜 구두를 아끼려고 그 장화를 신었다는 걸 몰랐던 거야. 그럼, 알 리가 없지! 그리고 내 예쁜 드레스의 색깔도 그이가 골라 줬다는 걸 상상도 못했을 거야. 그럼 어떻게 그걸 알 수 있었겠어? 설령 알았다 해도 대단치 않게 여겼을 거야. 그들은 그를 그다지 많이 좋아하지 않았으니까. 불쌍한 사람!"

그녀는 인습적인 판단 기준으로 자신에게 이런 슬픔을 안겨 준 사랑하는 사람 때문에 마음이 아팠다. 그리고 그이의 형들을 보고 아버지를 판단하여 마지막 중요한 순간에 나약하게 용기를 잃어버린 것이 자기 생애에서 가장 큰 불운이었다는 사실을 알지 못한 채 길을 떠났다. 그녀의 지금 형편이야말로 클레어 씨 부부의 동정심을 얻기에 충분한 것이었다. 그들은 극도의 절망에 빠진 이들에게 금방 마음의 문을 열었지만, 덜 절망적인 사람들의 미묘하고 정신적인 고통에는 관심이나 주의를 기울이지 않았다. 그들은 '세리'와 '죄인' 들을 도와주는 일에는 발 벗고 나섰으나 '율법학자'와 '바리새인' 들의 근심을 위로해 줄 수 있는 말 한마디는 잊어버리곤 했다. 그들은 이런 약점 또는 한계를 지니고 있었기 때문에 이때 그들이 며느리를 만났다면 당연히 자신들이 사랑해 줘야 할 길 잃은 양으로 여기며 호감을 보였을 것이다.

이렇게 해서 그녀는 왔던 길을 따라 터덜터덜 되돌아 걷기 시작했는데, 희망에 부풀기는커녕 자기 인생에 위기가 다가오고 있다는 확신이 엄습했다. 겉으로 보기에는 아무런 위기도 일어나지 않았다. 다시 용기를 내어 사제관을 마주할 수 있을 때까지 그 척박한 농장에서 계속 일하는 수밖에 다른 도리가 없었다. 사실 그녀는 마치 머시 찬트가 보여 줄 수 없는 얼굴을 적어도 자기는 보여 줄 수 있다는 것을 세상에 알리기라도 하려는 듯 돌아오는 길에는 베일을 걷어 올릴 만큼 스스로에 대한 관심이 충분히 생겨났다. 그러나 곧 슬픈 얼굴을 하고 고개를 절레절레 흔들었다.

"아무 소용없어, 소용없어! 사랑하는 사람도 없고 봐 주는 사람도 없는데 뭘. 나처럼 버림받은 여자의 얼굴에 누가 관심이나 있겠어!"

돌아오는 길의 발걸음은 갈 때의 행진하듯 씩씩하던 발걸음이 아니라 활기도 목적도 없이 그저 관성에 의해 움직이는 것 같았다. 길고 지루한 벤빌 레인을 따라 걷는 동안 그녀는 지치기 시작했기 때문에 가끔 대문에 기대거나 이정표에서 숨을 돌리곤 했다.

테스는 어느 집에도 들어가지 않고 11~13킬로미터를 계속 걸어서 마침내 길게 뻗은 가파른 언덕길을 내려왔다. 언덕 아래에는 아침에 지금과는 달리 희망을 품고 식사를 했던 에버셰드 마을이 있었다. 그녀가 다시 들어가 앉은 교회 옆 오두막은 그 마을 끄트머리에 있는 거의 첫 번째 집이었는데, 주인 여자가 식품 저장실에 우유를 가지러 간 사이에 거리를 내다보던 테스는 거리에 사람이 전혀 보이지 않는다는 것을 알게 되었다.

"다들 오후 예배에 간 모양이에요?"

그녀가 물었다.

"아니라오."

노파가 대답했다.

"그러기엔 아직 너무 이르지. 종도 안 울렸으니까. 다들 저 건너 헛간에 설교를 들으러 갔어. 어느 열광적인 설교자가 예배 시간 사이를 이용해서 설교를 한다는데 아주 훌륭하고 열정적인 기독교인이라고들 하더군. 하지만 난 그런 거 들으러 안 가! 교회에서 보통 때 듣는 설교만으로도 충분히 감동을 받으니까."

테스는 곧 마을 안으로 들어갔는데 마치 죽은 자들의 장소에라도 온 듯 그녀의 발소리가 집들에 부딪혀 메아리쳤다. 중심부에 가까워 오자 그녀의 발소리에서 나는 메아리를 흐트러뜨리는 다른 소리가 들려왔다. 길에서 멀지 않은 곳에 헛간이 있는 걸 보고 그녀는 그것은 설교자의 목소리일 거라고 짐작했다.

대기가 맑고 고요해서 그의 목소리는 아주 선명하게 들렸다. 그래서 그녀는 헛간의 막힌 쪽에 있었지만 곧 설교 내용을 알 수 있었다. 예상했던 대로, 그것은 바울 신화에서 설명하고 있는 것처럼 신앙으로 모든 것을 정당화할 수 있다는 주장에 근거한 극단적인 도덕률 초월론자의 설교였다. 그 열렬한 설교자는 이런 생각을 아주 열정적으로 설교하고 있었지만, 시종 웅변조로 일관하고 있어 아직 연설하는 기술을 익히지 못한 게 분명했다. 테스는 설교의 시작 부분은 듣지 못했지만 계속해서 반복되는 내용으로 어느 성경 구절을 말하고 있는 것인지 알 수 있었다.

"어리석은 갈라디아 사람들이여, 예수 그리스도께서 십자가에 못 박히신 모습이 여러분의 눈앞에 선한데, 누가 여러분을 홀렸습니까(〈갈라디아서〉 3장 1절_옮긴이)?"

뒤에 서서 듣고 있던 테스는 그 설교자의 교의가 엔젤 아버지의 견해를 극단적으로 표현하는 것임을 알고 더욱 관심이 갔는데, 연사가 어떻게 이런 견해를 가지게 되었는지 자신의 영적인 경험담을 상세히 털어놓기 시작하자 더욱 흥미로워졌다. 그는 스스로를 최악의 죄인이라고 하며 과거에 자기는 말씀을 조롱했고, 방탕하고 음란한 사람들과 방종하게 어울렸으나, 마침내 깨달음의 날이 왔다고 했다. 인간적인 의미로 말한다면 그것은 주로 어느 성직자의 영향력 때문이었다고 했다. 그는 처음에는 그 신부를 심하게 모욕했지만 헤어질 때 그분이 남긴 말이 자기 마음속에 남아 있다가 마침내 하느님의 은총으로 자기를 변화시켰으며 지금 여러분이 보고 있는 모습으로 만들어 주었다고 했다.

그러나 테스에게 더욱 놀라운 것은 그의 교리보다 그의 목소리였다. 있을 수 없는 일 같았지만 그것은 분명 알렉 더버빌의 음성이었다. 고통스런 긴장으로 얼굴이 굳어진 그녀는 헛간 모퉁이를 돌아 앞으로 가 보았다. 나직이 걸린 겨울 해가 커다란 두짝문으로 된 입구를 곧바로 비추고 있었다. 한쪽 문이 열려 있어서 햇살은 북풍을 피해 아늑하게 들어가 있는 청중들과 설교자가 있는, 탈곡장 너머 저 안쪽까지 비추었다 청중들은 모두 마을 사람들이었고 그중에는 예전에 잊지 못할 그날에 테스가 본 적이 있는 빨간 페인트 통을 들고 다니던 사나이도 있었다. 그러나 테스의 시선은 청중과 문 쪽을 향해 밀가루 부대 위에 서 있는 연사에게로 쏠렸다. 오후 3시의 태양이 그의 모습을 훤히 비춰주었다. 테스는 그의 목소리가 선명히 들릴 때부터 마음속에 서서히 자리를 잡아가던, 자기를 농락했던 자가 가까이 있는 것 같다는 이상하리만치 힘 빠지게 하는 확신이 마침내 사실로 드러나는 것을 목격했다.

제6부
개심자

45

트랜트리지를 떠난 뒤부터 그 순간까지 그녀는 더버빌을 만난 적도 없고 소식을 들은 적도 없었다. 그런데 하필이면 조그만 감정적 자극에도 충격을 받을 수 있는 그 힘겨운 순간에 그를 조우하게 되었던 것이다. 기억이란 얼마나 비논리적인 것인지, 그가 공개적으로 명백하게 지난날의 방탕함을 참회하며 거기에 서 있는데도, 그녀는 공포에 사로잡혀 온몸이 마비된 듯 뒤로 물러서지도 앞으로 나가지도 못하고 있었다. 그의 얼굴을 마지막으로 보았을 때 거기서 어떤 느낌이 풍겼던가! 그런데 지금 다시 그 얼굴을 보게 되다니! 잘생긴 얼굴과 불쾌한 인상은 그대로였으나, 지금은 까만 콧수염을 없애고 구식으로 단정하게 다듬은 구레나룻에 거의 성직자 같은 옷차림을 하고 있어서 그의 얼굴에서 멋깨나 부리던 과거의 인상을 지워 버릴 만큼 표정도 변해 있었다. 잠시나마 그가 더버빌이 아닐지도 모른다는 생각이 들 정도였다.

테스는 이런 사람의 입에서 그토록 엄숙한 성경 말씀이 거침없이 흘러나오는 걸 보고 처음에는 섬뜩할 정도로 괴이쩍고 너무나 어울리지 않는다는 생각이 들었다. 4년도 채 안 되어 다시 듣게 된 그 익숙한 목소리는 어찌나 예전과 다른 의도를 지닌 말들을 쏟아 내고 있는지 그 대조의 아이러니에 그녀는 속이 몹시 메스꺼워졌다.

그것은 개심이라기보다는 변신이었다. 예전의 감각적인 곡선은 지금은 헌신적 열정의 직선으로 바뀌어 있었다. 유혹을 의미하던 입술 모양은 지금은 기도를 표현하고 있었고, 지난날에 방종으로 해석될 수 있었던 볼의 홍조는 지금은 경건한 복음을 전달하는 광휘로 바뀌어 있었다. 육욕은 광신으로, 이교적 미신은 바울의 가르침으로 변해 있었다. 예전에 정복의 욕심으로 테스의 육체를 쏘아보던 그 대담하고 부리부리한 눈은 지금은 무서우리만치 격렬한 신앙의 열정으로 번쩍이고 있었다. 예전에 욕망이 거부당할 때마다 경직되어 도드라져 보이던 그 거무스름하고 각진 얼굴에서는 진창에서 뒹굴던 시절로 다시 돌아가려고 고집하는, 개심이 불가능한 타락자 같은 인상이 드러났다.

그의 얼굴 윤곽은 그 자체로 불만스러워하는 듯 보였다. 타고난 모습에서 벗어나 자연이 의도하지 않은 인상을 나타내려 애쓰고 있었다. 이렇게 그의 인상이 고상해진 것은 무언가 잘못된 것이며 고상하게 되려는 노력도 위선으로 보이는 것은 참으로 이상한 노릇이었다. 그러나 그게 가능할까? 그녀는 더 이상 너그럽지 못한 감정에 휩싸이지 않기로 했다. 전에는 악한 인간이었던 사람이 악의 구렁텅이에서 벗어나 제 영혼을 구한 경우가 더버빌이 처음이 아닌데, 왜 그것을 이상하게 생각해야 되는 게 예의 그 기분 나쁜 목소리로 새로이 복음을 전한 것을 들을 때 신경에 거슬렸던 것은 그저 선입견 때문인지도 모른다. 죄가 클수록 더 위대한 성자가 되는 법. 이런 사실을 발견하기 위해서는 기독교 역사를 깊이 연구할 필요도 없었다.

명확하게 설명할 수는 없지만 이런 생각들이 그녀의 마음을 막연하게 움직였다. 너무 놀라서 꼼짝도 못하고 서 있던 그녀는 몸을 움직일 수 있게 되자 얼른 그의 눈에 띄지 않는 곳으로 지나가야겠다는 생각을 했다. 그녀는 해를 등지고 서 있었기 때문에 아직 그는 그녀를 분명히 알아보지 못했다. 그러나 그녀가 다시 움직이는 순간 그는 그녀를 알아보았다. 그녀의 옛 애인은 그녀가 그를 발견했을 때 놀랐던 것보다 훨씬 더 큰 충격을 받았고, 마치 감전이라도 된 것처럼 보였다. 격렬하게 울려 퍼지던 그의 웅변과 열정은 그에게서 사라져 버린 듯했다. 그의 입술은 계속 말을 하려고 안간힘을 쓰며 부들부들 떨고 있었지만, 테스가 보고 있는 동안에는 말이 나오지 않았다. 그녀의 얼굴을 발견한 그의 눈은 그녀를 피해 사방을 두리번대다가도 이삼 초 후면 다시 번개처럼 그녀에게로 되돌아오곤 했다. 그러나 이런 마비 상태는 오래 가지 않았다. 그가 위축되는 것과 때를 같이하여 기운을 되찾은 테스는 최대한 빠른 걸음으로 헛간을 지나가 버렸기 때문이었다.

테스는 생각할 수 있게 되자 경악했다. 서로의 입장이 바뀌어도 이렇게 바뀔 수가 있다니! 그녀에게 몹쓸 짓을 저지른 남자는 지금 성령에 편에 서 있는데, 그녀 자신은 여전히 죄를 씻지 못하고 있었다. 마치 전설에 나오는 이야기처럼 키프로스의 여신(키프로스 섬에서 태어난 아프로디테를 가리킴_옮긴이)이 제단 앞에 나타나자 사제의 열정이 거의 꺼져 버리고 만 격이었다.

그녀는 뒤도 돌아보지 않고 앞으로 계속 걸어갔다. 그녀의 등에는—심지어 그녀의 옷에도—사람의 눈빛을 감지하는 민감한 감각이 있는 듯했다. 그 느낌이 어찌나 생생하던지 그녀는 헛간 바깥에서 누군가 그녀를 쳐다보고 있는 것 같다고 느꼈다. 여기에 올 때만 해도 그녀의 마음은 무기력한 슬픔으로 무거웠으나 지금은 근심의 성격이 바뀌어 있었다. 너무 오랫동안 거부당한 애정에의 갈망으로 괴롭던 마음은 잠시 사라지고, 아직도 그녀를 에워싸고 있는 무자비한 과거의 고통이 피부로 느껴지는 듯했다. 그로인해 그녀는 자신의 실수를 더욱 강렬하게 인식하게 되었고 정말 절망스런 기분이 들었다. 과거의 자신과 현재의 자신을 연결하는 고리가 끊어지기를 그토록 바랐건만 그런 일은 결국 일어나지 않았다. 자기 자신이 과거의 존재가 되어 사라지기 전에는 과거는 결코 완전한 과거가 아니었던 것이다.

이런 생각에 몰두한 채 그녀는 롱 애쉬 레인의 북쪽에서 길을 다시 건넜고, 이윽고 고원지대로 올라가는 희끄무레한 길이 눈앞에 보였다. 이제 남은 여정은 그 길의 가장자리를 따라 걷는 것이었다. 그 메마르고 창백한 길은 여기저기 차갑게 말라붙은 갈색 말똥만 흩어져 있을 뿐 사람이나 마차나 도로표지도 없이 단조롭게 뻗어 있었다. 이 오르막길을 천천히 올라가고 있을 때 테스는 등 뒤에서 발소리를 들었다. 뒤를 돌아보니 익히 알고 있는 모습—감리교도처럼 몹시 괴상하게 차려입은—이 눈에 들어왔다. 죽기 전에 다시는 단둘이 만나고 싶지 않았던 바로 그 남자였다.

그러나 생각하거나 피할 만한 겨를이 충분히지 않았기 때문에 그녀는 되도록 침착한 태도를 유지하며 그가 따라오는 대로 내버려 두었다. 그가 흥분한 것은 빠른 걸음걸이 때문이기도 하지만 마음속의 감정이 더 큰 이유라는 것을 그녀는 알고 있었다.

"테스!" 하고 그가 말했다.

그녀는 고개를 돌리지 않은 채 걸음을 늦추었다. 그가 다시 불렀다.

"테스. 나요 알렉 더버빌."

그제야 그녀는 뒤를 돌아보았고, 그가 다가왔다.

"그렇군요."

그녀가 쌀쌀맞게 대답했다.

"아니, 그게 전부요? 하긴 내가 그 이상을 바랄 입장은 아니지! 당연해."

그는 가벼운 웃음을 지으며 말을 이었다.

"나의 이런 모습을 보고 우스꽝스럽다고 여길지 모르겠소. 하지만 난 감수해야 하겠지. 집을 떠났다는 얘기는 들었는데 어디로 갔는지는 아무도 모르더군. 테스, 내가 왜 따라왔는지 궁금하오?"

"그래요, 난 당신이 따라오지 않기를 진심으로 바랐어요."

"그래, 그럴 만도 하지."

그가 침울하게 대답했다. 그들은 함께 걸었지만 그녀는 내키지 않는 걸음걸이였다.

"그렇지만 오해는 하지 마시오. 당신이 갑자기 나타났을 때 내가 풀이 죽는 모습을 보고 혹시 당신이 오해했을까 봐 부탁하는 거요. 난 그때 잠깐 움찔했을 뿐이오. 당신과 나의 관계를 생각해 보면 당연한 일 아니겠소. 그러나 난 의지의 도움을 받아 그걸 이겨 냈는데, 이런 말을 하면 아마 당신은 나를 사기꾼이라고 비웃을지도 모르겠지만, 곧이어 이런 생각이 들었소. 임박한 하느님의 분노로부터 내가 구원해야 하고 구원하고자 하는 세상의 모든 사람들 중에…… 비웃어도 좋소……. 나한테 가장 못된 짓을 당했던 한 여인이 있다는 것을 깨달았소. 그래서 오로지 그 목적으로 여기에 온 거요. 그 이상의 다른 의도는 없소."

이 말에 대한 그녀의 대꾸에는 아주 희미하나마 조롱하는 기색이 있었다.

"자신은 구원했나요? 자선을 베풀려거든 자기 집에서 먼저 시작하라는 말도 있잖아요."

그는 태연하게 대답했다.

"나 자신은 아무것도 한 게 없소! 아까 거기 모인 사람들에게도 말했지만 모든 건 하느님이 하신 일이오. 테스, 당신이 나를 아무리 경멸한다 해도 내가 나 자신—아담과 같았던 예전의 나 자신—에게 퍼부어 온 경멸에는 비기지 못할거요! 글쎄, 그건 참 이상한 경험이었소. 믿든 말든 그건 당신 자유요. 하지만 어떻게 해서 내가 회개하게 되었는지 말할 테니 적어도 귀를 기울이는 기색만이라도 보여주면 좋겠소. 에민스터의 신부님 함자를 들어본 일이 있소? 분명 들어봤을 거요. 클레어라는 나이 지긋한 신부님인데, 그분 교파에서도 가장 성실한 분이시고, 국교(國敎)에 남아 있는 몇 안 되는 열성적인 분들 가운데 한 분이시지. 내가 운명을 함께하고 있는 극단적인 기독교도들만큼 열성적이지는 않지만 국교 성직자들 중에서는 상당히 예외적인 분이라오. 국교의 젊은 성직자들은 궤변으로 본질적인 교리를 점점 흐려 놓아 지금은 참된 교리의 그림자만 남아 있는 형편이거든. 내가 그분의 견해와 다른 점은 교회와 국가의 문제에 관한 것으로 이 성경 구절의 해석이 다르다는 것뿐이오. '주께서 말씀하시기를 너희는 그들 가운데서 나와 그들과 따로 떨어져라(〈고린도후서〉 6장 17절_옮긴이).' 그분이야말로 이 나라에서 어느 누구보다도 더 많은 영혼을 구원한 겸손한 하느님의 종이라고 나는 굳게 믿고 있소. 그분 이야기를 들어본 적이 있소?"

"있어요."

그녀가 대답했다.

"그분이 이삼 년 전에 어느 선교회를 대표해서 트랜트리지에 설교하러 오신 일이 있었소. 당시에 가엾은 죄인이었던 나는 그분이 아무런 사심 없이 나를 설득하여 바른 길로 인도하려고 하는데도 그분을 모욕하고 말았지. 그런데 그분은 그런 내 행동에 조금도 화를 내지 않으시면서, 언젠가는 나도 성령의 첫 열매를 받을 것이고 때로는 조롱하러 왔다가 남아서 기도하는 사람도 있더라는 말씀만 하셨소. 그런데 그 말씀에 이상한 마력이 있었는지, 내 마음 깊이 파고들더군. 어머니가 돌아가셔서 난 더없이 큰 충격을 받았는데, 그 뒤로 서서히 밝은 빛을 보게 되었소. 그때부터 다른 사람들에게 참된 가르침을 전해 주는 것이 내 유일한 소망이 되었소. 그래서 오늘도 그 일을 하고 있었던 거요. 하지만 이 근방에서 설교를 하기 시작한 것은 얼마 되지 않았소. 전도를 시작한 처음 몇 달간은 북부 지방에서 모르는 사람들한테 설교하고 다녔거든. 그곳에서 서툴게나마 시작해서 용기를 얻은 뒤에 나를 알고 지내던 사람들과 어두운 시절 나의 친구였던 사람들 앞에서 말씀을 전하고 싶었던 거요. 그렇게 한다는 건 한 인간의 신실함을 판단하게 해 주는 가장 어려운 시험들 가운데 하나지. 테스, 자신의 뺨을 스스로 후려치는 쾌감을 당신이 알 수만 있다면, 확실히⋯⋯."

"그만해요!"

그녀는 그에게서 길가의 층층대 쪽으로 고개를 돌리며 격한 어조로 소리쳤다.

"이렇게 갑작스런 일은 믿을 수 없어요! 당신이 나한테⋯⋯ 당신이 나한테 어떤 일을 저질렀는지 알고 있을 텐데, 그런 식으로 말하다니 화가 치미는군요. 당신이나 당신 같은 사람들은 이승에서 재미란 재미를 다 보려고 나 같은 사람의 일생을 비통하고 암담하게 만들어 놓고서, 그 짓도 지겨워지니까 이제는 회개해서 천당의 기쁨까지 얻겠다고 생각하는 모양인데, 참으로 훌륭하시군요! 그따위 수작은 집어치워요. 난 당신을 믿지 않아요. 난 그런 짓거리를 증오해요!"

"테스, 그렇게 말하지 말아요! 나에게는 그것이 빛나는 불빛처럼 다가왔던 거요! 나를 안 믿는다고? 뭘 안 믿는다는 거요?"

"당신이 회개했다는 것. 당신의 종교."

"어째서?"

그녀는 목소리를 낮췄다.

"당신보다 훌륭한 사람도 그런 걸 안 믿으니까요."

"여자들의 논리란 참! 그 훌륭한 사람은 대체 누구요?"

"말할 수 없어요."

그는 말 속에 숨은 분노가 금방이라도 터져 나올 것 같은 음성으로 단언했다.

"흠, 내가 선한 사람이라고 말할 수는 없소. 내가 그렇다고 말하는 게 아니라는 건 당신도 알거요. 사실 난 선이라는 것에 아직 생소하오. 하지만 때로는 초심자가 가장 멀리 볼 수도 있는 거요."

그녀는 슬픈 목소리로 대답했다.

"그래요. 하지만 난 당신이 회개하여 새 영혼을 얻었다는 것을 믿을 수 없어요. 알렉, 안됐지만 당신이 느끼는 것과 같은 그런 섬광은 오래 가지 않을 것 같군요."

이렇게 말하면서 그녀는 그때까지 층층대에 고정되어 있던 시선을 돌려 그를 마주 보았다. 그러자 그의 두 눈은 별 생각 없이 낯익은 얼굴과 몸에 눈길을 주며 응시했다. 그 남자의 저열한 면은 지금은 밖으로 드러나지 않았으나, 근절된 것이 결코 아니었고 심지어 완전히 진압된 것도 아니었다.

"그렇게 날 쳐다보지 마시오!"

별안간 그가 말했다. 자신의 행동이나 태도를 의식하지 못하고 있던 테스는 갑자기 커다란 검은 눈을 거두며 얼굴을 붉히고 더듬거리며 말했다.

"미안해요!"

자연이 부여한 육체라는 거처에 깃들어 있다는 것 자체가 어쩌면 죄악이 아닐까 하는, 전에도 자주 떠오르곤 하던 비참한 느낌이 그녀의 마음속에 되살아났다.

"아니오, 아니오! 미안해할 것 없소. 그런데 당신은 미모를 가리려고 베일을 쓰고 있으면서 왜 베일을 내리지 않는 거요?"

그녀는 베일을 내리며 서둘러 말했다.

"바람을 막으려고 쓴 거예요."

그가 계속 말했다.

"내가 이렇게 지시하듯 하는 말에 불쾌할지도 모르겠소. 하지만 난 당신을 자주 보지 않는 게 좋겠소. 그러면 위험할 것 같으니."

"흥!" 하고 테스는 코웃음을 쳤다.

"사실 난 예전부터 여자의 얼굴에 너무 많이 휘둘려 왔기 때문에 두려워하지 않을 수 없소! 복음을 전하는 사람은 그러면 안 되는데, 잊고 싶은 옛날 일이 자꾸만 떠오르는군."

이 말을 끝으로 그들의 대화는 줄어들어 가끔 한두 마디 피상적인 말만을 주고받았다. 테스는 천천히 걸으며 그가 어디까지 따라올지 궁금했지만 대놓고 돌아가라고 말하기도 싫었다. 풀밭 출입문이나 층층대가 나올 때마다 거기에 빨간색 또는 파란색 페인트로 쓰여 있는 성경 구절이 자주 눈에 띄었다. 누가 이런 수고를 하는지 아느냐고 테스가 그에게 물었다. 그는 자기와 그 지역에서 함께 일하는 자기 동료들이 고용한 남자가 페인트로 쓴 것이라고 말하며, 악한 세대의 마음을 움직일 수 있는 방법이라면 무엇이든 다 시도해 보아야 할 것이라고 덧붙였다.

마침내 크로스 인 핸드에 당도했다. 하얗고 황량한 고원 지대에서도 가장 쓸쓸한 곳이었다. 화가나 관광객이 찾는 경치와는 거리가 멀었으나 새로운 종류의 미, 다시 말해 비극적 분위기의 부정적 아름다움에 도달해 있었다. 그곳의 지명은 거기 서 있는 돌기둥에서 비롯되었는데, 그 돌기둥은 이 근방의 어느 채석장에서도 볼 수 없는 지층에서 파내 온 울퉁불퉁하고 기이한 돌덩어리로 거기에는 손 하나가 서투른 솜씨로 새겨져 있었다. 그것의 내력과 의미에 대해서는 해석이 분분했다. 어떤 권위자들은, 옛날엔 그 위에 세워진 신앙을 상징하는 십자가와 함께 하나의 완전한 구조를 이루고 있었는데 지금 남아 있는 것은 그 받침돌에 불과하다고 했고, 또 다른 사람들은 지금의 돌기둥이 원래 형태이며 경계 혹은 회합 장소를 표시하기 위해 세워진 것이라고 주장했다. 그 유적의 유래가 어떻든 간에 그것이 서 있는 주위의 분위기는 예나 지금이나 불길하거나 엄숙한 느낌을 주었고, 가장 냉담한 길손에게도 강한 인상을 남겼다.

그들이 이 지점 가까이 왔을 때 알렉이 말했다.

"이제 그만 가 봐야겠소. 난 오늘 저녁 6시에 애버츠 서늘에서 설교를 해야 하기 때문에, 여기서부터는 오른쪽으로 가야 하오. 테시, 나도 당신 때문에 좀 심란해졌소. 이유는 말할 수 없고 말하지도 않겠소. 난 당신 곁을 떠나 기운을 차려야 하오. 그런데 당신 말솜씨가 참 유창해졌는데 어떻게 된 일이오? 누가 그렇게 훌륭한 영어를 가르쳐 주었소?"

"고생을 하다 보니 여러 가지를 배우게 되더군요."

그녀가 모호하게 대답했다.

"무슨 고생을 했는데?"

그녀는 맨 먼저 겪은 고생—그와 연관 있는 단 한 가지 고생—에 대해 그에게 이야기했다. 더버빌은 놀라서 말문이 막혔다.

"난 여태껏 전혀 모르고 있었소."

그러고는 그는 중얼거렸다.

"그런 어려운 일이 있을 것 같으면 나한테 알렸어야지."

그녀가 아무런 대꾸도 하지 않자, 그가 정적을 깨고 덧붙여 말했다.

"그럼, 다시 보도록 합시다."

"싫어요. 다시는 내 앞에 나타나지 마세요!"

그녀가 대답했다.

"생각해 보겠소. 하지만 헤어지기 전에 이리 좀 와 봐요."

그가 돌기둥으로 다가가며 말했다.

"이것은 옛날에 성스러운 십자가라고 불렀소. 유적 같은 것은 내 교리와는 관계가 없소. 하지만 난 가끔 당신이 두렵소. 지금 당신이 나를 두려워하는 것보다 훨씬 더 많이. 내 두려움을 덜어 주기 위해서는 당신의 도움이 필요하오. 당신의 손을 이 돌에 새겨진 손 위에 얹고 매력으로든 행동으로든 나를 절대 유혹하지 않겠다고 맹세해 주시오."

"맙소사, 별 필요 없는 요구도 다 하는군요! 난 전혀 그럴 생각이 없어요."

"알아요. 그래도 맹세해 줘요."

테스는 겁도 나고 해서 그의 집요한 요구에 양보하여, 돌 위에 손을 얹고 맹세를 했다.

"당신이 신자가 아니라는 게 유감이오."

그가 말을 계속했다.

"신앙 없는 자가 당신을 사로잡아 마음을 뒤흔들어 놓은 것 같아서 안타깝군. 하지만 지금은 그만해 둡시다. 적어도 집에서는 당신을 위해 기도할 수 있을 거요. 아니 기도하겠소. 어떤 일이 일어날지 어떻게 알겠소? 이제 난 가겠소. 잘 가요."

그는 산울타리에 난 사냥터 출입문 쪽으로 돌아서서 그녀에게 다시한 번 눈길도 주지 않고 애버츠 서늘을 향해 비탈을 가로질러 내려갔다. 걸어가는 그의 발걸음에는 마음의 동요가 드러났다. 옛날 생각을 가라앉혀 볼 심산인지 잠시 후 그는 주머니에서 작은 책을 꺼내더니, 책갈피에 접혀 있는, 여러 번 읽어서 때 묻은 편지 한 통을 펼쳐 들었다. 몇 달 전에 클레어 신부한테서 받은 편지였다.

그 편지는 더버빌이 회개한 것에 대해 진심 어린 기쁨을 표현하는 것으로 시작하여, 친절하게 그 소식을 자기에게 알려 주어 고맙다는 인사를 하고 있었다. 그리고 더버빌의 예전 행동을 용서한다는 신부의 온정 어린 확언과 더버빌의 장래 계획에 대한 관심을 표현하고 있었다. 클레어 신부로서는 자신이 평생 오랜 기간 열심히 일해 온 국교에 더버빌이 들어오기를 바라며, 더버빌이 그 목적으로 신학교에 간다면 도와주겠다고 했다. 그러나 그러자면 시일이 걸릴 테고 목회 활동을 뒤로 미뤄야 하기 때문에 본인이 원하지 않을 수도 있으니, 신학교에 가는 게 가장 좋은 길이라며 강요하지는 않겠다고 했다. 모든 사람은 자기가 가장 잘 할 수 있는 일을 성령이 인도하는 방식으로 해야 한다는 것이었다.

더버빌은 이 편지를 읽고 또 읽었다. 그러고 나서 스스로에게 냉소적인 질문을 하는 듯했다. 그는 걸으면서 또 비망록에 적힌 몇몇 구절을 읽더니, 마침내 얼굴에 침착함을 되찾았다. 겉으로 보기에는 이제 더 이상 테스의 모습이 그의 마음을 심란하게 하지 않는 것 같았다.

한편 그녀는 집으로 가는 가장 가까운 길인 언덕 가장자리를 따라 계속 걸었다. 1.6킬로미터를 채 못 가서 그녀는 양치기 한 명을 만났다.

"저쪽 제가 지나온 길에 있는 오래된 돌기둥에는 어떤 의미가 있나요? 성스러운 십자가였다죠?"

그녀가 그에게 물었다.

"십자가라니 천만에요! 불길한 징조를 나타내는 돌입니다. 옛날에 거기서 손바닥을 기둥에 못 박혀 교수형에 처해진 어느 죄인의 친척들이 세운 것이죠. 그 밑에는 그 죄인의 뼈가 묻혀 있어요. 그자가 악마한테 영혼을 팔았는지 이따금 귀신이 되어 돌아다닌다는 말이 있답니다."

예기치 않게 끔찍한 이야기를 들은 테스는 으스스한 기분이 들어 양치기를 남겨 두고 얼른 자리를 떴다. 플린트콤 애쉬에 가까이 왔을 때 땅거미가 지기 시작했고, 마을로 들어가는 오솔길에 그녀가 다가오는 것도 모르고 한 처녀와 애인처럼 보이는 남자가 서 있었다. 그들은 은밀한 이야기를 나누고 있지 않았다. 다정한 어조로 말하는 남자의 음성 에 대꾸하는 젊은 여자의 맑고 천연덕스러운 음성이 차가운 대기로 퍼져 나가고 있었다. 그것은 다른 어떤 것도 끼어들지 않는 어둠으로 가득한 어스레한 지평선에서 유일하게 마음을 편안하게 가라앉혀 주는 소리였다. 그들의 목소리를 들은 테스는 잠시 유쾌해졌으나, 자기의 고행의 서곡이었던 이끌림을 이들 중 어느 한쪽에서 느끼면서 이 만남이 시작되었을 거라는 생각에 이내 유쾌함이 사그라들었다. 그녀가 가까이 다가가자 처녀가 조용히 돌아보고 그녀를 알아보았고, 청년은 창피한 듯 자리를 떴다. 그 처녀는 이즈 휴에트였다. 그녀는 자기 일은 제쳐 두고 테스의 일이 어떻게 되었는지 물었다. 테스는 결과를 그다지 분명하게 설명하지 않았고, 눈치 빠른 이즈는 테스가 방금 목격한 자신의 보잘것없는 연애에 대해 이야기하기 시작했다.

"아까 그 사람은 엠비 시들링이라고 하는데, 가끔 탤버테이스 목장에 와서 일을 거들곤 했던 남자야. 여기저기 수소문한 끝에 내가 여기에 있는 것을 알아냈대. 2년 동안이나 나를 좋아했다는데 난 아직 대답하지 않았어."

이즈가 심드렁하게 설명했다.

46

아무 소득 없는 여행을 한 지 며칠이 흘렀고, 테스는 밭에 나와 일하고 있었다. 여전히 건조한 겨울바람이 불고 있었지만, 이엉으로 지붕을 인 바자를 바람이 불어오는 쪽에 세워 두었기 때문에 세찬 바람을 피할 수 있었다. 지붕 아래에는 순무 써는 기계가 있었고, 새로 페인트칠을 한 기계의 밝은 파란색은 그게 없었더라면 밋밋했을 풍경에 자기 목소리를 내고 있는 듯 보였다. 기계 앞에는 초겨울부터 순무를 보관해 둔 기다란 무덤 같은 움이 있었다.

테스는 지붕 없는 끄트머리에 서서 낫으로 순무의 잔털과 흙을 긁어낸 다음 절단기에 던져 넣는 일을 하고 있었다. 한 남자가 기계의 손잡이를 돌리고 있었고, 기계의 홈통에서 막 잘라진 순무가 쏟아져 나왔다. 누런 순무 조각에서 풍기는 싱싱한 냄새는 윙윙대는 바람 소리와 순무를 써는 칼날에서 나는 날카로운 소리, 가죽 장갑을 낀 테스의 손에서 나는 낫질 소리와 한데 어울렸다.

순무를 뽑아내어 텅 빈 갈색의 너른 밭에는 더 짙은 갈색의 채찍마냥 얇은 줄이 그어지는가 싶더니 그 무늬가 점점 넓어져서 리본처럼 되었다. 이 이랑의 가장자리를 따라 열 개의 다리를 가진 무언가가 서두르지도 쉬지도 않고 밭의 끝에서 끝까지 왔다 갔다 하고 있었다. 말두 마리와 한 사내가 쟁기를 사이에 두고 봄철의 파종을 위해 빈 밭을 갈아엎고 있는 것이었다.

몇 시간 동안 이 쓸쓸한 단조로움을 깨트리는 것은 아무것도 없었다. 그러고 나서, 쟁기질 하는 사람 너머 저 멀리 검은 점 하나가 보였다. 그 검은 점은 모퉁이의 울타리 틈새로 들어와 순무 자르는 사람들을 향해 계속 비탈길을 올라오고 있었다. 처음에는 하나의 점에 불과하던 것이 차츰 볼링 핀처럼 커지더니 곧 검은 옷을 입은 사람이 플린트콤 애쉬 쪽에서 오고 있는 것을 알 수 있었다. 절단기를 돌리는 남자는 눈으로는 다른 할 일이 없었기 때문에 다가오는 사람을 줄곧 지켜보고 있었으나, 테스는 일에 몰두하고 있어서 누가 오고 있다는 걸 동료가 알려 줄 때까지 알아보지 못했다.

그 사람은 혹독한 작업 감독인 그로비 농장주가 아니었다. 반 성직자 복장을 한 그 사내는 한때 방종했던 알렉 더버빌이었다. 지금은 설교하느라 열을 올리고 있지 않았기 때문에 이전보다 열광적인 면이 덜했고, 기계를 돌리는 남자가 있어서 난처해하는 것 같았다.

테스의 얼굴은 벌써 극도의 불안감으로 창백해졌다. 그녀는 머릿수건을 더 깊숙이 끌어 내렸다. 더버빌이 가까이 다가와 조용히 말했다.

"테스, 할 말이 있소."

"내 마지막 부탁을 어겼군요! 다시는 내 앞에 나타나지 말라고 했는데!"

그녀가 말했다.

"그래요. 하지만 그럴 만한 이유가 있소."

"그럼 말해 보세요."

"당신이 생각하는 것보다 더 중대한 일이오."

그는 누가 엿듣고 있지 않은지 주위를 둘러보았다. 기계를 돌리고 있는 남자는 어느 정도 거리를 두고 있었고 더욱이 기계의 소음 때문에 알렉의 말은 다른 사람의 귀에 들어갈 리 없었다. 더버빌은 그 남자에게 등을 돌리고 테스를 가로막아 섰다.

알렉은 새삼스레 양심의 가책을 느끼며 말을 이었다.

"무슨 얘기냐 하면, 저번에 만났을 때는 당신 영혼과 내 영혼을 생각하느라 당신의 사는 형편을 묻는 걸 잊었소. 옷도 잘 입고 있어서 거기까지 생각이 미치지 않았던 거요. 하지만 당신 생활이 얼마나 어려운지 이제 알겠소. 옛날보다 형편이 더 어려운 것 같소. 당신은 이런 고생을 해서는 안 되는데, 이렇게 된 데는 나한테 상당한 책임이 있는 것 같소!"

그녀는 대답하지 않았고, 그는 대답을 기다리며 그녀를 지켜보았다. 그러나 그녀는 고개를 숙여 얼굴을 수건으로 완전히 가린 채 다시 순무 다듬는 일을 하기 시작했다. 일을 계속하면 그가 자신의 감정에 접근하는 것을 더 잘 막을 수 있을 것 같았다.

"테스!" 하고 불만스런 한숨을 내쉬며 그가 덧붙였다.

"당신과의 일은 내가 저지른 잘못 중에서도 가장 심한 것이었소. 당신이 말하기 전까지는 그 일로 인해 어떤 결과가 있었는지 난 전혀 모르고 있었소. 그토록 순진한 사람의 일생을 망쳐 놓다니 내가 정말 나빴소! 그건 전적으로 내 잘못이었소. 트랜트리지에 함께 있을 때 내가 저질렀던 터무니없는 모든 일들 말이오. 당신도 그렇지. 나야 가짜 명문가의 후손에 불과하지만 당신은 진짜 혈통을 이어받은 사람인데 아무리 나이가 어려도 그렇지 일어날지도 모르는 위험에 대해 어떻게 그렇게 무지할 수가 있소! 진심으로 하는 말인데, 부모님들도 창피한 줄을 좀 아셔야 하오. 좋은 동기에서였건 단지 무심한 탓이었건 못된 놈들이 쳐놓은 덫과 그물이 있다는 것도 모르고 딸자식을 그렇게 위험하게 키우다니 말이오."

테스는 듣기만 하면서, 자동적이고 규칙적으로 둥근 무를 던지고 또다른 것을 집어 들었다. 밭일하는 여자의 수심에 찬 표정만이 얼굴에 나타나 있을 뿐이었다. 더버빌이 계속 말했다.

"하지만 그 말을 하러 내가 여기에 온 것은 아니오. 지금 내 처지는 이렇소. 당신이 트랜트리지를 떠난 뒤에 어머니가 돌아가시자 그 집은 내 소유가 되었지. 그렇지만 난 집을 팔고 아프리카에 가서 선교사역에 헌신할 작정이오. 분명 처음엔 몹시 서툴겠지. 그런데 당신한테 부탁하려는 게 뭐냐면…… 내가 전에 당신한테 저지른 잘못을 보상해 줄 유일한 일을 해서 책임을 다할 수 있도록, 내 아내가 되어 나와 함께 가지 않겠소? 난 벌써 이 귀중한 서류까지 얻었소. 어머니가 임종하실 때 바라던 소원이기도 하시지."

그는 조금 어색한 듯 머뭇거리며 주머니에서 양피지 한 장을 꺼냈다.

"그게 뭔데요?"

그녀가 물었다

"결혼 허가증이오."

"아, 안 돼, 안 돼요."

깜짝 놀란 그녀는 뒤로 물러서며 황급히 소리쳤다.

"안 된다고? 이유가 뭐요?"

이렇게 묻는 그의 얼굴에는 책임을 다하지 못하게 된 데 대한 실망감만은 아닌 무언가 다른 실망감이 스쳤다. 그것은 그녀를 향한 그의 옛 열정이 되살아났다는 것을 드러내는 명백한 징후였다. 책임감과 욕망이 손에 손을 잡고 있었다.

정말 그는 더욱 격한 어조로 말을 시작했지만, 절단기를 돌리고 있는 일꾼을 돌아보았다. 테스도 여기서는 이야기를 끝낼 수 없겠다고 느꼈다. 그래서 그녀는 손님이 찾아와서 잠깐 함께 거닐다 오겠다고 동료 일꾼에게 말하고는 더버빌과 함께 얼룩말 무늬가 그려진 밭을 가로질러 걸어갔다. 새로 갈아 놓은 밭의 첫 이랑에 이르렀을 때 더버빌은 손을 내밀어 테스가 그 위로 넘을 수 있도록 도와주려 했으나 그녀는 못 본 체하고 둔덕을 밟으며 건너뛰었다.

"테스, 나와 결혼해서 내가 자존심을 지킬 수 있도록 해 주지 않겠소?"

그들이 이랑을 다 넘어서자마자 그가 되풀이해 물었다.

"결혼할 수 없어요."

"대체 이유가 뭐요?"

"내가 당신을 사랑하지 않는다는 건 당신도 알잖아요."

"하지만 시간이 지나면 애정을 느끼게 되지 않을까? 당신이 날 진짜로 용서할 수 있게 되면. 곧 그렇게 될 거요."

"그런 일은 절대 없을 거예요!"

"그렇게 확신하는 이유가 뭐요?"

"다른 사람을 사랑하고 있어요."

그 말에 놀란 그가 소리쳤다.

"그래? 다른 사람을 사랑한다고? 그렇다면 뭐가 도덕적으로 옳고 타당한가 하는 문제는 당신에게 중요하지 않은가 보군."

"그래요, 그래요, 중요하지 않다고요. 아무리 그렇더라도 그런 식으로 말하지 말아요!"

"여하튼 다른 남자에 대한 사랑도 시간이 지나면 극복될 수 있는 일시적인 감정일 테니."

"아니요, 아니에요."

"될 거요, 될 수 있소! 왜 안 되지?"

"말할 수 없어요."

"도의상 반드시 말해야 하오."

"그렇다면 말하죠. 그 사람하고 결혼했어요."

"아!"

그는 소리를 지르며 죽은 듯 꼼짝 않고 서서 그녀를 응시했다.

그녀가 변명했다.

"말하고 싶지 않았어요. 말할 생각도 없었고요. 그건 여기서는 비밀이에요. 안다고 해도 그저 어렴풋이 짐작하고 있는 정도일 거예요. 그러니 제발 부탁인데 더 이상 캐묻지 마세요. 그리고 우리는 이제 남남이라는 사실을 잊지 마세요."

"남남이라고? 우리가? 남남이라니."

잠시 그의 얼굴에 예전의 빈정대는 표정이 나타났다. 그러나 그는 결연하게 그 감정을 눌렀다.

"저기 저 사람이 당신 남편이오?"

기계를 돌리고 있는 일꾼을 가리키며 그가 자동적으로 물었다.

"저 사람이요? 그럴 리가."

그녀가 자신만만하게 대답했다.

"그럼, 누구요?"

"내가 말하고 싶어 하지 않는 건 묻지 마세요."

그녀가 애원했다.

고개를 쳐든 그녀의 얼굴과 속눈썹 그늘이 진 두 눈에서 그녀의 간절한 애원이 더버빌의 눈에 들어왔다. 더버빌은 당황했다.

"하지만 난 오로지 당신을 위해서 물어본 거요!"

그가 열을 올리며 반박했다.

"오! 하늘의 천사들이여! 하느님, 이런 말을 쓰는 걸 용서하소서. 맹세컨대, 내가 여기에 찾아온 것은 당신한테 도움이 될 거라고 생각했기 때문이오. 테스, 나를 그렇게 쳐다보지 마시오. 난 당신의 눈초리를 견딜 수가 없소! 정말이지, 예수님 이전이나 이후에도 그런 눈초리는 없었을 거요! 그래, 이성을 잃지 말자. 그래서는 안 돼. 솔직히 말하면 당신을 보고 나서 당신에 대한 사랑이 되살아났소. 그런 감정은 모두 사라진 줄 믿었는데 그게 아니었소. 그러나 우리가 결혼하면 우리 둘 다 죄를 씻을 수 있을 거라 생각했소. '믿지 아니하는 남편이 아내로 인하여 거룩하게 되고 믿지 아니하는 아내가 남편으로 인하여 거룩하게 되나니(〈고린도전서〉 7장 14절_옮긴이)'라는 말씀을 혼자 되뇌곤 했지. 하지만 내 계획은 박살나 버렸고 이제 난 이 실망을 견뎌 내야 하오!"

그는 바닥을 내려다보며 침울한 표정으로 생각에 잠겼다.

"결혼했다, 결혼했다니! 그래, 그렇다면 하는 수 없지."

그는 꽤 침착하게 말을 덧붙이며, 결혼 허가증을 천천히 반으로 찢어서 주머니에 넣었다.

"결혼은 못하게 되었으니, 당신 남편이 누구인지는 모르겠지만, 당신과 당신 남편을 위해서 무엇이든 도움을 주고 싶소. 묻고 싶은 것은 많지만 당신이 바라지 않으니 질문은 하지 않도록 하지. 그래도 내가 당신 남편을 알 수 있다면 더 쉽게 당신들을 도울 수 있을 텐데. 이 농장에 있소?"

"아니에요, 먼 곳에 있어요."

그녀가 중얼거렸다.

"먼 곳에? 당신을 버려 두고? 남편이란 사람이 어떻게 그럴 수 있소?"

"그이를 욕하지 말아요! 당신 때문이에요! 그이가 그 사실을 알……"

"아, 그렇게 됐군! 테스, 참 안됐소!"

"그래요."

"그래도 이런 일을 하도록 버려 두고 당신에게서 떠나다니."

"그이가 이런 일을 하게 한 건 아니에요."

테스는 그 자리에 없는 남편을 두둔하기 위해 한껏 열을 올리며 소리쳤다.

"그이는 내가 이러고 있는 걸 몰라요! 이건 내가 결정한 일이에요."

"그럼, 편지는 보내오나?"

"그건…… 그건 말할 수 없어요. 다른 사람한테는 말하고 싶지 않은 우리만의 비밀이 있어요."

"물론 그 말은 편지가 안 온다는 뜻이로군, 테스. 당신은 소박맞은 아내가 되어 버렸군."

더버빌은 충동에 휩싸여 별안간 몸을 돌리며 테스의 손을 잡았다. 그녀는 가죽 장갑을 끼고 있었기 때문에 그는 거친 가죽만을 잡았을 뿐 장갑 안에 있는 손가락의 형태도 생명도 느끼지 못했다.

"이러지 마세요. 이러면 안 돼요."

그녀는 겁에 질려 소리를 지르며, 주머니에서 손을 빼듯 얼른 장갑에서 손을 빼내어 빈 장갑만을 그의 손에 남겨 놓았다.

"아, 제발 돌아가세요. 나와 내 남편을 돕고 싶다면 가 주세요. 당신이 믿는 기독교의 이름으로 말이에요."

"그래, 그래야지. 그렇게 하겠소."

그는 불쑥 이렇게 대답하며 장갑을 돌려주고는 가려고 돌아섰다. 그러나 다시 돌아서서 말했다.

"테스, 하느님도 아시겠지만 나쁜 뜻으로 당신 손을 잡은 건 아니었소."

그들은 대화에 열중하느라 모르고 있었는데, 밭의 흙을 토닥대며 달려오는 말발굽 소리가 그들 뒤에서 멈췄다. 누군가의 목소리가 테스의 귀에 들려왔다.

"아니 지금이 몇 신데, 일손을 놓고 대체 뭐하는 짓거리야?"

멀리서 두 사람의 모습을 본 농장주 그로비가 자기 밭에서 뭘 하고 있는지 알아보려는 호기심에서 말을 타고 밭을 가로질러 온 것이었다.

"이 여자한테 그런 식으로 말하지 마시오."

기독교인답지 않은 험악한 표정을 지으며 더버빌이 말했다.

"아무렴 그래야죠, 나리! 그런데 감리교 목사님이 저 여자한테 무슨 볼일이 있으실까?"

"저자는 누구요?"

더버빌이 테스를 돌아보며 물었다.

그녀는 더버빌 곁으로 다가서서 말했다.

"가세요. 제발 부탁이에요."

"뭐라고! 저런 폭군 같은 작자한테 당신을 맡겨 두고 가라고? 얼굴만 봐도 얼마나 비열한 사람인지 알겠는데."

"그래도 치근대는 짓은 하지 않아요. 저 사람은 날 사랑하지 않아요. 그리고 나는 수태고지 축일까지만 여기서 일할 거예요."

"흠, 그렇다면 당신 말을 따를 수밖에 없겠군. 그렇지만…… 여하튼 잘 지내요."

테스는 자기를 꾸짖는 사람보다 두둔하는 사람이 더 두려웠다.

더버빌이 마지못해 떠나고 나자 농장주는 테스를 계속 꾸짖었다. 그러나 테스는 치근대는 것만 아니면 이런 비난쯤은 아주 담담하게 받아들일 수 있었다. 여차하면 주먹을 날릴 것 같은 이런 냉정한 남자를 주인으로 둔 것이 예전에 호된 경험을 치른 그녀로서는 오히려 다행이다 싶었다. 그녀는 잠자코 아까 일하던 밭 꼭대기로 걸어서 되돌아갔다. 그러고는 다시 일을 시작했는데 좀 전에 더버빌과 만났던 일을 골똘히 생각하느라 주인의 말이 자기 어깨에 거의 코를 갖다 대고 있는 것도 몰랐다.

"수태고지축일까지 일하기로 계약했으니까, 어디 그때까지 있을지 두고 보자고. 젠장, 이래서 여자들은 못쓴다니까. 늘 이랬다 저랬다 하거든. 그러나 이제 더 이상은 참지 않겠어!"

농장주가 으르렁댔다.

테스는 농장주가 예전에 언어맞은 앙갚음으로 자기를 못살게 구는 것이지 농장의 다른 여자 일꾼들은 못살게 굴지 않는다는 걸 잘 알고 있었기 때문에 자기가 만약 좀 전에 돈 많은 알렉의 청혼을 받아들였다면 어떻게 되었을까 하고 잠시 상상해 보았다. 그랬다면 자기에게 포학하게 구는 농장주뿐 아니라 멸시하는 듯한 온 세상의 속박에서 완전히 벗어날 수 있을 것이다.

"하지만 안 돼, 안 돼. 지금 그 사람과 결혼한다는 건 말도 안 돼! 그 사람은 너무 싫어."

그녀가 숨 가쁘게 중얼거렸다.

그날 밤 그녀는 엔젤에게 자신의 어려운 처지는 숨기고 영원한 사랑을 다짐하는 절절한 편지를 쓰기 시작했다. 행간의 의미를 읽을 줄 아는 사람이 보았다면 그녀의 열렬한 사랑 이면에는 무언가 아직 모습을 드러내지 않았지만 언제고 들이닥칠지 모르는 일에 대한 어마어마한 공포—거의 절망에 가까운—가 숨어 있다는 사실을 알아챘을 것이다. 하지만 그녀는 이번에도 편지 쓰기를 마치지 못했다. 그이가 이즈한테 함께 가자고 했다면 자기를 전혀 사랑하지 않는지도 몰랐다. 그녀는 편지를 상자에 넣고 과연 그 편지가 엔젤의 손에 들어갈 수 있을까 하는 생각을 했다.

이 일이 있은 뒤로 그녀의 일과는 하루하루 무척 힘들게 이어졌다. 그러다 농부들에게 커다란 의미를 지닌 날인 성촉절(성탄절 40일 후인

2월 2일에 성모의 순결을 기념하기 위해 촛불행렬을 함_옮긴이)의 장날이 되었다. 이 장에서는 수태고지축일 이후 열두 달 동안의 고용 계약이 새로 맺어졌다. 따라서 일자리를 바꿀 생각이 있는 농촌 일꾼들은 장이 열리는 읍내로 나가기 마련이었다. 플린트콤 애쉬 농장에서 일하는 일꾼들은 거의 모두가 일자리를 옮길 생각이어서 아침 일찍부터 고개 너머 16여 킬로미터 거리에 있는 읍내로 몰려갔다. 테스도 그 사사분기 계약 종료일에 떠날 생각이었지만 장터로 나가지 않은 몇 안 되는 사람 가운데 하나였다. 다시는 바깥일을 하지 않아도 될 일이 생기지 않을까 하는 막연한 희망이 있었기 때문이었다.

평화로운 2월의 어느 날이었다. 2월 치고는 날씨가 놀랄 만큼 온화하여 이제 겨울도 다 지났다는 생각이 들 정도였다. 그녀가 점심 식사를 막 마쳤을 때쯤 그녀가 묵고 있는 농가의 창문에 더버빌의 그림자가 어른거렸다. 오늘은 그 집에 그녀 혼자뿐이었다.

테스는 벌떡 일어섰으나, 방문객이 벌써 문을 두드리고 있었기 때문에 도의상 도망갈 수도 없었다. 더버빌이 문앞으로 걸어와 노크하는 태도에서 지난번에 만났을 때와는 뭔가 달라진 게 느껴졌다. 부끄러운 짓을 하는 사람의 태도였다. 테스는 문을 열지 말아야겠다고 생각했으나, 그것도 꼴이 우스울 것 같아서 몸을 일으켜 빗장을 들어 올리고 재빨리 뒤로 물러섰다. 그는 집 안으로 들어와 그녀를 보고는 의자에 털썩 주저앉아서 말문을 열었다.

"테스, 어쩔 수 없었소."

그는 달아오른 얼굴을 문지르며 절망적인 어조로 말했다. 그의 얼굴은 흥분으로 벌겋게 상기되어 있었다.

"적어도 당신이 어떻게 지내고 있는지는 와서 물어봐야 할 것 같았소. 단연코 그때 주일날 당신을 만나기 전까지는 전혀 당신 생각을 하지 않았었소. 그런데 지금은 아무리 애를 써도 당신 모습을 내 머릿속에서 지워 버릴 수가 없소. 착한 여자가 나쁜 남자에게 해를 끼치는 일은 좀처럼 일어나지 않을 것 같지만, 실제로 그런 일이 벌어지고 있소. 테스, 당신이 나를 위해 기도만이라도 해 준다면 좋겠소."

감정을 억누르고 있는 그의 모습은 거의 처량할 정도였으나 테스는 그를 동정하지 않았다.

"내가 어떻게 당신을 위해 기도할 수 있겠어요? 난 이 세상을 움직이는 위대한 힘이 나 때문에 계획을 바꾸리라고는 믿지 않아요."

그녀가 말했다.

"정말 그렇게 생각하오?"

"그럼요. 그럴 수 있다는 추측을 바로잡아 준 사람이 있었어요."

"바로잡았다고? 누가?"

"굳이 알고 싶다면 말씀드리죠. 내 남편이요."

"아하, 당신 남편…… 당신 남편이라고! 그것 참 이상하군! 그러고 보니 요전번에도 당신이 그 비슷한 말을 했다는 게 기억나는군. 정말 이 문제에 대해 그렇게 믿고 있는 거요?"

그가 물었다.

"당신은 종교가 없는 것 같군. 아마 나 때문이겠지만."

"하지만 나한테도 종교는 있어요. 초자연적인 것은 믿지 않지만 말이에요."

더버빌은 걱정스런 눈길로 그녀를 바라보았다.

"그렇다면 당신은 내가 택한 길이 모두 잘못되었다고 생각하오?"

"대체로 그렇죠."

"흠, 하지만 난 그렇지 않다는 걸 확실히 느끼고 있는데."

그가 불안한 표정으로 중얼거렸다.

"나는 산상 수훈의 정신은 믿어요. 내 남편이 믿으니까."

하지만 그녀는 믿는 것과 믿지 않는 것을 말했다.

"그러니까 요컨대 당신은 남편이 믿는 것은 무엇이든 믿고, 거부하는 것은 무엇이든 거부하고 있다는 말이군. 스스로 물어보거나 이치를 캐보지도 않고 말이오. 당신네 여자들이란 다 그런 식이지. 당신의 정신은 그의 노예가 되어 버린 거요."

더버빌이 메마른 어조로 말했다.

"아, 그이는 모든 걸 다 알고 있으니까요!"

이렇게 말하는 그녀의 얼굴에는 엔젤 클레어에 대한 지극한 신뢰가 드러났다. 그것은 그녀의 남편은 물론 아무리 완벽한 남자에게라도 과분할 정도의 신뢰였다.

"그렇군, 하지만 그렇게 다른 사람의 부정적인 생각까지 모조리 받아들여서는 안 돼요. 당신한테 그런 회의론을 가르치다니 고약한 사람이군."

"그이는 내 판단을 강요하지 않았어요! 그 문제를 놓고 나와 논쟁을 벌인 적도 없었고요! 그러나 난 이렇게 생각했어요. 교리를 깊이 연구한 그이가 믿고 있는 것이라면 교리라고는 전혀 연구해 본 일이 없는 내가 믿고 있는 것보다 더 옳을 거라고 말이에요."

"그가 들려준 말이 있었소? 무슨 얘기든 있었을 것 같은데."

그녀는 기억을 더듬었다. 그녀는 엔젤 클레어가 말을 할 때 그 참뜻은 이해하지 못했지만 예리한 기억력으로 그의 말 한 마디 한 마디를 기억해 두었기 때문에, 그녀가 옆에 있을 때 엔젤이 생각에 잠겨 종종 사용하곤 하던 냉철하고 논리적인 삼단논법을 기억해 냈다. 그녀는 엔젤에 대한 신뢰와 존경의 마음으로 그의 말투와 몸짓까지 흉내 내 가며 그 말을 전했다.

"한 번 더 말해 주시오."

주의를 기울여 듣고 있던 더버빌이 부탁했다.

테스는 그 주장을 되풀이해 말했고, 더버빌은 생각에 잠겨 낮은 소리로 그녀의 말을 따라 했다.

"또 다른 말은 없었소?"

그가 물었다.

"언젠가는 이런 말도 했어요." 하고 그녀는 또 다른 말을 전해주었다. 그것은 《철학사전》(기존의 종교를 신랄하게 비판한 프랑스의 철학자 볼테르의 저서_옮긴이)에서 헉슬리(빅토리아조의 유명한 불가지론자 토머스 헨리 헉슬리를 가리킴_옮긴이)의 《수상록》에 이르는 계열의 수많은 저작과 궤를 같이하는 내용이었다.

"아하! 그걸 어떻게 다 기억하고 있소?"

"그이는 내가 그러기를 원치 않았지만, 난 그이가 믿는 것을 믿고 싶었어요. 그래서 그이에게 생각하고 있는 걸 말해 달라고 졸라서 몇 가지 얘기를 들을 수 있었어요. 내가 그걸 완전히 이해한다고 말할 수는 없지만 그 생각이 옳다는 건 알고 있어요."

"흠, 당신 자신도 모르는 걸 나한테 가르쳐 줄 수 있다니 놀랍군!"

그는 생각에 빠져들었다.

"그래서 난 그이와 정신적으로 운명을 같이 하기로 했어요."

그녀가 말을 이었다.

"내 정신과 그이의 정신이 다른 것을 원치 않았으니까요. 그이한테 좋은 것이면 나한테도 좋은 거예요."

"당신이 그 사람처럼 엄청난 이단자라는 것을 그는 알고 있소?"

"아뇨, 그이는 내가 이단자인지 아닌지 몰라요. 내가 그런 말을 한 적은 없으니까요."

"어쨌건 테스, 지금 당신은 나보다 처지가 나은 셈이오! 당신은 나처럼 교리를 설교해야 한다는 의무감이 없으니까 설교하지 않는다고 양심의 가책을 받을 일도 없겠지. 난 마땅히 복음을 설교해야 한다고 믿고 있소. 하지만 믿으면서도 떨고 있소. 마치 마귀들처럼 말이오((야고 보서〉2장 19절 참조_옮긴이). 갑자기 설교를 포기하고 당신을 향한 열정에 굴복하고 말았거든."

"어째서요?"

"글쎄." 하고 그가 건조하게 말했다.

"오늘 난 당신을 보러 여기까지 먼 길을 왔소! 하지만 집에서 출발할 때는 오후 2시 반에 설교하기로 되어 있는 캐스터브리지 장에 갈 생각이었소. 지금 그곳에선 교우들이 모두 나를 기다리고 있을 거요. 여기 그 집회를 알리는 광고가 있지."

그는 안주머니에서 광고지를 꺼냈다. 거기에는 더버빌이 복음을 전하기로 되어 있는 집회의 장소와 일시가 앞서 그가 말한 대로 인쇄되어 있었다.

"하지만 어떻게 가려고요?"

테스가 시계를 보며 말했다.

"이제는 갈 수 없소! 여기에 와 버렸으니까."

"뭐라고요? 정말 설교하기로 해 놓고."

"설교하기로 약속해 놓고 가지 못했소. 한때 업신여겼던 여자를 보고 싶은 뜨거운 욕망 때문에 말이오! 아니, 사실 난 당신을 업신여긴 적이 없었소. 만약 그랬다면 지금 내가 당신을 사랑할 수 없었겠지! 내가 당신을 멸시하지 않았던 건 그 모든 일에도 불구하고 당신은 더럽혀지지 않았기 때문이오. 상황을 파악하자 당신은 몹시 빠르고도 단호하게 나를 떠났소. 내 멋대로 하도록 내버려 두지 않았소. 그래서 이 세상에서 내가 경멸하지 않는 여자가 있다면 그건 바로 당신일 거요. 하지만 당신은 아마도 나를 경멸하고 있을 거요. 그럴 만도 하지! 난 산 위에서 기도를 하고 있다고 생각했는데 알고 보니 여전히 숲속에서 우상을 숭배하고 있었소, 하하!"

"저런, 알렉 더버빌! 그게 무슨 말이에요? 내가 무슨 짓을 했다고 그래요!"

그는 비열한 냉소가 담긴 어조로 말했다.

"무슨 짓을 했느냐고? 의도적으로 한 일은 아무것도 없겠지. 하지만 당신은 사람들이 말하는 무고한 타락의 불씨가 되었던 거요. 난 요즘 스스로에게 이렇게 물어본다오. 내가 정말 세상의 더러움에서 벗어났다가 다시 거기에 말려들어 정복 당한 타락한 종들―나중에 형편이 더 나빠질 거라던―중 한 사람이 되었단 말인가 하고(《베드로후서》 2장 20절 참조_옮긴이)."

그는 테스의 어깨에 손을 얹었다. 그러고는 어린아이에게 하듯 그녀를 흔들어 대며 말했다.

"테스, 당신을 다시 만나기 전만 해도 난 적어도 사회 구원의 길을 걷고 있었소. 그런데 왜 나를 유혹했소? 난 당신의 그 눈과 입술―이브 이후로 그렇게 사람을 미치게 하는 입술은 없었을 거요―을 보기 전까지는 더없이 확고했었지!"

그의 목소리는 나직해졌고, 그의 검은 눈에서는 뜨겁고도 짓궂은 빛이 뿜어져 나왔다.

"테스, 당신은 유혹의 화신이고, 바빌론의 요염한 마녀요(《요한계시록》 17장 참조_옮긴이). 난 당신을 다시 만난 순간 당신을 거부할 수 없게 되어 버렸소!"

"당신을 다시 만나게 된 건 내 탓이 아니에요!"

테스가 몸을 움츠리며 말했다.

"알고 있소. 다시 말하지만 당신 잘못은 없소. 하지만 사실이 그렇거든. 지난번에 당신이 농장에서 구박받는 것을 보았을 때 난 나한테 당신을 보호해 줄 아무런 법적인 권리도 없고 그럴 권리를 얻을 수조차 없다고 생각하자 거의 미칠 지경이었소. 정작 그 권리를 가지고 있는 자는 당신을 완전히 내팽개쳐 두고 있는데 말이오!"

그녀는 몹시 흥분해서 소리를 질렀다.

"그이를 욕하지 말아요. 여기에 없는 사람인데! 그이를 정중하게 대하세요. 그이는 당신을 모욕한 적이 없었어요! 아, 제발 그이의 훌륭한 이름을 해칠지도 모르는 나쁜 소문이 퍼지기 전에 제발 가 주세요."

그는 미혹의 꿈에서 깨어난 사람처럼 말했다.

"알았소. 그러겠소. 난 장터에서 그 불쌍한 술주정뱅이들에게 설교하기로 한 약속을 어기고 말았소. 이런 터무니없는 짓은 처음이오. 한 달 전만 해도 이런 일은 무서워서 꿈도 못 꿨을 거요. 가겠소. 맹세코……. 그런데 아, 내가 과연 해낼 수 있을까! 당신 앞에 다시는 나타나지 않겠소."

그러다 갑자기 이런 말을 했다.

"한 번만 안아 주오, 테시. 한 번만! 옛정을 생각해서……."

"난 지금 무방비 상태예요, 알렉! 한 선량한 남자의 명예가 내 처신에 달려 있어요. 생각 좀 해 봐요. 창피한 줄 알라고요."

"흥! 좋아, 알았어, 알았다고."

그는 자신의 의지박약에 굴욕감을 느끼며 입술을 깨물었다. 그의 눈에는 세상에 대한 믿음은 물론 종교적인 신앙도 사라지고 없었다. 회개한 이래 얼굴의 주름살 속에 죽은 듯 숨어 있던 발작적인 옛 정욕의 잔해가 부활이라도 한 듯 깨어나 살아 움직이는 것 같았다. 그는 엉거주춤 밖으로 나갔다.

더버빌은 그날 설교하기로 한 약속을 어긴 것을 그저 신앙인의 단순한 실수 내지는 타락이라고 말했지만, 엔젤 클레어의 말을 고스란히 옮긴 테스의 말은 그에게 깊은 인상을 남겼고 그녀를 떠난 뒤에도 머릿속에서 그 생각이 가시지 않았다. 지금까지 자기의 견해가 논박당할 수도 있다는 것은 상상도 못했기에 그는 마치 온몸에서 힘이 빠져나간 사람처럼 묵묵히 앞으로 걸어갔다. 그가 회개하고 기독교를 믿기로 한 것은 이성이나 논리와는 상관없이 즉흥적으로 이루어진 것이었다. 아마 신중하지 못한 사람이 새로운 자극을 찾던 차에 어머니의 죽음으로 일시적인 충격을 받자 그저 기분에 휩쓸려 믿게 된 것 같았다.

그의 열광적인 신앙의 바다에 테스가 흘려보낸 몇 방울의 논리가 끓어오르던 흥분을 차갑게 가라앉히는 역할을 했던 것이다. 그는 테스가 전해준 결정(結晶)처럼 명확한 구절들을 곰곰이 생각해 보면서 혼자 중얼거렸다.

"그 똑똑한 친구는 그녀에게 해 준 그 말들이 내가 그녀한테 돌아가는 길을 터 주리라고는 생각도 못했겠지."

47

플린트콤 애쉬 농장에서 마지막 밀 낟가리를 탈곡하는 날이었다. 3월의 새벽은 유난히 무표정했고, 동쪽 지평선이 어디에 있는지 알려 주는 것이라곤 아무것도 없었다. 겨울 비바람과 햇볕에 시달리며 쓸쓸히 서 있는 낟가리의 사다리꼴 꼭대기가 새벽의 어스름에 모습을 드러냈다.

이즈 휴에트와 테스가 일터에 왔을 때는 버스럭거리는 소리만으로 그들보다 먼저 일을 시작한 사람들이 있다는 것을 알 수 있었다. 차츰 날이 밝아오자 낟가리 꼭대기에 남자 두 명의 실루엣이 보였다. 그들은 부지런히 이엉 벗기기를 하고 있었다. '이엉 벗기기'란 밀단을 아래로 던지기 전에 낟가리를 이은 이엉을 벗기는 일을 말한다. 그들이 그 일을 하는 동안 이즈와 테스는 색 바랜 갈색 앞치마 차림으로 다른 여자 일꾼들과 함께 추위에 떨면서 기다리고 서 있었다. 농장주 그로비가 되도록이면 그날 안으로 일을 끝낼 수 있도록 그렇게 일찍 일터로 나오게 했던 것이다.

낟가리 처마 바로 밑에는 아직 잘 보이지 않지만, 여자 일꾼들이 시중을 들게 될 빨간색 폭군(피댓줄과 바퀴가 달린 목조 구조물), 즉 탈곡기가 놓여 있었다. 이 기계는 작동하는 동안 계속해서 그들의 근육과 신경에 폭군처럼 인내를 요구할 것이다.

조금 떨어진 곳에 또 하나의 흐릿한 물체가 있었다. 이것은 검은색으로 아주 큰 힘을 감추고 있다는 듯 계속해서 쉭쉭 소리를 내고 있었다. 물푸레나무 옆으로 높이 솟은 긴 굴뚝과 그 장소에서 뿜어져 나오는 따뜻한 기운은 날이 더 밝아질 때까지 기다리지 않고도 거기 있는 것이 이 작은 세계의 원동력 역할을 할 발동기임을 알 수 있게 해 주었다. 그 발동기 옆에는 키가 크고 그을음과 검댕으로 시꺼먼 사람이 우두커니 서 있었다. 그는 발동기 기사였다. 다른 사람들과 쉬 섞이지 않으려는 그의 태도와 거무스름한 색깔 때문에 마치 도벳(예루살렘 외곽의 지명으로, '유다의 자손들이 자기 아들과 딸 들을 불태웠다'는 곳. 〈예레미야서〉 7장 31절 참조_옮긴이)에서 온 사람처럼 보였다. 그는 누런 곡식과 창백한 토양에 연기 한 점 없이 맑은 이 고장과는 아무런 공통점이 없어 보였고, 이곳의 토박이들을 놀래 주고 교란시키려고 흘러들어온 사람 같았다.

사실 그는 겉으로 보이는 것처럼 느끼고 있었다. 농촌에서 일하고는 있지만 농촌에 속해 있지 않았다. 그는 연기와 불을 섬기는 반면, 들판에서 일하는 사람들은 식물과 날씨와 서리와 태양을 섬겼다. 이 웨섹스 지방에서는 아직 증기 탈곡기를 순회하며 사용하고 있었기 때문에 그는 자신의 발동기를 끌고 이 농장에서 저 농장으로 이 마을에서 저 마을로 돌아다니며 농사를 거들었다. 그는 생소한 북부 사투리를 썼고, 생각은 늘 내부로 파고들어 자기 일만을 생각했고, 시선은 자기가 작동하는 기계에만 머물러 있어 주위의 풍경을 둘러보는 일도 거의 없고 좋아하지도 않는 것 같았다. 마치 태곳적에 짊어진 운명 때문에 저승의 왕 플루토의 명령에 복종하느라 본인의 의지와는 반대로 어쩔 수 없이 이 지방을 헤매고 다니는 사람처럼 꼭 필요한 경우에만 이곳 토박이들과 관계를 맺었다. 농사와 그를 연결해 주는 연결선은 발동기의 동륜(動輪)에서 낟가리 아래에 있는 빨간 탈곡기로 이어진 기다란 피댓줄뿐이었다.

사람들이 낟가리에서 이엉을 벗기는 동안 그는 이동식 발동기 옆에 무덤덤하게 서 있었고, 뜨거운 열기를 내뿜고 있는 그 시커먼 기계 주위에는 아침 공기가 떨고 있었다. 그는 준비 작업과는 아무런 상관이 없었다. 불은 빨갛게 달아올랐고 증기는 고압 상태였으므로 이제 잠시 후면 보이지 않을 만큼 빠른 속도로 긴 피댓줄을 움직이게 할 수 있을 것이다. 이 범위를 벗어난 다른 환경은 그것이 밀이든 밀짚이든 뒤죽박죽이든 그에게는 모두 마찬가지였다. 만약 어느 한가한 토박이가 그에게 뭐라고 부르느냐고 물으면, 그는 짤막하게 '기사'라고만 대답했다.

날이 환하게 밝아질 때쯤 낟가리의 이엉이 완전히 벗겨졌다. 그러자 남자들은 자기 자리로 가고 여자들은 낟가리 위로 올라가 일을 시작했다. 농장주 그로비는 그 전에 와 있었고, 그의 명령에 따라 테스는 기계의 발판 위에 자리를 잡았다. 기계에 낟가리를 집어넣는 남자의 옆자리였다. 그녀가 할 일은 낟가리 위에 선 이즈 휴에트가 건네주는 밀단을 받아서 매듭을 푸는 것이었다. 그러면 기계에 밀단을 넣는 옆 남자가 그것을 받아서 회전하는 원통에 펼치면 순식간에 밀알이 낱낱이 털려 나왔다.

처음에 기계가 발동이 걸리기 전에는 한두 차례 멈추기도 하여 기계를 싫어하는 사람들은 은근히 속으로 기뻐했으나, 이내 기계는 활기차게 돌아가기 시작했다. 아침 식사 시간이 될 때까지 작업은 계속되었고, 식사를 하는 동안에는 탈곡기도 30분간 멈췄다. 아침 식사 후에 작업을 다시 시작할 때에는 농장의 모든 보조 인력을 투입하여 밀짚가리를 쌓았는데, 낟가리 옆에 쌓기 시작한 짚더미는 점점 높아졌다. 새참은 자기 자리에서 선 채로 급히 먹어 치웠고, 다시 두어 시간이 지나자 점심시간이 되었다. 사정없이 돌아가는 바퀴는 멈출 줄을 몰랐고, 귀청을 찢을 듯 윙윙대는 탈곡기 소리는 그 근처에 있는 사람들의 뼛속까지 저릿저릿하게 했다.

점점 높아지는 짚더미 위에서 일하는 노인들은, 참나무로 된 헛간 바닥에서 도리깨로 타작하던 옛날이야기를 주고받았다. 그들은 모든 것을, 심지어 겨나 티끌을 걸러내는 일까지도 사람 손으로 하던 그 시절이 작업 속도는 느려도 소출은 더 좋았다고 했다. 낟가리 위에 있는 사람들도 조금은 이야기를 했다. 하지만 테스를 비롯하여 기계에 붙어 땀나게 일하는 사람들은 말을 주고받을 여유가 없었다. 테스는 잠시도 쉴 새 없이 계속해야 하는 게 너무 힘들어 플린트콤 애쉬에 오지 말걸 하는 생각까지 들기 시작했다. 낟가리 위에서 일하는 여자들은, 그중에서도 특히 메리언은 이따금 일을 멈추고는 맥주 혹은 냉차를 마시거나, 얼굴을 닦거나 옷에 묻은 지푸라기를 털어 내거나 하며 잡담을 나눌 수 있었다. 하지만 테스는 쉴 수가 없었다. 탈곡기의 둥근 통은 절대 쉬는 법이 없었기 때문에, 낟가리를 넣는 남자도 쉴 수 없었고 그 남자에게 밀단을 풀어서 공급해야 하는 테스 역시 메리언이 자리를 바꾸어 주지 않는 한 잠시도 쉴 수가 없었다. 가끔 메리언이 30분쯤 자리를 바꾸어 주었으나 그로비는 메리언의 손이 느려서 낟가리 넣는 남자의 속도에 맞추지 못한다고 반대했다.

아마 경제적인 이유 때문이겠지만 특히 이 일은 대개 여자가 맡았다. 그로비는 테스가 손이 빠르고 힘도 있어서 밀단을 제일 잘 풀 수 있을 뿐 아니라 지구력도 있기 때문에 그 일을 시키는 것이라고 했는데, 그것은 사실인지도 몰랐다. 이야기도 하지 못하게 하는 탈곡기의 윙윙대는 소리는 집어넣는 밀단의 양이 부족하면 더욱 요란한 소리를 냈다. 테스와 밀단 넣는 사내는 고개를 돌릴 새도 없었기 때문에, 테스는 점심시간 바로 전에 어떤 사람이 밭의 출입문으로 살그머니 들어와 두 번째 낟가리 아래에 서서 사람들이 일하는 장면을, 특히 자기를 지켜보고 있다는 것을 전혀 알지 못했다. 세련된 트위드 양복을 차려입은 그는 화려한 단장을 빙빙 돌리고 있었다.

"저 사람 누구니?"

이즈 휴에트가 메리언에게 물었다. 이즈는 처음엔 그 질문을 테스에게 했지만, 테스는 소리를 알아듣지 못했던 것이다.

"어떤 이의 애인이겠지."

메리언이 간결하게 대답했다.

"내 1기니를 걸지. 테스를 쫓아다니는 사람이 틀림없어."

"아니야. 요즘 테스를 바짝 쫓아다니는 사람은 열광적으로 전도하고 다니는 사람이야. 저런 멋쟁이가 아니라고."

"글쎄, 같은 사람이라니까."

"그 전도사와 같은 사람이라고? 하지만 너무 다른데!"

"까만 양복하고 흰 넥타이를 벗어 버리고 구레나룻을 깎아 내서 그렇게 보이는 것일 뿐, 같은 사람이야."

"정말이야? 그렇다면 테스한테 말해 줘야지."

메리언이 말했다.

"그냥 둬. 이제 곧 알게 될 텐데, 뭘."

"글쎄, 아무리 테스의 남편이 외국에 가 버려서 어느 면에서는 테스가 과부나 마찬가지라 하더라도, 전도한다는 사람이 유부녀를 쫓아다니는 건 옳지 않다고 봐."

"그래도 테스를 어쩌지는 못할 거야."

이즈가 건조하게 말했다.

"테스의 마음은 구덩이에 빠진 마차가 옴짝달싹 못하듯 제자리에서 절대 움직이지 않을 테니까. 아무리 달콤한 말로 구애하고 설득해도, 또 일곱 우뢰(《요한계시록》 10장 참조_옮긴이)를 동원한다 해도 테스의 마음을 바꿔 놓지는 못할걸. 거기에 따르는 게 개한테 더 편하고 좋은 일이라 하더라도 말이야."

점심시간이 되자 회전하던 기계도 멈췄다. 그제야 테스는 자리에서 움직일 수 있었지만 기계의 진동 때문에 무릎을 너무 심하게 떨었던 터라 걸음도 제대로 걸을 수 없었다.

"너도 나처럼 한잔 마셔야겠어. 그러면 얼굴에 핏기가 좀 돌 텐데. 이런, 정말이지 공포에 질린 사람처럼 얼굴이 새하얗다."

메리언이 말했다.

마음 착한 메리언은 테스가 너무 피곤하기 때문에 손님이 찾아온 것을 알면 심란해져서 식욕을 잃을지도 모른다는 생각을 했다. 그래서 반대편 사다리로 내려오게 해야겠다고 생각하고 있는데, 바로 그때 그 신사가 다가와서 테스를 올려다보았다.

테스는 "앗!" 하고 낮고 짧게 외마디 비명을 지르고는 곧이어 황급히 말했다.

"난 여기서 점심을 먹어야겠어. 낟가리 위에서 말이야."

숙소가 너무 먼 경우에는 다른 이들도 이따금 낟가리 위에서 점심을 들곤 했지만, 오늘은 바람이 꽤 매서웠기 때문에 메리언과 다른 일꾼들은 내려가서 짚더미 아래에 자리를 잡고 앉았다.

테스를 찾아온 사람은 복장과 모습은 바뀌었어도 최근까지 전도하고 돌아다니던 알렉 더버빌이 맞았다. 속세의 욕망이 다시 돌아왔음을 한눈에 분명히 알아볼 수 있었다. 서너 살 더 나이가 들었을 뿐 사촌이라 부르며 테스를 처음으로 쫓아다니던 옛날의 건방지고 저돌적인 모습으로 되돌아와 있었다. 있던 자리에 그대로 있기로 한 테스는 밑에서는 보이지 않도록 밀단 더미 사이에 자리를 잡고 앉아서 식사를 하기 시작했다. 그러나 결국엔 사다리를 올라오는 발소리가 들렸고 곧이어 알렉이 밀단 더미—이제는 정방형의 널찍하고 평평한 대(臺)를 이루고 있었다—위로 나타났다. 그는 성큼성큼 걸어 한마디 말도 없이 테스의 맞은편에 앉았다.

테스는 집에서 가지고 온 자신의 간소한 점심인 두툼한 팬케이크를 계속 먹었다. 이때쯤 다른 일꾼들은 모두 낟가리 밑에 모여 앉았는데, 흩어진 밀짚들이 그들에게 편안한 휴식처를 마련해 주었다.

"이렇게 또 왔소."

더버빌이 말했다.

"왜 이렇게 날 괴롭히는 거예요!"

그녀는 온몸으로 분노를 내뿜으며 고함을 쳤다.

"내가 당신을 괴롭힌다고? 그건 내가 물어야 할 말인 것 같은데. 왜 나를 그렇게 괴롭히는 거요?"

"내가 당신을 언제 괴롭혔다고 그래요?"

"안 괴롭혔다고? 천만에! 늘 눈앞에 아른대며 날 괴롭히고 있다고. 방금 나한테 표독스런 눈빛을 보내던 그 눈이 밤이나 낮이나 그때 그 모습 그대로 나타난단 말이오! 테스, 마치 힘차게 흐르던 내 청교도적 감정의 물결이 당신이 나한테 우리 아기 얘기를 한 뒤부터 갑자기 당신 쪽으로 물길을 내더니 마구 솟구쳐 흐르는 것 같소. 그때부터 종교의 물길은 말라 버렸지. 그러니 이렇게 만든 건 당신이라고."

테스는 잠자코 그를 응시했다

"이런, 전도를 완전히 그만두었단 말이에요?" 하고 그녀가 물었다.

그녀는 일시적 광신을 경멸하는 근대 사상의 회의적 태도를 엔젤한테서 충분히 들어 알고 있었으나, 여자인 까닭에 놀라지 않을 수 없었다.

더버빌은 짐짓 심각한 표정을 지으며 말을 이었다.

"완전히 그만뒀소. 캐스터브리지 장터에서 술꾼들에게 설교하기로 되어 있던 그날 오후부터 약속이란 약속은 모두 어기고 말았소. 형제들이 나를 어떻게 생각하고 있을지는 아무도 모를 거요. 아하! 형제들! 틀림없이 그들은 나를 위해 기도하고, 나를 위해 울고 있을 거요. 그들 나름으로는 친절한 사람들이니까. 하지만 알게 뭐야? 신앙을 잃었는데, 어떻게 그 일을 계속할 수 있겠소? 그런다면 그거야말로 가장 비열한 위선이 되겠지! 그 사람들 사이에서 나는 그들이 하느님을 모욕하지 말아야 한다는 것을 배울 수 있도록 사탄에게 넘겨진 후메내오와 알렉산더와 같은 존재가 되어 버렸겠지(〈디모데전서〉 1장 19절, 20절 참조_옮긴이). 당신은 멋지게 복수한 셈이오! 난 순진한 당신을 속였었지. 4년 후 당신은 열광적인 기독교 신자가 된 나를 발견하고 내 마음을 움직이고 있소. 어쩌면 날 완전히 파멸시킬지도 모르지! 하지만 테스, 사촌 동생, 옛날에는 그렇게 불렀었지. 이건 그저 내 입버릇이니까 그렇게 끔찍하게 걱정스런 표정을 짓지 마시오. 물론 당신은 아리따운 얼굴과 멋진 몸매를 지니고 있다는 것 말고는 아무런 잘못이 없소. 당신이 나를 알아보기 전에 낟가리 위에 서 있는 당신 모습을 봤는데, 꼭 끼는 작업용 앞치마가 몸매를 더욱 돋보이게 하더군. 그리고 그 차양 달린 모자는 또 어찌나 아름답던지. 당신처럼 밭에서 일하는 여자들은 위험한 일을 당하고 싶지 않으면 그런 모자를 쓰지 않는 게 좋을 거요."

그는 잠시 말을 멈추고 그녀를 바라보더니 냉소적인 웃음을 흘리며 다시 말을 이었다.

"내가 대리인 노릇을 자처했던 독신자 사도 바울이라도 그렇게 아리따운 얼굴을 보았다면 아마 나처럼 하던 일을 그만두고 말았을걸!"

테스는 뭐라고 충고를 하려고 했으나 이 중요한 순간에 말이 나오지 않았고, 그는 개의치 않고 말을 이었다.

"글쎄! 당신이 선사해 준 이 천국도 어쩌면 진짜 천국 못지않게 행복한 것인지도 모르지. 하지만 테스, 진지하게 얘기하는 건데……."

더버빌은 몸을 일으켜 더 가까이 다가와서는 밀단에 비스듬히 기대어 팔꿈치로 머리를 괴었다.

"지난번에 당신을 만난 뒤로 그 사람이 했다는 말을 쭉 생각해 봤소. 그러다 이 케케묵은 옛날 교리들에 다소 양식에 어긋나는 점이 있는 것 같다는 결론에 이르렀지. 어떻게 내가 가엾은 클레어 신부의 열정에 불이 붙어 그토록 열광적으로 심지어 그 양반보다 더 열심히 일을 할 수 있었는지 이해가 되질 않소! 당신이 지난번에 그 대단한 당신 남편—당신은 그 사람 이름을 나한테 얘기해 주지 않았지—의 지식에 근거해 말한 것 중에, 이른바 교리 없는 윤리 체계를 가질 수 있다는 말이 있었는데, 그건 절대 가능할 것 같지 않소."

"왜요, 설령 당신이 일컫는 절대적인 교리는 가지고 있지 않더라도 적어도 애정이 깃든 친절과 순결한 마음은 믿을 수는 있는 거잖아요?"

"아니, 천만에! 난 그런 사람들과는 종류가 다르오! 누가 나한테 '이렇게 하면 죽은 뒤에 너한테 좋으리라, 저렇게 하면 너한테 나쁘리라.' 하고 말하지 않는다면 난 도무지 그럴 마음이 생기질 않거든. 젠장, 아무도 나한테 책임을 묻지 않는다면 난 내 행동이나 감정에 책임을 느끼지 않을 거요. 테스, 내가 당신이라면 책임 같은 건 느끼지 않을 거요."

그녀는 그가 둔한 머리 때문에 인류의 태곳적부터 뚜렷이 구분되어 온 신학과 도덕을 혼동하고 있음을 지적하며 반박하려 했다. 그러나 그 문제에 대해서는 엔젤 클레어가 자세히 일러 준 적이 없었고, 그녀 자신 또한 토론하는 훈련이 절대적으로 부족한 데다 이성적이기보다는 감정적인 사람이어서 마음먹은 대로 논박할 수 없었다.

"흠, 신경 쓰지 말아요."

더버빌이 말을 이었다.

"테스, 여기 옛날 그대로 내가 있잖소."

그녀가 애원했다.

"그때랑은 달라요. 절대 같을 수 없어요. 다르다고요. 그리고 난 당신한테 애정을 느낀 적이 없어요! 왜 신앙을 지키지 못하고 나한테 와서 이런 말을 하는 거예요!"

"당신이 나한테서 신앙을 몰아냈기 때문이오. 그러니 죄는 당신의 그 고운 얼굴에 있는 셈이지! 당신 남편은 자기가 한 말이 어떻게 자기한테 되돌아올지 상상도 못했을 거요! 하하, 당신이 날 배교자로 만들어 줘서 무척 기쁘오! 테스, 난 어느 때보다 당신한테 빠져 있고, 당신의 어려운 형편이 마음 아프오. 당신이 말하지 않아도 난 알고 있소. 당신을 사랑하고 돌봐 줘야 하는 사람이 당신을 내버려 두고 있다는 것을 말이오."

그녀는 음식을 목구멍으로 넘길 수가 없었다. 입술이 마르고 금방이라도 숨이 막혀 버릴 것 같았다. 낟가리 밑에서 일꾼들이 먹고 마시며 떠들고 웃는 소리가 아득하게 들려왔다. 그녀가 말했다.

"정말 잔인하군요! 나를 조금이라도 걱정한다면 어떻게 그런 말을 할 수 있죠?"

그는 약간 움찔하며 말했다.

"그래, 그건 그렇군. 당신을 책망하러 온 게 아니오. 테스, 난 당신이 이런 일을 하지 않았으면 좋겠다는 얘기를 하러 왔소. 당신을 위해서 찾아온 거요. 당신은 나 말고 남편이 있다고 했지. 그래, 어쩌면 그럴지도 모르지. 하지만 난 그 사람을 본 적도 없고, 당신은 이름도 말해 주지 않으니 마치 신화 속 인물처럼 여겨지는군. 그렇지만 설령 당신한테 남편이 있다고 해도 그 사람보다 내가 당신과 가까이 있는 것 같은데. 어쨌거나 난 곤경에 처한 당신을 도와주려고 애쓰고 있지만 그자는 그렇지 않잖소. 그자의 얼굴을 볼 수 없는 게 다행이야! 예전에 읽곤 하던 준엄한 예언자 호세아의 말이 떠오르는군. 테스, 당신도 그 말씀을 알고 있소? '그녀는 사랑하는 자를 쫓아가나 그를 따라잡을 수 없을 것이고, 그를 찾으려 해도 만날 수 없을 것이다. 그제야 그녀가 이르기를 내가 본남편에게 돌아가리니 그때의 내 형편이 지금보다 나았음이라 하니라(〈호세아〉 2장 7절_옮긴이)'고 했던 말씀 말이오. 테스, 저 언덕 아래 내 마차가 대기하고 있소. 당신은 내 것이지, 그자의 것이 아니잖소! 더 이상 말 안 해도 알겠지."

그가 말하는 동안에 테스의 얼굴은 분노로 새빨갛게 달아올랐으나 그녀는 아무런 대꾸도 하지 않았다. 그는 한쪽 팔을 그녀의 허리를 향해 뻗으며 말을 이었다.

"당신 때문에 난 타락하고 말았소. 당신도 그 책임을 분담해야 할 거요. 그리고 당신이 남편이라고 부르는 그 고집쟁이를 영원히 단념하는 게 좋을 거요."

테스는 점심을 먹느라 무릎 위에 벗어 두었던 가죽 장갑의 목 부분을 쥐고 아무런 예고도 없이 그의 얼굴을 정면으로 힘껏 후려쳤다. 그것은 무사의 장갑처럼 묵직하고 두툼했는데, 그의 입에 정통으로 맞았다. 상상력 풍부한 사람이 그 동작을 보았다면 갑옷 입은 그녀의 조상이 곧잘 쓰던 솜씨가 재연되었다는 생각이 들었을 것이다. 알렉은 깜짝 놀라 비스듬히 기대고 있던 자세에서 벌떡 몸을 일으켰다. 맞은 부위에서 진홍빛 피가 스며 나오더니 곧이어 그의 입에서 밀단 위로 피가 뚝뚝 떨어지기 시작했다. 하지만 그는 이내 흥분을 가라앉히고는 침착하게 주머니에서 손수건을 꺼내어 피나는 입술을 닦았다.

테스도 벌떡 일어났으나 다시 주저앉았다. 그녀는 참새가 목을 비틀리기 전에 포획자를 절망적이고도 도전적인 눈빛으로 쳐다보듯 그를 올려다보며 말했다.

"자, 이제 나를 벌하세요. 나를 때리세요. 나를 밟아 뭉개 보라고요. 낟가리 밑에 있는 사람들은 신경 쓸 필요 없어요! 소리 지르지 않을 테니까. 한번 당하면 영원히 당해야 하는 법이죠. 그게 세상 이치니까."

그가 부드럽게 말했다.

"아, 아니오, 테스. 이번 일은 깨끗이 용서하겠소. 하지만 정말 부당한 것은 당신이 한 가지 사실을 잊고 있다는 것이오. 당신이 못하게만 하지 않았다면 난 당신과 결혼했을 거라는 사실 말이오. 내 아내가 되어 줄 수 있느냐고 난 분명히 물어봤소. 안 그렇소? 대답해 봐요."

"그랬죠."

"그래도 못하겠다는 거로군. 그러나 한 가지는 기억해 두시오."

알렉은 자기가 진심으로 청혼을 하는데도 테스가 고마워하지 않는다는 생각이 들자 화를 주체하지 못하고 목소리가 거칠어졌다. 그는 테스 옆으로 건너가 그녀의 어깨를 붙들었고, 그의 손아귀에 잡힌 테스는 몸을 떨었다.

"테스, 한때 내가 당신 주인이었다는 사실을 잊지 마시오. 다시 난 당신 주인이 될 거요. 만약 당신이 누구의 아내라고 한다면 그건 내 아내라는 말이지!"

밑에 있던 일꾼들이 움직이기 시작했다. 그는 그녀를 놓아주며 말했다.

"말다툼은 이쯤 해 두지. 이제 그만 가겠소. 하지만 오후에 대답을 들으러 다시 오겠소. 당신은 아직 날 몰라! 하지만 난 당신을 알고 있지."

그녀는 넋 나간 사람처럼 아무 말도 하지 않았다. 밑에 있던 일꾼들이 몸을 일으키고는 기지개를 켜며 좀 전에 마신 술기운을 털어 내는 동안, 더버빌은 밀단 위를 걸어 물러나더니 사다리를 타고 내려갔다. 이윽고 탈곡기가 다시 작동하기 시작하고 밀짚이 부스럭대는 소리가 나자, 테스는 마치 꿈을 꾸는 사람처럼 멍한 표정으로 윙윙대는 기계 옆에 자리를 잡고는 계속해서 한 단 한 단 밀단을 풀어 나갔다.

48

오후가 되자 농장주는 밤에도 일할 수 있을 만큼 달이 밝고 내일은 발동기 기사가 다른 농장에서 일하기로 약속되어 있으므로 그날 안으로 낟가리 일을 마쳐야 한다고 일꾼들에게 알렸다. 그래서 탕탕, 윙윙, 바스락거리는 소리는 여느 때보다 훨씬 더 쉼 없이 계속되었다.

오후 새참 시간인 3시쯤이 되어서야 테스는 눈을 들어 잠시 주위를 둘러볼 수 있었다. 알렉 더버빌이 또 와서 출입문 옆의 나무 아래에 서 있는 것이 보였으나 그녀는 별로 놀라지 않았다. 테스가 눈을 드는 것을 본 알렉은 손을 입에 대어 키스를 보내고 세련되게 손을 흔들어 보였다. 그것은 그들의 말다툼이 끝났음을 의미했다. 테스는 다시 눈을 내리깔고 그쪽을 쳐다보지 않으려고 주의를 기울였다.

이렇게 오후 시간은 지루하게 흘러갔다. 낟가리가 점점 낮아졌고 짚가리는 점점 높아졌으며, 밀을 담은 부대들이 짐마차에 실려 나갔다. 6시에는 낟가리가 어깨 높이쯤 되었다. 그러나 탈곡기가 엄청나게 많은 수의 밀단을 삼켜 댔음에도 불구하고 아직 손도 대지 못한 탈곡 안 된 밀단은 여전히 수없이 많이 남아 있는 것 같았다. 탈곡기에 밀단 넣는 일을 맡은 남자가 집어넣은 그 수많은 밀단의 대부분은 테스의 젊은 두 손을 거쳐간 것이었다. 아침에는 아무것도 없던 자리에 생겨난 거대한 밀짚가리는 그 윙윙대는 빨간색 대식가의 배설물처럼 보였다. 서녘 하늘에서 분노로 이글거리는 햇빛—날씨가 거친 3월에는 해질녘에나 겨우 볼 수 있는—이 종일 흐리던 끝에 찬란하게 쏟아져 나와 탈곡하는 사람들의 피곤하고 번들거리는 얼굴을 구릿빛으로 물들였다.

펄럭거리는 여인네들의 옷자락 역시 황금색으로 물들여 놓아 그것은 마치 몸에 매달린 불꽃처럼 보였다.

숨을 헐떡이는 고통이 낟가리를 관통하여 지나갔다. 밀단을 먹이는 남자도 지쳤다. 테스는 그의 붉은 목덜미에 먼지와 검불이 덕지덕지 묻은 것을 볼 수 있었다. 테스 역시 붉게 달아오르고 땀에 젖은 얼굴에 먼지가 뿌옇게 내려앉은 데다 그녀의 하얀 모자도 먼지 때문에 갈색으로 변해 있었지만 여전히 제자리를 지키고 서서 일하고 있었다. 기계 위에서 일하는 여자는 테스뿐이었는데, 기계 위에서 일하자니 기계가 돌아가면서 내는 진동 때문에 몸이 떨렸다. 그리고 낟가리가 줄어들면서 메리언과 이즈와도 거리가 멀어져 이전처럼 그들과 자리를 바꿀 수도 없었다. 테스는 끊임없는 진동 때문에 몸의 신경 섬유 하나하나까지 떨려 대는 통에 감각이 마비된 몽롱한 상태가 되어 그저 무의식적으로 팔만 움직여 일을 하고 있었다. 그녀는 자기가 어디에 있는지도 거의 의식하지 못했고, 밑에서 이즈 휴에트가 그녀의 머리가 풀어졌다고 일러 주는 것도 듣지 못했다.

일꾼들 중에서 가장 팔팔하던 사람들도 점점 얼굴이 창백해지고 눈이 퀭해졌다. 테스는 고개를 들 때마다 거대하게 높아진 짚가리를 보았다. 어스레한 북녘 하늘을 배경으로 짚가리 위에서 셔츠 바람으로 일하는 남자들이 보였다. 짚가리 앞에는 야곱의 사다리(《창세기》 28장 12절 참조_옮긴이)처럼 길고도 붉은 사다리가 세워져 있었는데, 그 위로 탈곡한 밀짚들이 끊임없이 줄줄이 올라가고 있어 마치 누런 강물이 언덕 위로 흘러가 짚가리 꼭대기에서 분출하는 것 같았다.

테스는 알렉 더버빌이 여전히 그곳에 있다는 것을 알 수 있었다. 정확한 지점은 알 수 없으나 어디선가 그녀를 지켜보고 있는 것 같았다. 그가 그렇게 늦게까지 남아 있는 데에는 한 가지 구실이 있었다. 탈곡할 낟가리가 바닥을 드러낼 즈음 늘 간단한 쥐 사냥이 벌어졌는데, 탈곡 작업과 상관없는 사람들도 가끔 그 행사에 낄 수 있었기 때문이다. 이때에는 우스꽝스러운 담뱃대를 물고 사냥개를 데리고 나타나는 신사들에서부터 몸뚱이와 돌을 가지고 나타나는 거친 사내들에 이르기까지 운동을 좋아하는 온갖 사람들이 모여들곤 했다.

그러나 쥐들이 득실대는 낟가리 맨 아랫부분에 이르려면 아직 한 시간은 더 일해야 했다. 애버츠 서늘 옆에 있는 자이언츠 힐 쪽으로 저녁 해가 저물자, 반대편의 미들튼 애비와 쇼츠퍼드 쪽 지평선에서 이 계절 특유의 하얀 달이 솟아올랐다. 이 마지막 한두 시간 동안 메리언은 테스가 몹시 걱정되었다. 말을 할 수 있을 만큼 거리가 가깝지도 않은 데다, 다른 여자들은 맥주를 마셔 기운을 냈지만 테스는 술을 즐기면 어떻게 되는지 집에서 지겹도록 보아 왔기 때문에 한 모금도 마시지 않고 일을 했던 것이다. 어쨌든 테스는 여전히 계속 해내고 있었다. 그녀가 맡은 일을 못 해내면 그녀는 이 농장을 떠날 수밖에 없었다. 한두 달 전이었다면 그런 결과가 있더라도 담담하게 받아들이거나 심지어 안도감이 들었을 테지만, 더버빌이 그녀의 주위를 맴돌기 시작한 뒤로는 쫓겨나는 게 두려워졌다.

밀단을 던지는 사람들과 기계에 집어넣는 사람들이 쉬지 않고 일한 덕분에 낟가리가 부쩍 낮아져서 이제는 땅바닥에 있는 사람들도 그들에게 말을 할 수 있었다. 농장주 그로비가 기계 위로 올라와 테스에게 다가오자, 그녀는 깜짝 놀랐다. 그는 그녀에게 친구를 만나고 싶으면 다른 사람한테 일을 대신 시킬 테니 일을 그만해도 좋다고 말했다. 그녀는 그가 말하는 '친구'가 더버빌이며 이렇게 인심을 쓰는 것도 그 친구인지 원수인지 모를 사람의 부탁 때문이라는 것을 알고 있었다. 그녀는 고개를 가로젓고는 계속 일했다.

마침내 쥐 잡는 시간이 되어 사냥이 시작되었다. 낟가리가 점점 줄어들면서 쥐들도 점점 아래로 기어들다가 마침내 모두들 맨 밑단에 모였는데, 이때 마지막 은신처를 들어 올리자 쥐들이 탁 트인 공간에서 사방으로 흩어지며 달음질쳤다. 곧이어 술이 거나하게 취해 있던 메리언이 날카로운 비명을 지르며 동료들에게 쥐 한 마리가 자기 몸으로 들어왔다고 소리쳤다. 그러자 다른 여자들도 겁에 질려 치맛자락을 들어 올리고 발돋움을 하는 등 갖가지 방법으로 쥐를 막아 낼 준비를 했다. 마침내 쥐들이 전부 쫓겨나오고, 개 짖는 소리, 남자들의 고함 소리, 여자들의 비명 소리, 욕지거리, 발 구르는 소리가 뒤섞여 아수라장을 방불케 하는 난리가 벌어졌다.

그 와중에 테스는 마지막 밀단을 풀었고, 원통의 속도가 느려지면서 윙윙대던 소리가 멈추자 그녀는 기계에서 바닥으로 내려섰다. 쥐 사냥을 그저 구경만 하고 있던 더버빌이 재빨리 그녀 곁에 나타났다.

"아니, 그렇게 모욕을 당하고서도 또 찾아왔어요?"

그녀가 힘없는 소리로 말했다. 너무 지쳐서 큰 소리가 나오지 않았다. 그는 트랜트리지에 있을 때처럼 유혹하는 목소리로 대답했다.

"난 당신이 하는 말이나 행동에 화를 낼 만큼 어리석지 않소. 그 작은 손발이 떨리는 것 좀 보시오! 당신도 알다시피 당신은 갓 태어난 송아지처럼 연약하단 말이오. 내가 찾아간 뒤로는 일을 하지 않아도 됐을 텐데, 왜 그렇게 고집을 피웠소? 아무튼 증기 탈곡기 일을 여자에게 시켜서는 안 된다고 농장 주인한테 일러두었소. 그 일은 여자들이 하기에는 무리지. 그자도 잘 알고 있겠지만 좀 괜찮은 농장에서는 그런 일을 시키지 않거든. 당신 집까지 함께 걸어가겠소."

"아, 네." 하고 테스는 지칠 대로 지친 걸음으로 걸어가며 말했다.

"그러고 싶거든 그러세요. 당신이 내 사정을 알기 전에 결혼하자고 왔던 것을 기억하고 있어요. 어쩌면…… 어쩌면 당신은 내가 생각하는 것보다 더 친절하고 좋은 분일지도 모르죠. 친절한 마음에서 하는 일이라면 무엇이든 고맙겠지만, 다른 의도에서 하는 일이라면 무엇이든 화를 낼 거예요. 난 가끔 당신의 속마음을 잘 모르겠어요.”

“우리의 옛 관계를 결혼으로 합법화할 수 없다 해도 적어도 내가 당신을 도울 수는 있지 않소. 그리고 예전보다 당신의 감정을 더 존중할 생각이오. 뭐라고 이름 붙여야 할지는 잘 모르겠지만 이른바 내 종교적 광신은 이제 끝났소. 하지만 착한 마음이 조금은 남아 있소. 그게 내 바람이지. 자, 테스, 남녀 사이의 모든 부드럽고 강한 것에 걸고 나를 믿어 주시오! 나한테는 당신 자신뿐 아니라 당신 부모님과 동생들을 고생에서 벗어나게 해 줄 충분한, 아니 그 이상의 재산이 있소. 당신이 날 믿어 주기만 하면 당신 식구들을 모두 편하게 해 줄 수 있단 말이오.”

“최근에 우리 식구들을 만났나요?”

그녀가 다그쳐 물었다.

“그렇소. 식구들은 당신이 어디에 있는지 모르고 있더군. 내가 여기서 당신을 찾아낸 것은 순전히 우연이었소.”

임시로 묵고 있는 집 앞에서 테스가 걸음을 멈추자 더버빌도 그녀 옆에 멈춰 섰다. 차가운 달빛이 정원의 산울타리 잔가지 사이로 그녀의 지친 얼굴을 비스듬히 비췄다.

“동생들 얘기는 하지 마세요. 날 주저앉게 만들지 말라고요!”

그녀가 말을 계속했다.

“식구들을 돕고 싶으면—보나마나 도움이 필요하겠죠—나한테 알리지 말고 도와주시든가…… 아니, 안 돼, 안 돼요! 식구들을 위해서건 나를 위해서건 당신한테는 아무것도 받지 않겠어요!” 하고 그녀가 소리쳤다.

그는 그 이상은 그녀를 따라가지 않았다. 테스는 그 집 식구들과 함께 살고 있어서 집 안에 들어가면 모두의 눈에 띨 것이기 때문이었다. 그녀는 집으로 들어가서 몸을 씻고 그 집 식구들과 함께 저녁을 먹자

마자 생각에 잠기더니 벽 아래 책상으로 가서 자기 등불을 앞에 놓고 격정적인 마음으로 편지를 썼다.

그리운 남편에게—이렇게 부르게 해 주세요—난 그래야만 하겠어요. 저처럼 형편없는 아내를 생각하면 화가 나시겠지만 하는 수 없어요. 전 제 괴로움을 당신한테 하소연할 수밖에 없어요. 저한테는 당신뿐이니까요! 엔젤, 전 지금 심한 유혹을 받고 있어요. 누가 그러는지는 말씀드리지 않는 게 낫겠어요. 그리고 거기에 대해서는 말씀드리고 싶지도 않아요. 하지만 전 당신이 상상도 할 수 없을 만큼 당신에게 강한 애착을 느끼고 있답니다. 끔찍한 일이 벌어지기 전에 지금 당장 저한테 와 주실 수 없나요? 아, 너무 먼 곳에 계시기 때문에 오실 수 없다는 건 알고 있어요. 당신이 얼른 돌아오시거나 저를 계신 곳으로 불러 주시지 않으면 전 죽고 말 거예요. 당신이 저한테 내린 벌은 당연해요. 저도 그건 알고 있어요. 너무나 당연한 일이죠. 저한테 화를 내시는 것도 올바르고 마땅한 처사죠. 하지만 엔젤, 제발, 제발, 너무 이치만 따지지 말고, 제가 그런 대접을 받을 자격이 없다 하더라도 저를 조금만 다정하게 대해 주셨으면 해요! 당신이 돌아온다면 전 당신 품에서 죽을 수도 있어요! 그렇게 해서 당신의 용서를 받을 수만 있다면 전 기꺼이 그렇게 하겠어요! 엔젤, 저는 오로지 당신을 위해 살고 있어요. 전 당신을 너무나 사랑하기 때문에 당신이 멀리 떠나신 것도 원망하지 않아요. 농장을 찾는 일이 중요하다는 것도 알고 있어요. 제가 원망을 하거나 가시 돋친 말을 할 거라고는 생각하지 마세요. 그저 돌아오기만 해 주세요.

아, 내 사랑, 당신 없이는 너무 외롭고 쓸쓸해요! 일을 해야 하는 것쯤은 괜찮아요. 만약 당신이 '곧 돌아가겠소.'라고 한 줄만이라도 편지를 써 보내주신다면 전 견뎌 낼 수 있을 거예요. 엔젤, 아 그러면 얼마나 기쁠까요!

우리가 결혼한 뒤로 저는 모든 생각이며 표정까지 당신한테 충실해야 한다는 것을 신조로 삼고 지켜 왔어요. 심지어 다른 남자한테서 칭찬하는 말을 듣기만 해도 당신에게 잘못한 것 같았답니다. 우리가 낙농장에 있을 때 당신이 느꼈던 감정을 조금이라도 다시 느껴 본 적이 없으셨나요? 그 감정을 느껴 봤다면 어떻게 저를 멀리할 수 있는 거죠? 엔젤, 저는 당신이 사랑을 느꼈던 바로 그 여자예요. 맞아요, 바로 그 여자예요! 당신이 싫어하며 보려고도 하지 않는 여자는 지금의 제가 아니라고요. 당신을 만난 뒤부터 저한테 과거는 무엇이었겠어요? 그건 완전히 죽은 것이었어요. 전 당신한테서 받은 새로운 생명으로 가득한 다른 여자가 되었던 거예요. 그랬는데 제가 어떻게 예전의 저와 같을 수가 있겠어요? 왜 그걸 모르세요? 사랑하는 엔젤, 당신이 조금만 더 자신만만해지고, 당신이 저를 이렇게 변화시킬 정도로 훌륭하다는 사실을 깨달을 만큼 자신을 신뢰한다면, 아마 당신의 불쌍한 아내인 저한테로 돌아올 마음이 생길 거예요.

당신이 언제나 저를 사랑해 주리라고 생각하며 행복해했다니 저도 참 어리석었어요! 그런 건 저처럼 보잘것없는 여자에게는 어울리지 않는다는 걸 진작 알았어야 했어요. 하지만 제가 마음 아픈 것은 지난 일 때문이 아니라 현재의 일 때문이에요. 당신을 못 보는 제 마음이 얼마나 아플지 생각해 보세요. 아, 제가 날마다 종일 느끼는 마음의 아픔을 사랑하는 당신의 마음이 하루 중 잠시만이라도 똑같이 느낄 수 있다면, 아마 가련하고 외로운 저를 동정하시게 될 거예요.

엔젤, 사람들은 아직도 저한테 꽤 예쁘다고들 해요(사람들 말을 그대로 옮기면 잘생겼대요. 당신한테는 철저히 진실하고 싶기 때문에 덧붙이는 거예요). 사람들 말이 맞을지도 모르죠. 하지만 전 외모를 중요하게 생각하지 않아요. 전 다만 제 용모가 사랑하는 당신 것이니까. 그리고 저한테 당신이 가질 만한 가치가 있는 것이 적어도 한 가지는 있을지 모른다는 생각에 그것을 간직하고 싶은 것뿐이랍니다. 그래서 저는 그런 용모 때문에 성가신 일이 생길 때면 수건으로 얼굴을 싸매고 다녔답니다. 아, 엔젤, 자랑하려고 이런 말씀을 드리는 건 아니에요. 그건 당신도 아실 거예요. 제가 바라는 건 오로지 당신이 돌아오시는 것뿐임을 말씀 드리고 싶은 거예요.

당신이 정말 돌아오실 수 없다면 제가 당신한테 갈 수 있게 해 주세요! 앞서 말씀드린 대로, 저한테는 지금, 결코 하고 싶지 않은 일을 강요하는 사람이 있고, 그래서 몹시 불안하답니다. 제가 한 발짝이라도 물러설 리는 없겠지만, 언제 뜻밖의 일이 생겨 그런 상황에 몰리게 될까 봐 몹시 두려운 데다 예전의 과오 때문에 스스로를 제대로 방어할 수도 없는 처지랍니다. 이 문제에 관해서 더 자세히 말씀드릴 수는 없어요. 그러면 내 자신이 너무 비참해질 테니까요. 만약 내가 끔찍한 함정에 빠져 제 자신을 잃고 만다면, 지난번에 실수했을 때보다 더 비참한 처지가 되고 말겠죠. 아, 하느님, 생각만 해도 끔찍해요! 당장 제가 갈 수 있도록 해 주세요, 아니면 당장 와 주세요!

제가 당신의 아내가 될 자격이 없다면 당신의 하녀라도 되어 함께 살았으면 좋겠어요. 그러면 당신 곁에 있을 수 있고, 볼 수 있고, 당신을 제 사람이라고 생각할 수 있을 테니까요. 당신이 여기 안 계시니까 환한 낮에도 눈에 들어오는 게 아무것도 없어요. 들판의 까마귀와 찌르레기도 보고 싶지 않아요. 그 새들을 함께 바라보던 당신이 그리워서 마음이 너무 아파지거든요. 천상에서건 지상에서건 지하에서건 제가 바라는 것은 오직 하나, 사랑하는 당신을 만나는 것뿐이에요! 돌아오세요. 제발 돌아와 주세요. 그리고 저를 위협하는 것으로부터 저를 구해 주세요!

비탄에 잠긴 당신의 충실한 아내 테스로부터

호소를 담은 이 편지는 서쪽의 조용한 사제관에서 아침 식사를 하던 클레어 신부에게 제대로 전해졌다. 사제관이 자리한 분지는 공기가 아주 온화하고 토양이 무척 비옥해서 플린트콤 애쉬에서의 농사에 견주어 보면 슬쩍 거드는 정도의 노력만으로도 곡물을 재배할 수 있었다. 그래서 테스가 생각하기에 그곳 사람들의 생활은 꽤 다를 것 같았다(사람들의 생활이란 어디서나 마찬가지이겠지만). 엔젤이 테스에게 아버지를 통해서 편지를 보내라고 한 것은 오로지 편지가 확실히 전달되도록 하기 위한 것이었다. 엔젤은 무거운 마음으로 혼자서 농장을 개척하러 간 나라에서 거주지를 옮길 때마다 아버지에게 늘 알려 두었던 것이다.

그런데 클레어 신부는 편지의 겉봉을 보고 나서 부인에게 말했다.

"엔젤이 기별을 보내온 대로 다음 달 말에 리오를 떠나 귀국할 계획이라면 이 편지로 그 일정이 앞당겨질 수도 있겠군. 이 편지는 제 아내가 보내는 게 틀림없으니까."

그는 며느리 생각을 하며 한숨을 쉬고는 곧바로 엔젤에게 가도록 수신인 주소를 고쳐 썼다.

클레어 부인이 나직한 소리로 말했다.

"여보, 엔젤이 무사히 귀국했으면 좋겠어요. 그 애한테 잘해 주지 못했다는 생각이 죽을 때까지 가시지 않을 것 같아요. 엔젤의 신앙이 좀 모자라더라도 케임브리지 대학에 보내서 형들과 똑같은 기회를 줬어야 했어요. 제대로 교육을 받았다면 이단적인 생각에서 벗어나 결국엔 성직자가 되었을지도 모르죠. 성직자가 되든 안 되든 그렇게 해 주는 것이 그 애한테 더 공평한 일이었어요."

클레어 부인이 아들 문제로 큰 소리를 내며 남편의 평온한 마음을 어지럽힌 것은 이번이 처음이었다. 그녀는 신앙이 독실한 만큼 사려도 깊어서 남편 또한 이 문제를 놓고 스스로 공평하지 못한 것은 아니었나 하는 생각으로 괴로워하고 있다는 것을 알고 있었기 때문에 이런 불평을 자주 토로하지 않았다. 밤에 남편이 잠에서 깨어 엔젤을 걱정하며 기도하는 소리를 부인은 여러 번 들었던 것이다. 하지만 이 완고한 복음주의자는 심지어 지금까지도 신앙 없는 아들에게 다른 두 아들과 똑같이 교육의 기회를 주는 것은 옳지 않다고 생각했다. 그는 자기가 평생의 사명이자 소원으로 삼아 전도해 왔고, 성직자가 된 두 아들도 그렇게 여기고 있는 교리를 비난하는데 그 기회가 사용될 가능성이 있다면 기회를 주지 않는 게 옳다고 판단했던 것이다. 한 손으로는 신앙이 두터운 두 아들의 발밑에 초석을 놓아 주면서 다른 한 손으로는 똑같은 수단으로 신앙 없는 아들을 출세시키는 것은 그의 신념과 지위와 소망을 거스르는 행동으로 여겨졌다. 그럼에도 불구하고 그는 이름이 잘못 붙은 엔젤(신의 심부름꾼, 천사라는 뜻_옮긴이)을 사랑했고, 아브라함이 이삭과 함께 산을 오를 때 불운한 이삭의 운명을 슬퍼했던 것(〈창세기〉 22장 1절, 3절 참조_옮긴이)처럼 아들에 대한 자기의 이런 처사를 속으로 슬퍼했다. 저절로 생겨나는 이런 소리 없는 회한은 그의 아내가 입 밖에 내어 말하는 원망보다 훨씬 더 쓰라린 것이었다.

그들은 엔젤의 불행한 결혼이 자신들 탓이라고 여겼다. 엔젤이 농사를 짓기로 결심하지만 않았어도 농촌 처녀를 만날 일은 없었을 것이라고 생각했던 것이다. 그들은 아들 부부가 왜 헤어졌는지, 그리고 언제 헤어졌는지 정확히 알지 못했다. 처음에는 뭔가 중대한 문제로 심하게 다툰 게 틀림없다고 생각했었다. 하지만 아들이 최근에 보낸 편지에서 이따금 아내를 데려오기 위해 귀국하겠다는 말을 하는 것으로 미루어 보아 아들 내외의 별거가 그렇게 희망이 없을 정도로 영구적인 원인에서 비롯된 것은 아니라는 희망을 갖게 되었다. 아들의 얘기로는 며느리가 친정 식구들과 함께 있다고 했고, 그들 또한 달리 좋은 방법이 생각나지 않았기 때문에 미심쩍어하면서도 참견하지 않기로 했던 것이다.

이 무렵 최종적으로 테스의 편지를 받게 될 사람은 노새를 타고 남미 대륙의 내륙에서 해안을 향해 가면서 끝없이 펼쳐진 평원을 응시하고 있었다. 이 낯선 땅에서 그가 겪은 경험은 비참한 것이었다. 그는 도착하고 얼마 지나지 않았을 때 걸린 중병에서 아직 완전히 회복되지 않은 상태였고, 이곳에서 농장을 경영하겠다는 희망이 차츰 사라져 거의 포기하려 하고 있었다. 하지만 이곳에 정착할 가능성이 조금이라도 남아 있는 한, 부모님들께는 생각이 바뀐 것을 알리지 않기로 했다.

쉽게 자립할 수 있다는 선전에 현혹되어 엔젤처럼 그 나라에 건너간 수많은 농업 노동자들은 병들거나 죽거나 쇠약해져 갔다. 엔젤은 영국의 농장에서 건너온 어머니들이, 열병에 걸려 죽은 아이를 팔에 안고 터덜터덜 걸어가는 모습을 목격하곤 했다. 그 어머니들은 걸음을 멈추고 푸석푸석한 땅에 맨손으로 구덩이를 파서 아이를 묻은 다음 한바탕 눈물을 흘리고 다시 터덜터덜 걸어갔다.

엔젤의 원래 계획은 영국의 북부나 동부에서 농장을 경영하는 것이지 브라질로 이민 오는 것이 아니었다. 그는 될 대로 되라는 자포자기의 심정으로 브라질로 왔던 것이다. 과거의 일에서 도피하고 싶은 그의 열망이 당시 영국 농민들 사이에 일던 브라질 이민 열풍과 우연히 맞아떨어졌던 것이다.

이렇게 떠나 있는 동안 그는 정신적으로 십여 년쯤 더 성숙해졌다. 이제 인생에서 그를 사로잡는 것은 인생의 아름다움이라기보다 인생의 비애였다. 낡은 종교 체계를 오랫동안 불신해 왔던 그가 이제는 도덕성의 낡은 평가 기준마저 불신하기 시작했다. 그는 이것들을 재조정할 필요가 있다고 생각했다. 도덕적인 사람이란 어떤 사람인가? 보다 정확하게 질문하면, 도덕적인 여자란 누구인가? 한 인간의 아름다움이나 추함은 그 사람의 성취뿐 아니라 의도와 욕구에 의해 결정된다. 한 인간의 진정한 내력은 무엇을 했느냐가 아니라 무엇을 의도했느냐에 있는 것이다.

그렇다면 테스의 경우는 어떠한가?

이런 관점에서 테스를 바라보게 되자 엔젤은 자신의 성급한 판단에 대한 후회로 괴로워지기 시작했다. 그는 그녀를 영원히 거부할 것인가 아닌가? 그는 그녀를 영원히 거부하겠다고 더 이상 말할 수 없었다. 그렇게 말할 수 없다는 것은 이제 마음속으로 그녀를 받아들인다는 것이나 다름없었다.

이렇게 그녀에 대한 기억이 좋은 쪽으로 방향을 틀기 시작한 시기는 그녀가 플린트콤 애쉬에서 일하고 있을 무렵이었다. 그러나 그때는 아직 그녀가 마음껏 자신의 형편이나 심경을 알려서 그를 괴롭혀서는 안 된다고 생각하고 있을 때였다. 그는 몹시 곤혹스러웠다. 그는 어찌 해야 될지 갈피를 잡을 수 없었기 때문에 테스가 소식을 전하지 않는 동기에 대해 묻지 않았다. 그의 당부를 따르느라 침묵하고 있는 테스를 그는 오해했던 것이다. 그가 테스의 침묵을 제대로 이해했다면 정말 많은 사실을 알았을 것이다. 그가 일러 놓고도 잊어버렸던 당부를 그녀는 곧이곧대로 정확하게 지켰고, 그녀의 용감한 천성에도 불구하고 아무런 권리도 주장하지 않았고, 그의 결정을 모든 면에서 정당한 것으로 받아들이고 거기에 말없이 고개를 숙였다는 사실 등을 말이다.

앞서 언급한 대로 노새를 타고 내륙을 횡단할 때, 엔젤 옆에서 말을 타고 가던 한 사내가 있었다. 그 길동무는 영국의 다른 지방 출신이었지만 엔젤과 같은 목적으로 브라질에 온 사람이었다. 그들은 둘 다 정신적으로 우울한 상태여서 서로 고향 얘기를 나누며 길을 갔다. 신뢰는 신뢰를 낳는 법이다. 남자들에게 나타나는 그 묘한 경향은 특히 먼

타향에 나갔을 때 더 자주 나타난다. 친구들에게라면 절대 말하지 않았을 삶의 구체적인 이야기들을 낯선 사람에게 털어놓게 되는 이런 마음에 이끌려 엔젤은 말을 타고 가는 동안 자신의 결혼에 대한 슬픈 사실을 털어놓았다.

이 낯선 사람은 엔젤보다 더 많은 나라에 체류해 보고 더 많은 민족을 접해 본 이른바 세계주의자였다. 이 세계주의자의 생각에는 그것처럼 사회 규준에서 벗어난 행위는 가정생활의 관점에서 보면 엄청나 보일지 몰라도 전 지구의 곡면에 비유할 때 골짜기나 산맥의 기복 정도에 불과하다는 것이었다. 그는 이 문제를 엔젤과는 전혀 다른 관점에서 바라보았다. 그는 테스가 과거에 어떤 사람이었느냐 하는 것은 앞으로 어떤 사람이 될 것이냐에 비하면 중요하지 않고 엔젤이 그녀를 떠난 것은 잘못한 일이라고 분명히 말했다.

그다음 날 폭우가 몰아치는 바람에 그들은 흠뻑 젖었다. 엔젤의 길동무는 열병에 걸려 주말에 세상을 떠나고 말았다. 엔젤은 그를 묻어 주느라 몇 시간을 지체한 뒤에 다시 길을 떠났다.

평범한 이름 이외에는 정말 아무것도 알지 못했던 그 도량 큰 낯선 사람이 해 준 우연한 말 몇 마디는 그의 죽음으로 더욱 숭고하게 느껴졌고, 철학자들의 논리 정연한 온갖 윤리학보다 엔젤의 마음에 더 깊이 와 닿았다. 그 길동무와 비교해 보니 자신의 편협함이 부끄러웠다. 자기가 그동안 모순된 생각을 하고 있었다는 깨달음이 물밀듯이 밀려들었다. 그는 기독교를 믿지 않는 대신에 희랍의 이교적 사고를 줄곧 숭상해 왔다. 그러나 희랍 문명에서는 강요에 의한 굴복은 경멸의 대상이 아니었다. 그렇다면 순결하지 않은 것에 대한 혐오는 종교의 교리와 함께 물려받은 것일 터였고, 더구나 순결을 잃게 된 결과가 속임수에 의한 것일 때 이런 혐오감은 수정되어야 한다고 엔젤은 생각했다. 자책감이 그를 엄습했다. 그의 기억에서 아직 완전히 지워지지 않고 남아 있던 이즈 휴에트의 말이 다시 떠올랐다. 자기를 사랑하느냐고 이즈에게 물었을 때 그녀는 그렇다고 대답했다. 뒤이어 테스보다 더 사랑하느냐는 질문을 하자 그녀는 아니라고 대답했다. 테스는 그를 위해서라면 목숨까지도 버릴 테지만 자기는 그렇게는 못한다는 것이었다.

그는 결혼식 날의 테스의 모습을 생각해 보았다. 그녀의 눈은 항상 그에게 머물러 있었고, 그의 말이라면 마치 하느님의 말씀처럼 귀 기울여 듣지 않았던가! 난롯가에서 그녀의 순박한 영혼이 그의 영혼에게 모든 것을 털어놓던 그 끔찍한 저녁에도, 난롯불에 비친 그녀의 얼굴이 얼마나 측은하게 보였던가! 그때 그녀는 그의 사랑과 보호가 철회될 수도 있다는 것을 전혀 알지 못했다.

이렇게 해서 그는 그녀를 비판하던 자에서 변호하는 자로 바뀌어 갔다. 전에는 그녀에 대해 냉소적인 말을 혼자 내뱉곤 했었다. 그러나 언제까지나 냉소적으로 살아갈 수 있는 사람은 아무도 없었다. 그래서 그는 냉소적인 태도를 버렸다. 냉소적인 말을 내뱉는 잘못을 하게 된 것은 구체적인 사례는 무시하고 일반적인 원칙에만 사로잡혔기 때문이었다.

그러나 이런 사고방식은 좀 케케묵은 것이다. 이전의 수많은 애인들과 남편들도 이런 전철을 되풀이해 왔다. 엔젤은 그녀에게 가혹했고, 거기엔 의심의 여지가 없었다. 남자는 자기가 사랑하거나 사랑했던 여자에게 가혹하게 굴 때가 있다. 그건 여자도 마찬가지다. 그러나 이런 엄격한 태도는 그 모체격인 보편적 엄격함에 비하면 그저 온정에 불과하다. 보편적 엄격함에는 성격을 바라보는 입장의 엄격함, 목적을 바라보는 수단의 엄격함, 어제를 바라보는 오늘의 엄격함, 오늘을 바라보는 훗날의 엄격함 등이 있다.

전에는 엔젤이 쇠잔한 가문이라고 경멸하던 그녀의 가문—더버빌이라는 당당한 혈통—에 대한 역사적인 흥미가 그의 감정을 자극했다. 왜 자신은 이런 것들의 정치적 가치와 상상적 가치를 구분하지 못했을까? 상상적인 견지에서 볼 때 그녀의 더버빌 혈통은 아주 중대한 사실이었다. 실용적인 면으로는 가치가 없을지 모르지만 몰락과 쇠퇴에 관해 설교하는 사람이나 몽상가에게는 더없이 유익한 자료였던 것이다. 그러나 그것은—가련한 테스의 혈통과 이름에 다소 탁월한 점이 있다는 것은—머지않아 망각될 사실이었고, 그녀가 혈통상 킹스비어에 있는 납관 속 유골이며 대리석 묘비와 연관이 있다는 사실 또한 망각 속으로 사라질 터였다. 이렇듯 시간은 낭만을 가차 없이 파괴하고 만다. 엔젤은 테스의 얼굴을 자꾸만 떠올리다 보니 그녀의 조상인 귀부인들이 지니고 있었을 우아한 품위가 일순 그녀의 얼굴에 나타나 있었다. 그 환영은 전에도 느낀 적이 있던 영묘한 기운을 그의 혈관에 퍼뜨려 현기증을 일으켰다.

테스는 순결을 잃었지만, 테스 같은 여자에게는 또래 처녀들의 참신함을 능가하는 무언가가 아직 남아 있었다. 에브라임의 끝물 포도가 아비에셀의 만물 포도보다 낫지 않았던가(〈사사기〉 8장 2절 참조_옮긴이).

되살아난 사랑은 이렇게 말하며, 그에게 테스의 절절한 호소를 받아들일 준비를 시키고 있었다. 그 편지는 그의 부친의 손을 거쳐 지금 그에게로 향하고 있는 중이었다. 그러나 그는 아직 내륙 깊숙이 있었기 때문에 그것이 그에게 닿기까지 오랜 시간이 걸릴 터였다.

한편 그 편지를 쓴 사람은 엔젤이 자신의 호소 어린 편지를 읽고 돌아오리라는 기대를 했는데, 그 기대감이 한 번은 커졌다 한 번은 작아졌다 했다. 기대감이 작아지는 것은 그들을 헤어지게 만들었던 한 가지 사실이 변하지 않았고 변할 수도 없기 때문이었다. 그녀가 옆에 있을 때도 그 사실의 영향력이 줄어들지 않았는데 그녀가 없을 때는 더욱 불가능했다. 그럼에도 불구하고 그녀는 만약 그가 돌아온다면 어떻게 그를 가장 기쁘게 해 줄 수 있을까 하는 문제에 세심하게 마음을 기울였다. 그녀는 그가 하프로 연주하던 노래가 무엇인지 좀 더 잘 알아두고 낙농장 처녀들이 부르던 민요 중에서 어떤 민요가 가장 마음에 드는지 호기심을 갖고 물어둘걸 하는 생각에 한숨지었다. 혹시나 하는 마음에 테스는 탤버테이스에서 이즈를 따라온 엠비 시들링에게 넌지시 물어보았는데, 뜻밖에도 엠비는 기억하고 있었다. 엠비는 낙농장에서 젖소의 젖이 잘 나오게 하려고 일꾼들이 즐겨 부르던 노래 중에서 엔젤이 '큐피드의 정원', '사냥터도 있고 사냥개도 있고', '동틀 무렵' 등을 좋아하는 것 같았고, '재봉사의 바지'나 '난 아주 예뻐졌어요'도 좋은 곡이지만 엔젤은 별로 좋아하는 것 같지 않더라는 말을 해 주었다.

이 민요들을 잘 부르는 것이 이 무렵 그녀의 엉뚱한 소망이었다. 그녀는 짬이 날 때마다 혼자서 연습을 했다. 특히 '동틀 무렵'을 많이 불렀다.

일어나요, 일어나요, 일어나요!
정원에 핀 꽃 중에
가장 아름다운 꽃으로
임에게 드릴 꽃다발을 만들어요
멧비둘기와 작은 새들도
가지마다 둥지 트는
이른 봄
동틀 무렵에!

이 춥고 건조한 계절에 다른 처녀들과 떨어져 혼자 일할 때마다 그녀가 이런 노래들을 부르는 소리를 들었다면 돌덩이 같은 마음도 녹아

내렸을 것이다. 남편이 끝내 돌아오지 않을지도 모른다는 생각이 들면 노래를 부르다가도 하염없이 눈물이 흘러내렸고, 소박하고 단순한 노랫말은 노래하는 이를 조롱하는 듯 아픈 마음에 사무쳤다. 테스는 이런 상상에 어찌나 골몰했던지 봄이 다가오는 것도 모르는 것 같았다. 해가 길어졌고, 수태고지축일(3월 25일_옮긴이)이 임박했고, 여기서의 계약 기간이 끝나는 구력 수태고지축일(4월 6일_옮긴이)이 곧 다가오고 있다는 것도 깨닫지 못하고 있는 듯했다.

그러나 4분기 결산일이 채 되기도 전에 일어난 일로 인해, 테스는 전혀 다른 문제에 신경을 쓰지 않을 수 없게 되었다. 여느 때 저녁처럼 그날도 하숙집 식구들과 아래층에 앉아 있는데, 누군가 문을 두드리고는 테스를 찾았다. 문간에 나가 보니 키는 어른만 하지만 몸매는 어린애처럼 호리호리하고 앳된 소녀가 지는 해를 배경으로 서 있었다. 저녁 어스름 속에 서 있는 그 소녀가 "테스 언니." 하고 부를 때까지 그녀는 그 소녀가 누구인지 알아차리지 못했다.

"아니, 리자 루 아니니?"

테스가 깜짝 놀라 물었다. 1년 전에 집을 떠나올 때만 해도 어린애같기만 하던 동생이 갑자기 껑충 자라서 이런 모습으로 변했던 것이다. 그러나 루 자신은 테스가 왜 그렇게 놀라는지 모르는 것 같았다. 이렇게 자란 탓에 전에는 길게 내려오던 드레스가 지금은 짧아져서 그 아래로 드러난 가느다란 다리며, 어색하게 드리워진 손과 팔은 그녀의 풋풋함과 미숙함을 드러냈다.

리자 루는 감정 없는 무거운 목소리로 말했다.

"응, 언니, 하루 종일 걸어왔어. 언니를 찾으려고 말이야. 그래서 너무 피곤해."

"집에 무슨 일이 있는 거니?"

"어머니가 몹시 편찮으셔. 의사 선생님 말씀으로는 곧 돌아가실 거래. 아버지도 건강이 아주 안 좋으신데, 당신같이 지체 높은 집안의 사람이 천한 막일을 노예처럼 뼈 빠지게 일하는 건 잘못이라고만 하고 계시니 어떻게 하면 좋을지 모르겠어."

테스는 한참 동안 멍하니 서 있다가 정신을 차리고 리자 루에게 들어와 앉으라고 했다. 그런 다음 리자 루가 들어와 앉아서 차를 마시는 동안 어떻게 할 것인지 결정을 내렸다. 집에 돌아가는 수밖에 없었다. 그녀의 계약 기간은 구력 수태고지축일인 4월 6일에 끝나지만 그때까지는 얼마 남지 않았으니까 위험을 무릅쓰고 당장 출발하기로 마음을 정했다.

그날 밤에 출발하면 열두 시간을 벌 수 있었으나 동생은 너무 지쳐 있어서 다음 날 아침까지 걸어야 하는 먼 길을 떠날 수 없었다. 테스는 메리언과 이즈가 살고 있는 곳으로 달려가 자기의 사정을 알리고 농장 주인한테 잘 말해 달라고 부탁했다. 테스는 하숙집으로 돌아와 루에게 저녁을 먹이고 침대에서 눕힌 다음 버드나무 바구니에 필요한 것들을 되도록 많이 넣으며 짐을 꾸렸다. 그리고 루에게 내일 아침에 뒤따라오라고 이르고는 집으로 출발했다.

50

시계가 10시를 칠 때 그녀는 춘분의 쌀쌀한 어둠 속에서 급히 길을 나섰다. 이제 그녀는 잔잔하게 빛나는 별빛을 받으며 24킬로미터를 걸어가야 할 터였다. 도시에서 먼 외딴 지역에서 소리 없이 걸어가는 보행자에게 밤은 위험하기보다 오히려 안전한 법이다. 테스도 이런 사실을 알고 있었으므로 낮이었다면 무서워서 가지 않았을 지름길인 샛길을 따라 걸었다. 이 시간에는 강도도 없었고, 어머니 걱정이 마음에서 귀신에 대한 두려움을 몰아냈다. 이렇게 해서 그녀는 벌배로에 이를 때까지 오르막길과 내리막길을 걸으며 1킬로미터 1킬로미터씩 앞으로 나아갔다. 자정쯤에는 벌배로의 언덕 위에서 혼돈의 어둠에 잠긴 깊은 심연을 내려다보았다. 그 어둠 속에 골짜기가 아슴푸레하게 모습을 드러내고 있었다. 그 골짜기의 저 안쪽이 그녀가 태어난 고향이었다.

이미 고원 지대를 8킬로미터쯤 걸어 왔으니까 이제 낮은 지대에서 16 내지 19킬로미터를 걸어가야 하는 노정을 남겨 두고 있었다. 길을 따라가자 구불구불한 내리막길이 가냘픈 별빛을 받아 겨우 눈에 보였고, 곧이어 밟는 촉감이나 냄새만으로도 발밑의 흙이 지금까지 지나온 땅과는 확연히 다르다는 것을 느낄 수 있었다. 그곳은 블랙무어 골짜기의 차진 진흙땅이었고, 골짜기에서도 이 부분은 아직 통행료를 징수하는 도로가 뚫리지 않은 지역이었다. 그래서 그런지 이 진흙땅에는 다른 고장보다 미신이 오래 남아 있었다. 그리고 한때 숲이었던 까닭에 그림자로 가득할 때면 먼 곳과 가까운 곳이 뒤섞이고 모든 나무와 키 큰 산울타리의 풍채가 더욱 도드라져 보여서 숲이었던 그때의 분위기가 되살아나곤 했다. 이곳에서 사냥했다는 수사슴, 바늘로 찌르고 물에 빠트렸다는 마녀, 지나가는 사람을 보며 키득거렸다는 초록빛 요정 등, 이곳은 이런 미신으로 가득했고, 그래서 이런 시간에는 이런 요괴들이 떼를 지어 모여들었다.

너틀베리 마을의 주막집 앞을 지나는데 그 집 간판이 그녀의 발소리가 반가운 듯 삐걱대며 인사를 했다. 그러나 테스 이외에 그 소리를 들은 사람은 아무도 없었다. 그녀의 마음의 눈은 그 초가지붕 아래의 정경을 보는 듯했다. 내일 아침 햄블든 언덕 위로 희미한 분홍빛 기운이 내비치기 시작하자마자 일어나 다시 일터로 나가기 위해 잠의 손안에서 원기를 회복하고 있을 사람들이 자주색 헝겊 조각을 이어 붙여 만든 이불 속에서 힘줄과 근육에 힘을 빼고 편안히 누워 있을 것이다.

3시에 그녀는 그때까지 누비고 온, 미로 같은 시골길의 마지막 모퉁이를 돌아 말롯으로 들어섰다. 그녀가 부녀회 회원이던 시절 엔젤을 처음 보았던 들판을 지났다. 그때 엔젤이 그녀에게 춤을 청하지 않아 실망했었다. 그곳을 지나자니 그때의 실망감이 고스란히 되살아나는 듯했다. 부모님이 계신 집 쪽에서 불빛이 보였다. 그 불빛은 침실 창문에서 흘러나오는 것이었는데, 창문 앞에서 흔들리는 나뭇가지 때문인지 불빛이 그녀를 향해 윙크하는 것 같았다. 그 집—그녀가 보낸 돈으로 지붕의 이엉을 새로 이은—의 윤곽이 눈에 들어오자, 테스는 예전과 다름없는 감회를 느꼈다. 그 집은 언제까지나 그녀의 몸과 생명의 일부인 듯했다. 굴뚝 꼭대기에 군데군데 벽돌이 부서진 것 하며, 지붕창의 비스듬한 각도와 처마 끝의 모습 등 모든 것이 그녀의 개인적 성격과 뭔가 비슷한 점을 지니고 있었다. 그녀가 보기에 집의 이런 모습들에는 망연자실한 느낌이 스며 있었고, 그것은 어머니의 병환을 의미했다.

테스는 식구들을 깨우지 않으려고 살그머니 문을 열었다. 아래층 방에는 아무도 없었으나, 어머니를 간호하느라 깨어 있던 이웃 사람이 이층 계단 맨 위로 나와서 나지막하게 말했다. 더비필드 부인이 차도는 없으나 지금 막 잠이 들었다고. 테스는 아침 식사를 준비해 놓고 어머니의 방으로 가서 병시중을 들었다.

아침이 되어 동생들을 살펴보니 모두들 기이할 정도로 길어 보였다. 집을 떠나 있은 지 1년이 조금 넘었을 뿐인데 그사이에 어찌나 많이 성장했는지 그녀는 동생들의 모습을 보고 깜짝 놀랐다. 동생들한테 필요한 것들을 챙겨 주는 데 온 마음과 정신을 쏟았기 때문에 그녀 자신의 걱정은 뒷전으로 밀려났다.

아버지의 건강은 전과 다름없이 종잡을 수 없이 막연한 상태여서, 아버지는 여느 때처럼 의자에 앉아서 지내고 계셨다. 하지만 그녀가 도착한 다음 날, 아버지는 유난히 밝은 표정을 지으며 말씀하셨다. 생계를 꾸릴 수 있는 그럴 듯한 방도를 생각해 내셨다는 거였다. 테스가 그게 무엇인지 묻자 그녀의 아버지는 이렇게 대답했다.

"이 지방에 사는 모든 고고학자들에게 회람을 돌리는 방법을 생각해 냈단다. 내 생계를 유지하기 위한 기금에 기부를 해 달라고 부탁하는 거지. 틀림없이 그 양반들은 그렇게 하는 것을 낭만적이고 운치 있고 당연한 일로 생각할 게다. 옛 유적을 보존하거나 유골 같은 것을 찾아내는 데 엄청난 돈을 쓰는 양반들이니까 살아 있는 유물이나 다름없는 나한테는 틀림없이 훨씬 더 큰 흥미를 느끼겠지. 그 양반들이 나에 대해 알기만 하면 말이야. 나 같은 사람이 그들 옆에 살아 있지만 아무도 신경 써 주지 않는다고 누가 돌아다니며 알려 준다면 좋겠는데! 내 신분을 알아낸 그 트링엄 신부님이 살아 계셨다면 분명 그 일을 해 주셨을 텐데 말이야."

테스는 이 뒤넘스런 계획에 대한 논쟁은 뒤로 미루고, 그녀가 돈을 송금했어도 나아진 게 거의 없어 보이는 긴급한 문제들을 우선 처리하기로 했다. 집안의 급한 문제들이 어느 정도 해결되자 그녀는 바깥일에 눈을 돌렸다. 파종을 하는 철이라 마을 사람들의 채마밭과 소작지는 대부분 봄갈이가 끝나 있었지만 더비필드네 채마밭과 소작지는 아직 봄갈이를 못하여 뒤늦어 있었다. 테스는 그 이유가 식구들이 씨감자까지 죄다 먹어 버렸기 때문이라는 사실을 알고 황당했다. 앞일을 생각하지 않는 사람들의 마지막 실수였던 것이다. 그녀는 우선 구할 수 있는 대로 씨감자를 구하고, 며칠 뒤에는 아버지의 몸이 좀 괜찮아 보이자 아버지를 설득하여 채마밭을 돌보게 한 다음, 그녀 자신은 마을에서 2백 야드쯤 떨어진 곳에 있는 소작 밭에서 일하기 시작했다.

테스는 환자의 침실에만 갇혀 있던 뒤여서 밭일하는 것이 즐거웠다. 어머니의 병세가 호전되어 이제는 테스가 옆에 없어도 되었다. 힘든 육체노동은 잡념을 없애 주었다. 소작지는 밭 사오십 뙈기가 모여 있는 높고 건조하고 사방이 트인 곳에 자리하고 있었다.

테스는 하루의 삯일을 마친 뒤에 여기로 와서 더없이 활기차게 일했다. 밭갈이는 대개 6시에 시작해서 땅거미가 지거나 달이 뜰 때까지 무한정 이어졌다. 날씨가 건조해서 뭐든 태우기 좋은 계절이었기 때문에, 대부분의 밭에서는 마른 잡초와 쓰레기 더미가 타고 있었다.

어느 화창한 날 테스와 리자 루는 마지막 햇살이 밭의 경계선에 세워진 흰 말뚝을 수평으로 비출 때까지 이웃들과 밭에서 일했다. 해가 지고 어둑어둑해지자 개밀과 양배추 줄기를 태우는 불빛이 밭을 비췄고, 바람결에 짙은 연기가 움직일 때마다 밭의 윤곽이 나타났다 사라졌다 했다. 불길이 타오를 때면 연기가 땅을 따라 수평으로 날렸고, 그렇게 해서 만들어진 연기의 둑이 불투명한 광채를 내며 밭에서 일하는 사람들을 서로 가려 놓았다. 이 광경을 보면 낮에는 벽이 되고 밤에는 빛이 되었다는 구름 기둥(《출애굽기》 13장 21절 22절 참조_옮긴이)의 의미를 이해할 수 있었다.

어둠이 짙어지자 밭일을 하던 사람들 중에 몇몇은 일을 중단하고 집에 들어갔지만, 더 많은 사람들은 파종을 마치려고 남아서 일했다. 동생을 먼저 집으로 보낸 테스도 남아서 일하는 사람들 중 한 명이었다. 개밀이 타고 있는 밭뙈기에서 그녀는 쇠스랑으로 밭을 갈고 있었다. 반짝이는 쇠스랑의 네 갈래 끝이 돌멩이와 마른 흙덩이에 부딪혀 조그맣게 달그락대는 소리가 났다. 이따금씩 테스는 자기 밭에 지펴 놓은 모닥불 연기에 완전히 휩싸였다가 모닥불에서 나는 놋쇠 빛깔의 불빛에 모습이 환히 드러나곤 했다. 그날 밤 그녀의 옷차림은 좀 이상해서 다소 도드라져 보였다. 여러 번 빨아서 하얗게 탈색된 드레스 위에 검은색 짧은 재킷을 걸치고 있었다. 마치 결혼식 손님과 장례식 손님을 한 사람이 겸하고 있는 모습이었다. 저 뒤쪽에서 일하고 있는 여자들은 가끔씩 불빛에 환하게 드러날 때를 제외하고는 창백한 얼굴과 더불어 흰색 앞치마만 보일 뿐이었다.

서쪽으로는, 밭의 경계를 이루는 헐벗은 가시나무 산울타리의 앙상한 가지들이 우윳빛의 나지막한 하늘을 배경으로 도드라져 보였다. 머리 위 하늘에는, 목성이 활짝 핀 노랑 수선화처럼 어찌나 환하게 걸려 있는지 그림자를 드리울 정도였다. 그 외에도 이름 모를 작은 별들이 여기저기 떠 있었다. 멀리서 개가 짖었고, 가끔 마른 땅 위로 마차 바퀴가 덜거덕거리며 지나갔다.

늦지 않은 시각이어서 쇠스랑은 여전히 딸각딸각 소리를 내며 부지런히 움직였다. 공기는 신선하고 좀 쌀쌀한 편이었지만 봄기운이 어려 있어서 일하는 사람들의 기운을 북돋워 주었다. 그 장소와 그 시간, 탁탁 소리를 내며 타는 모닥불, 빛과 어둠이 만들어 내는 환상적인 신비 등에는 테스는 물론 다른 사람들한테도 그곳에 있는 기쁨을 느끼게 해 주는 무언가가 있었다. 겨울의 서리 속에서 내리는 땅거미는 악마 같고, 여름의 포근함 속에서 내리는 어스름은 연인 같지만, 3월에 내리는 황혼은 마음을 차분히 가라앉혀 주는 진정제 같았다.

밭에서 일하는 사람들 가운데 옆에서 일하는 동료를 쳐다보는 사람은 아무도 없었다. 뒤집힌 흙이 불빛에 드러날 때 사람들의 눈은 흙에 집중됐기 때문이다. 테스는 그렇게 흙덩이를 파헤치며, 이제는 엔젤이 들어주리라는 기대도 거의 할 수 없는 그 부질없는 노래들을 흥얼거렸다. 그러느라 그녀는 한참 동안 가장 가까운 곳에서 일하고 있는 사람(긴 작업복을 입은 한 남자가 그녀의 밭에서 쇠스랑으로 밭을 갈고 있었다)을 알아보지 못했다. 아버지가 일을 빨리 마치라고 보낸 일꾼이려니 생각했다. 그 사람이 땅을 파헤치며 점점 그녀 쪽으로 가까이 다가

182

오자 그녀는 그를 의식하게 되었다. 이따금씩 연기가 그들 사이를 가로막았다가 별안간 방향을 바꾸면 다른 사람들 쪽은 가려지고 서로의 모습이 보이곤 했다.

테스는 그 남자에게 말을 건네지 않았고 그 남자도 그녀에게 말을 건네지 않았다. 그녀는 환한 대낮에는 그 남자가 거기에 없었다는 것과 그가 말릇 사람 같지 않다는 생각을 했으나, 최근 몇 년간 너무 오랫동안, 그리고 너무 자주 고향을 떠나 있었기 때문에 그러려니 하고는 더 이상 그 남자에 관심을 두지 않았다. 이윽고 그는 그녀와 아주 가까운 곳까지 오게 되었다. 그의 쇠스랑에서 반사되는 불빛이 마치 그녀 자신의 쇠스랑에서 반사되는 불빛처럼 선명하게 보였다. 마른 잡초를 불속에 던져 넣으려고 모닥불 가까이 다가갔을 때 그녀는 그 남자도 맞은편에서 모닥불에 잡초를 던져 넣고 있는 것을 보았다. 불길이 확 일어나며 드러난 그 남자의 얼굴은 더버빌이었다.

그가 예기치 않은 곳에 와 있는 것 하며 이제는 구닥다리들만 입는 주름 잡힌 작업복을 입은 기이한 모습이 으스스하면서도 우스꽝스러워서 소름이 끼쳤다. 더버빌은 한참 동안 낮은 목소리로 킬킬거렸다.

"내가 농담을 좋아하는 사람이라면 이렇게 말했을 거요. '여기는 마치 천국 같군!' 하고 말이오."

그는 고개를 기울여 그녀를 바라보며 종잡을 수 없는 말을 했다.

"그게 무슨 말이에요?"

그녀가 힘없이 물었다.

"익살꾼이라면 여기가 마치 천국 같다고 말했을 거란 말이오. 당신은 이브고 난 당신을 유혹하려고 하등 동물로 둔갑한 늙은 사탄인 셈이지. 신학에 심취했을 때 난 밀튼의 이 대목에 아주 매료되곤 했다오.

여왕님, 길은 준비되었고 멀지 않습니다.

도금양(남 유럽산의 방향성 상록 관목_옮긴이)이 줄지어 선 저쪽이 온
데……

……제 안내를 받아들이신다면

곧 그곳으로 모시겠나이다

'그럼 안내하라.' 이브가 말했다.

《실락원》9권 626~631행_옮긴이)

이렇게 나가는 대목이었지. 내 사랑 테스, 내가 이런 말을 하는 건 당
신이 날 너무 나쁘게만 보기 때문에 이처럼 터무니없는 상상이나 말을
할까 봐 미리 선수를 치는 것뿐이오."

"난 당신을 사탄이라고 말한 적도, 생각해 본 적도 없어요. 전혀 그렇
게 생각하지 않는다고요. 당신이 날 모욕할 때 말고는 당신에 대해 격
한 감정은 없어요. 아주 냉담할 뿐이죠. 아니, 그런데 여기 와서 밭을
갈고 있는 게 온전히 나 때문이라는 건가요?"

"그렇소. 온전히 당신을 보기 위해서지 다른 이유는 없소. 작업복은
오는 길에 팔려고 내놓은 것을 보고, 사람들 눈에 띄지 않으려면 입는
게 낫겠다 싶어 뒤늦게 장만한 거요. 당신에게 이런 일을 하지 말라고
하려고 여기에 왔소."

"하지만 난 일하는 게 좋아요. 아버지 대신 하는 일이니까."

"저쪽 농장의 계약 기간은 끝났소?"

"네."

"다음에는 어디로 갈 거요? 사랑하는 남편한테로 갈 건가?"

테스는 모욕감이 들어 견딜 수 없었다.

"아, 몰라요! 난 남편이 없어요!"

그녀가 버럭 화를 내며 쏘아붙였다.

"얼추 맞는 말이지. 당신 말뜻으로는 말이오. 하지만 당신에게는 친

구가 있소. 난 당신이 받아들이든 말든 당신을 편하게 해 줄 작정이오. 집에 가 보면 내가 당신을 위해서 무엇을 보냈는지 알게 될 거요."

"알렉, 난 당신한테 어떤 것도 받고 싶지 않고, 받을 수도 없어요! 그건 옳은 일이 아니에요!"

그가 재빨리 소리쳤다.

"옳은 일이오! 내가 그토록 사랑하는 여자가 고생하는 것을 보면서 도와주지도 않고 가만히 있을 수는 없소."

"하지만 난 아주 잘 지내고 있어요! 다만 고통스러운 건, 그건, 먹고 사는 문제가 아니라고요."

그녀는 돌아서서 필사적으로 다시 땅을 파기 시작했으나 쇠스랑 자루와 흙덩이에 눈물이 뚝뚝 떨어졌다. 그가 다시 말을 꺼냈다.

"아이들 때문이겠지…… 당신 동생들 말이오. 나도 그 애들 걱정을 하고 있소."

테스는 가슴이 떨렸다. 그는 테스의 약한 부분을 건드리고 있었다. 그는 그녀가 가장 걱정하고 있는 문제가 무엇인지 꿰뚫어 보았던 것이다. 집에 돌아온 이래 그녀는 열정적인 애정을 동생들에게 쏟고 있었다.

"당신 어머니가 회복되지 않으면 누군가 동생들을 부양해야 하지 않겠소? 당신 아버지도 일을 많이 하실 수 없을 테니까 말이오. 안 그렇소?"

"제가 도와 드리면 아버지가 하실 수 있을 거예요. 그래야죠!"

"나도 거들겠소."

"안 돼요, 제발!"

더버빌이 버럭 소리를 질렀다.

"왜 이렇게 어리석은 거요? 아니, 당신 아버지도 우리가 같은 가문이라고 생각하시니까 꽤 만족하실 거요!"

"아니에요. 제가 그렇지 않다고 말씀드렸어요."

"어리석은 짓이군!"

더버빌은 화를 내며 그녀 곁에서 물러나 산울타리 쪽으로 가서는, 입고 있던 긴 작업복을 벗어 둘둘 말아, 개밀을 태우는 모닥불에 던지고 떠나 버렸다.

그러고 나자 그녀는 일을 계속할 수 없었다. 그녀는 그가 아버지가 계신 자기 집으로 간 것 같아서 불안했다. 그래서 쇠스랑을 손에 들고 집으로 향했다.

집에서 20야드쯤 떨어진 곳에서 그녀는 여동생들 중 한 명을 만났다.

"아, 테시 언니, 내 말 좀 들어봐! 리자 루 언니는 울고 있고, 우리 집에 사람들이 많이 모였어. 엄마는 많이 좋아지셨는데 아버지가 돌아가신 것 같대!"

동생은 그 소식이 중대하다는 것은 알고 있었지만 아직 얼마나 슬픈 일인지는 모르고 있었다. 동생은 소식을 들은 언니가 어떤 반응을 보일지 눈을 동그랗게 뜨고 바라보며 서 있었다.

"언니, 그럼 이젠 아버지하고 얘기도 못하는 거야?"

"아버지는 그저 조금 편찮으신 정도였는데!"

테스가 정신 나간 사람처럼 외쳤다. 리자 루가 다가왔다.

"좀 전에 아버지가 쓰러지셨는데, 어머니 때문에 왕진 오신 의사 선생님이 살아날 가망이 없대. 심장이 안으로 부었기 때문이래."

그랬다. 더비필드 부부는 처지가 바뀌어, 죽어 가던 아내는 위기를 벗어나고 몸이 좀 불편한 정도였던 남편이 죽은 것이었다. 아버지의 죽음에는 그 이상의 의미가 있었다. 아버지의 생명에는 아버지가 이뤄 놓은 개인적인 성취와는 무관한 가치가 있었다. 그렇지 않았다면 그렇게 큰일이 아니었을지도 모른다. 더비필드네 집과 대지의 임대 계약은 3세대 동안으로 한정되어 있었고 아버지가 그 마지막 세대였던 것이다. 게다가 소작 농장 관리인은 장기 계약을 맺은 일꾼들에게 내줄 집이 부족했기 때문에 오래전부터 그 집을 탐내고 있었다. 더구나 종신 임대권자들은 그 독립적인 입장과 당당한 태도 탓에 소규모 자작농들과 마찬가지로 마을에서 달가운 존재가 아니었기 때문에 계약 기간이 만료되면 결코 갱신되는 법이 없었다.

그리하여 옛날에 더버빌 가문이었던 더비필드 가족은 그 지역에서 올림포스 산의 신들처럼 떵떵거리고 살던 시절에 지금의 그들처럼 집도 땅도 없는 사람들에게 수없이, 그리고 혹독하게 내린 운명에 처했다. 이렇게 밀려오고 밀려가는 변화의 리듬은 하늘 아래 있는 모든 것에 번갈아 일어나며 지속된다.

51

마침내 구력 수태고지축일 전날 밤이 되었고, 농촌은 1년에 한 번 있는 그 특별한 날에만 볼 수 있는 부산스런 움직임으로 술렁였다. 다음 한 해 동안 일을 하기로 성촉절에 맺은 계약이 이날부터 실행되는 것이다. 지금까지 살던 곳에 더 이상 머무르고 싶지 않은 노동자들(외부에서 이 용어가 들어오기 전에는 '일꾼'이라 불렸던 이들)은 이날 새 농장으로 옮겨 간다.

이 지방에서는 해마다 이 농장에서 저 농장으로 이주하는 사람들이 늘어나는 추세였다. 테스의 어머니가 어렸을 때만 해도 말롯 부근의 일꾼들 대부분은 아버지와 할아버지가 살던 농장에서 평생을 살았다. 하지만 최근에는 해마다 농장을 옮기려는 욕구가 사람들 사이에서 빠르게 퍼져갔다. 젊은 사람들은 혹시 더 좋은 곳으로 가게 되지 않을까 하는 기대로 자꾸만 자리를 옮겼다. 어떤 가족에게는 모세가 고난을 겪은 이집트나 다름없는 곳도 멀리서 그곳을 바라보는 가족에게는 '약속의 땅'처럼 보였고, 그래서 거기로 옮겨 와 살게 되지만 살다 보면 다시 이집트가 되었다. 이렇게 해서 그들은 자꾸 옮겨 다녔던 것이다.

그러나 점점 더 눈에 띄는 마을의 이 모든 변화는 단지 농업의 불안정함 때문만은 아니었다. 인구 감소 또한 일어나고 있었다. 모든 마을에는 농사를 짓는 노동자들과 더불어 이들보다 확실히 높은 계급으로 분류할 수 있는 흥미롭고 견문 넓은 사람들(테스의 부모도 이 계급에 속했다)이 있었는데, 여기에는 목수, 대장장이, 구두장이, 행상, 그리고 농장 노동자는 아니지만 뭐라고 규정하기 어려운 일꾼들이 포함되었다. 이 일련의 사람들이 인생의 목적과 행동에 어느 정도 안정을 유지할 수 있었던 것은 테스의 아버지처럼 종신 임대권자이거나 등본 보유권자이거나 드물지만 소규모 자작농이었기 때문이었다. 그러나 장기 임대 계약이 만료될 때 비슷한 처지의 다른 소작인과 다시 임대 계약을 맺는 경우는 드물었다. 농장주는 자기의 일꾼에게 꼭 필요한 경우가 아니면 대개 건물을 헐어 버렸다. 들일에 직접 고용되지 않은 사람들은 농장주에게 푸대접을 받았고, 그래서 이들 중 일부가 다른 곳으로 쫓겨 가면 이들과 연계된 다른 생업에 종사하는 사람들도 생계가 힘들어져서 떠나지 않을 수 없게 되었다. 마을 생활의 중추이자 마을 전통의 보고였던 이들은 대도시에서 안식처를 찾아야 했다. 사실 이 과정은 기계에 의해 억지로 물을 언덕 위로 끌어올리는 것과 같아서 통계학자들은 이런 현상을 일컬어 '농촌 인구가 도시로 유입되고 있다.'고 익살맞게 표현한다.

말롯의 농가들은 이런 식으로 헐려서 그 수가 상당히 줄어들었다. 남아 있는 집은 농장주가 자기 일꾼들을 위해 제공해야 하는 것뿐이었다. 테스의 생애에 어두운 그림자를 드리운 사건이 일어난 뒤로 더비필드 가족—사람들은 이들의 혈통을 믿지 않았다—은 마을에서 계약 기간이 끝나면 도덕 기강을 위해서라도 떠나야 하는 사람들로 무언중에 간주되고 있었다. 사실 이 집안은 금주, 성실, 정숙 등 어느 한 덕목에서도 마을에서 빛나는 본보기가 되지 못했다. 아버지는, 심지어 어머니까지도 종종 술에 곤드레만드레 취하곤 했고, 아이들은 교회에 나가는 일이 거의 없었고, 맏딸은 남자 관계가 괴이했던 것이다. 마을 사람들은 무슨 수를 써서라도 마을을 깨끗하게 유지해야 했다. 그래서 이날, 아버지가 돌아가신 뒤 첫 번째 맞는 이 수태고지축일에 더비필드 가족은 쫓겨나야 했다.

그 집은 널찍해서 대식구가 딸린 어느 짐마차꾼이 들어오기로 되어 있었다. 그래서 과부 조운과 그녀의 두 딸 테스와 리자 루, 아들 에이브러햄, 그리고 더 어린 자식들은 다른 곳으로 떠나야만 했다.

그들이 떠나는 전날 저녁은 하늘이 자욱하도록 내리는 이슬비 때문에 날이 일찍 어두워졌다. 그들이 나고 자란 마을에서 보내는 마지막 밤이었기 때문에 더비필드 부인과 리자 루, 에이브러햄은 친지들에게 작별 인사를 하러 나가고, 테스는 그들이 돌아올 때까지 집을 지키고 있었다.

그녀는 유리창 앞 긴 의자에 무릎을 꿇고 앉은 채 얼굴을 창에 바싹 갖다 댔다. 빗물이 유리창 바깥 면에서 안쪽 면으로 흘러내렸다. 그녀의 눈은 거미줄을 응시하고 있었다. 파리 한 마리 날아오지 않는 구석에 잘못 자리를 잡은 까닭에 거미는 오래전에 굶어 죽은 듯했고, 그 거미줄은 창을 통해 들어오는 약한 외풍에 바르르 떨고 있었다. 테스는 자기의 불운의 영향으로 이렇게 된 것만 같은 가족의 처지를 곰곰이 생각하고 있었다. 자기만 집에 오지 않았더라면 어머니와 동생들은 어쩌면 매주 집세를 내면서 그대로 머물러 있을 수도 있었을 것이다. 하지만 그녀는 돌아온 직후에 마을의 깐깐하고 영향력 있는 사람들 눈에 띄고 말았다. 허물어진 갓난아기 무덤을 손보느라 작은 모종삽을 들고 교회 묘지에서 어정대는 그녀를 보았던 것이다. 이렇게 해서 그들은 그녀가 다시 여기에 와서 살고 있다는 것을 알게 되었고, 그녀를 '숨기고' 있었다고 어머니를 나무랐다. 그러자 어머니 조운도 험한 말로 응수하며 당장 이사를 가겠다고 큰소리를 쳤고, 약속을 지키라는 요구에 따라 결과가 이렇게 되고 말았던 것이다.

"집에 오지 말았어야 했어."

테스는 비통하게 중얼거렸다. 그녀는 이런 생각에 너무 골몰해 있어서, 흰 방수포를 입은 남자가 말을 타고 오는 게 보였지만 머리로는 거의 인식하지 못하고 있었다. 그녀의 얼굴이 창문 가까이에 있어서인지 그는 그녀를 재빨리 알아보고 집 정면으로 말을 몰았다. 어찌나 바싹 다가섰던지 하마터면 말발굽에 담 밑의 좁은 화단이 짓밟힐 뻔했다. 그가 말채찍으로 창문을 두드릴 때까지 그녀는 창밖에 누가 와 있다는 것도 알지 못했다. 비는 거의 그쳐 있었고, 그녀는 그의 몸짓에 따라 창문을 열었다.

"내가 안 보였소?"

더버빌이 물었다.

"다른 생각을 하고 있어서 못 봤어요. 소리는 들은 것 같은데, 마차 소리인 줄 알았어요. 몽상에 빠졌었나 봐요."

그녀가 대답했다.

"아! 더버빌가의 마차 소리를 들었군. 그 전설을 알고 있소?"

"아뇨. 누가 전에 얘기해 주려다 그만둔 적은 있었어요."

"당신이 진짜 더버빌가 후손이라면 아마 나도 그 얘기를 하지 말아야 할 것 같소. 나야 가짜 후손이니까 아무 상관이 없지만, 제법 무시무시한 이야기거든. 존재하지도 않는 마차에서 나는 소리가 오직 더버빌 혈통에게만 들리는데 그 소리를 들은 사람한테 그건 불길한 징조라는 거요. 몇 백 년 전에 그 집안사람이 저지른 살인과 관련이 있지."

"이야기를 시작했으니 끝까지 해 보세요."

"좋소. 그 집안의 어떤 사람이 예쁜 여자를 납치해서 마차에 태우고 가는데, 여자가 마차에서 도망치려고 하자 몸싸움이 벌어져서 그 와중에 남자가 여자를 죽였다던가……. 아니 여자가 남자를 죽였다고 한 것 같기도 하고. 어느 쪽인지는 기억이 나질 않소. 여하튼 이런 얘기가 있지……. 물통하고 양동이를 꾸려 놓은 게 보이는군. 이사 가는 거요?"

"네, 내일 구력 수태고지축일에요."

"간다는 얘기는 들었지만, 설마 했었소. 너무 갑작스러운 것 같군. 이유라도 있소?"

"아버지 대까지만 이 집에 살게 되어 있었어요. 그 기간이 끝났으니 이제 여기서 살 자격이 없어진 거죠. 하지만 매주 집세를 내면서 계속 있을 수도 있었어요. 나만 없었다면요."

"당신이 어때서?"

"정숙한 여자가 아니라서 마을을 떠나야 한대요."

더버빌의 얼굴이 붉게 달아올랐다.

"정말 괘씸하고 창피한 짓거리군! 야비한 속물들 같으니라고! 그런 더러운 영혼들은 불에 태워 잿가루로 만들어야 해."

우습게도 그가 분개한 어조로 외쳤다.

"그게 이사를 가는 이유란 말이오? 쫓겨난 거로군?"

"엄밀히 말해서 쫓겨난 건 아니지만, 지체 없이 떠나라는군요. 그래서 모두들 이사하는 지금이 집을 구할 기회가 더 많으니까, 당장 떠나기로 한 거예요."

"어디로 갈 거요?"

"킹스비어요. 거기에 방을 얻어 놓았어요. 어머니는 아버지의 조상들에 대해 여전히 어리석은 생각을 품고 계셔서 거기로 가고 싶어 하세요."

"하지만 그렇게 작은 읍에는 당신네 식구가 셋방을 얻을 만한 데가 없을 텐데. 트랜트리지의 우리 집 별채에 와서 사는 게 어떻소? 어머니가 돌아가신 뒤로 양계장에 닭은 거의 없다오. 하지만 당신도 알다시피 집과 정원이 있지. 하루면 말끔하게 회벽칠을 할 수 있소. 그리고 거기라면 당신 어머니도 꽤 편안히 계실 수 있을 거요. 동생들도 좋은 학교에 보내 주겠소. 정말 난 당신을 위해 무언가를 해야만 하오!"

그녀가 분명하게 말했다.

"그렇지만 이미 킹스비어에 방을 얻어 놓았어요! 그리고 거기서 기다릴……."

"기다리다니…… 누굴 기다린단 말이오? 틀림없이 그 대단하신 남편이겠지. 이봐요, 테스, 난 남자가 어떤 종족인지 알고 있소. 그리고 당신네가 헤어진 원인을 생각해 볼 때 그 양반은 절대 당신하고 화해하지 않을 게 분명하오. 이제까지는 내가 당신 원수였을지 모르지만, 당신이 그 사실을 믿지 않더라도 지금은 당신의 친구란 말이오. 트랜트리지에 있는 내 농가로 오시오. 닭을 여러 마리 사서 적당한 크기의 양계장을 마련해 놓겠소. 그러면 당신 어머니가 잘 돌보실 수 있을 거요. 동생들도 학교에 다닐 수 있고 말이오."

테스는 점점 빠른 숨을 쉬다가 마침내 입을 열었다.

"당신이 이 모든 일을 해 주리라는 걸 내가 어떻게 믿어요? 당신의 생각이 바뀔지도 모르고…… 그러면 우리는…… 우리 어머니는…… 다시 집 없는 신세가 되고 말아요."

"이런, 아니오. 절대 그런 일은 없을 거요. 필요하다면 약속을 어기지 않겠다고 각서라도 써 주겠소. 잘 생각해 보시오."

테스는 고개를 가로저었다. 그러나 더버빌은 고집을 부렸다. 그녀는 그가 그토록 결연한 태도를 보이는 것을 처음 보았다. 그는 그녀의 거절을 받아들이려고 하지 않으며 힘주어 말했다.

"어머니한테 꼭 말씀드려요. 이건 당신이 판단할 문제가 아니라 어머니가 판단하실 문제니까. 내일 아침에 그 집을 깨끗이 청소하고 말끔히 칠을 한 다음 불을 피워 놓겠소. 그러면 저녁때쯤엔 다 마를 테니 곧장 그리로 들어올 수 있소. 자, 명심하시오. 기다리고 있겠소."

테스는 다시 고개를 가로저었고, 복잡한 감정이 북받쳐 올라 목이 메었다. 그녀는 눈을 들어 더버빌을 볼 수 없었다.

"당신도 알다시피 난 과거에 당신에게 빚진 것이 있소."

그가 말을 이었다.

"그리고 당신 덕에 광증도 나았으니 기꺼이……."

"차라리 계속 그렇게 미쳐 있는 편이 나았을 것 같군요. 그랬다면 최소한 교리를 지키려고 노력은 했을 테니까요!"

"조금이나마 이렇게 당신한테 빚을 갚을 수 있는 기회가 생겨서 다행이오. 내일 당신네 식구의 짐 내리는 소리를 듣게 되기를 바라오. 그럼 약속의 표시로 악수를 합시다. 사랑하는 어여쁜 테스."

그는 목소리를 낮추어 마지막 말을 중얼거리며 반쯤 열린 창문으로 손을 내밀었다. 그러자 테스는 격노한 눈으로 그를 노려보면서 재빨리 창문 지지봉을 잡아당겼다. 그 바람에 그의 팔이 돌로 된 문설주와 창문 사이에 끼고 말았다. 그가 팔을 홱 잡아 빼며 말했다.

"젠장…… 너무 잔인하군! 아냐, 괜찮아! 일부러 그런 게 아니라는 걸 알고 있소. 아무튼 기다리겠소. 당신 어머니나 동생들만이라도 말이오."

"가지 않을 거예요. 돈은 나도 많아요!" 하고 그녀가 소리쳤다.

"어디에?"

"시아버지한테요. 부탁만 하면 돼요."

"부탁만 하면 된다고. 하지만 테스, 당신은 그러지 못할 거요. 내가 당신을 알거든. 당신은 굶어 죽으면 죽었지 그런 부탁은 하지 않을 사람이니까."

이 말을 한 다음, 그는 말을 몰고 떠났다. 길모퉁이를 돌아가다가 그는 페인트 통을 든 사내를 만났다. 그는 더버빌에게 형제들을 버린거냐고 물었다.

"저리 꺼져." 하고 더버빌이 말했다.

테스는 있던 자리에 한참 동안 있다가, 갑자기 부당하게 학대받고 있다는 반항심이 치밀어 눈언저리가 달아오르며 뜨거운 눈물이 왈칵 쏟아졌다. 남편인 엔젤 클레어도 다른 사람들과 다를 바 없이 그녀 자신을 가혹하게 대했던 것이다. 정말 그랬다! 전에는 이런 생각을 시인해 본 적이 한 번도 없었다. 하지만 확실히 그랬다!

자기 평생에 나쁜 일을 하려고 의도했던 적은 한 번도 없었다. 그녀는 영혼 저 밑바닥에서부터 단언할 수 있었다. 그런데도 이런 가혹한 심판이 내려졌던 것이다. 자신의 죄가 무엇이건 그건 고의로 저지른 죄가 아니라 부주의에 의한 것이었는데, 왜 이렇게 오랫동안 벌을 받아야 하는가?

그녀는 격정에 휩싸여 손에 잡히는 대로 종이 한 장을 집어다가 다음 내용의 글을 휘갈겨 써내려갔다.

아, 엔젤, 왜 저를 이렇게 지독하게 대하시나요! 전 이런 대접을 받아야 할 만큼 나쁜 여자는 아니에요. 모든 일을 다시 곰곰이 생각해 봤지만, 절대로, 절대로 당신을 용서하지 못하겠어요! 제가 의도적으로 당신한테 잘못한 게 아니라는 걸 당신도 아시면서 왜 이렇게 저를 괴롭히시는 거예요? 정말 가혹하고 잔인해요! 당신을 잊을 거예요. 제가 당신한테 받은 것은 부당한 대접뿐이에요.

T.

그녀는 창밖을 지켜보고 있다가 우체부가 지나가자 뛰어 나가서 편지를 전했다. 그리고 다시 창문 앞으로 돌아와 맥없이 앉아 있었다. 다정하게 편지를 쓰나 이렇게 쓰나 마찬가지였다. 그가 어떻게 애원을 들어주겠는가? 그를 화나게 한 사실은 변하지 않았고, 그의 생각을 돌이킬 만한 새로운 사건도 없었다.

날이 더 어두워지자 난롯불이 방 안을 환하게 비추었다. 테스 바로 밑의 동생 두 명은 어머니와 함께 외출했고, 세 살 반에서 열한 살까지의 어린 동생 넷은 하나같이 검은색 옷을 입고 난롯가에 둘러앉아 저희들끼리 재잘대고 있었다. 테스는 촛불도 켜지 않은 채, 마침내 동생들 사이에 끼어 앉았다. 그녀가 빠르게 말했다.

"애들아, 우리가 태어난 이 집에서 자는 것도 오늘이 마지막이야. 잘 생각해 보렴, 알겠지?"

모두들 말이 없어졌다. 그때까지 새집으로 옮긴다는 생각에 들떠 있던 아이들은 마지막이라는 테스의 말을 듣고는 감수성이 예민한 그 나이 때의 아이들답게 눈물을 터뜨릴 기세였다. 테스는 화제를 돌렸다.

"애들아, 노래 좀 불러 주렴."

"뭘 부를까?"

"너희들이 아는 노래로 아무거나."

잠시 아무 소리가 없더니 조심스럽게 작은 노랫소리가 흘러나와 정적을 깼다. 곧이어 두 번째 목소리가 힘을 합쳤고, 세 번째와 네 번째 목소리가 가세하여 합창을 했다. 그들이 주일 학교에서 배운 노래였다.

이 땅에선 슬픔과 고통을 겪고,
이 땅에선 만나면 이별이지만,
하늘나라엔 이별이 없다네.

네 아이들은 마치 오래전에 그 문제에 대한 결론을 내렸기 때문에 착오가 있을 수 없고 더 생각해 볼 필요조차 없다고 생각하는 사람들처럼 담담하게 노래했다. 그들은 한 음절 한 음절 명확히 발음하려고 몹시 긴장한 얼굴로 너울거리는 난롯불의 한가운데를 계속 바라보았다. 다른 아이들이 멈추는 부분에서 막내의 목소리만 튀어나오곤 했다.

테스는 그들에게서 몸을 돌려 창가로 다시 갔다. 이제 바깥은 깜깜해졌지만, 그녀는 마치 어둠 속을 응시하는 듯 유리창에 얼굴을 바싹 갖다 댔다. 실은 눈물을 감추기 위해서였다. 그녀가 동생들이 부르는 노래 가사를 믿을 수만 있다면, 그녀가 확신할 수만 있다면, 모든 것이 얼마나 달라질 것인가! 그녀가 얼마나 자신 있게 동생들을 신의 섭리와 내세의 천국에 맡길 수 있을 것인가! 하지만 그러리라는 확산이 없기 때문에 당연히 그녀 자신이 무언가를 해야만 했고, 동생들의 신이 되어 주어야 했다. 왜냐하면 꽤 많은 수의 다른 사람들처럼 테스에게도 다음의 시구가 끔찍한 풍자로 들렸기 때문이다.

우리가 이 세상에 올 때에는
알몸으로 온 게 아니라 영광의 구름을 거느리고 왔도다.

테스나 테스 같은 사람에게는 태어난다는 것 자체가 개인의 욕망을 줄여야 하는 시련이었다. 태어난 것을 정당화할 아무 일도 일어나지 않았고, 기껏해야 시련이 조금 완화될 뿐이었다.

이윽고 젖은 길 위 어둠 속에 어머니가 호리호리한 리자 루와 에이브러햄을 데리고 나타났다. 더비필드 부인의 나막신 소리가 가까이 들리자 테스가 문을 열었다.

"창밖에 말발굽 자국이 있던데……. 누가 왔었니?"

어머니가 말했다.

"아뇨."

테스가 대답했다.

난롯가에 있던 아이들이 정색하고 그녀를 바라보았고, 그중 한 명이 중얼거렸다.

"아니, 테스 언니, 말 탄 신사가 왔었잖아."

"우리 집에 온 게 아니라 지나가다 나한테 말을 건 것뿐이야."

테스가 말했다.

"그 신사가 누구니? 네 남편이니?"

어머니가 물었다.

"아니에요. 그 사람은 절대, 절대 오지 않을 거예요."

테스는 전혀 희망이 없다는 듯 대답했다.

"그럼 누구란 말이니?"

"아, 알 필요 없어요. 어머니도 전에 보신 적이 있는 사람이에요."

"아하! 그 사람이 뭐라고 했는데?"

조운은 호기심 어린 어조로 캐물었다.

"내일 킹스비어의 셋집에 들어가고 나서 말씀드릴게요. 한마디도 빼놓지 않고요."

자기 남편이 아니었다고 그녀는 말했다. 그러나 육체적인 의미에서 이 남자만이 자기 남편이라는 생각이 점점 더 그녀를 무겁게 짓누르는 것 같았다.

52

다음 날 새벽 이른 시각에 아직 깜깜하기만 했지만 큰길 근처에 사는 주민들은 날이 밝을 때까지 단속적으로 이어지는 덜거덕대는 소음에 잠을 설쳐야 했다. 해마다 이달 첫째 주일에 이런 소음이 들리는 것은 이달 셋째 주일이면 으레 뻐꾸기 소리가 들리는 것과 마찬가지로 확실한 일이었다. 그것은 대이동의 서막을 알리는 소리로, 이사하는 집의 짐을 실으러 가는 빈 짐마차가 지나가는 소리였다. 고용된 일꾼의 짐을 목적지까지 나르는 일은 그들의 노동을 필요로 하는 주인집 짐마차의 몫이었는데, 이 일을 하루 안에 마치려다 보니 이렇게 자정을 넘긴 지 얼마 안 되는 시각부터 요란한 소리가 나는 것이었다. 마부는 아침 6시까지 이사 가는 집의 문 앞에 당도해야 했기 때문이다. 그리고 마차가 도착하면 즉시 이삿짐을 싣고 출발했다.

그러나 테스와 어머니에게는 그런 짐마차를 보내 줄 농장주가 없었다. 여자들뿐이었고 정규 노동자도 아닌 데다 특별히 오라는 데가 있는 것도 아니어서 그들은 자비로 짐마차를 빌려야 했고, 비용을 안 들이고는 아무것도 옮길 수가 없었다.

그날 아침 창밖을 내다본 테스는 날씨가 바람이 불고 흐리긴 했지만 비가 오지 않고 짐마차가 벌써 도착해 있어서 다행이다 싶었다. 이사하는 가족들에게 비 오는 수태고지축일은 끔찍했기 때문이다. 비 오는 날에 이사를 하면 가구며 침구며 옷이 모두 축축하게 젖어서 줄줄이 병에 걸리기 십상이었다.

어머니와 리자 루, 에이브러헴도 일어났으나, 더 어린 동생들은 더 자도록 내버려 두었다. 이 네 식구는 희미한 불빛에 의지해 아침 식사를 하고는 짐을 싣기 시작했다.

절친한 이웃 한두 명이 와서 거들어 주었기 때문에 짐 싣는 일은 다소 유쾌하게 진행되었다. 우선 큰 가구들을 적당한 자리에 실은 다음, 이동하는 동안 조운 더비필드와 어린 동생들이 앉아 있을 수 있도록 침대와 침구로 동그랗게 자리를 만들었다. 짐을 싣는 동안에는 마구를 풀어놓았기 때문에 짐을 다 실은 뒤에 다시 말을 매는 데 상당한 시간이 지체되었다. 그래도 2시쯤에는 마침내 마차가 출발할 수 있었다. 마차 굴대에 매단 냄비가 대롱거리며 마차가 앞으로 나갔다. 더비필드 부인과 식구들은 짐의 맨 위에 올라앉았는데, 부인은 시계가 고장 나지 않도록 시계 머리를 무릎에 올려놓았으나 마차가 갑자기 흔들릴 때마다 시계는 희미한 소리로 1시를 치기도 하고 1시 반을 치기도 했다. 테스와 바로 아래 동생은 마을을 벗어날 때까지 마차 옆에서 걸어갔다.

그들은 그날 아침과 그 전날 저녁에 몇몇 이웃들을 찾아가 작별 인사를 했던 터라, 몇몇 이웃이 나와 그들에게 행운이 있기를 바란다고 말했으나 속으로는 이 집안에 행운이 찾아오리라는 기대를 하지 않았다. 더비필드 가족이 스스로에게 해를 끼친 적이 있을지는 몰라도 다른 이들에게 해를 끼친 적은 없었는데도. 마차는 곧 언덕길을 올라가기 시작했고 고도와 토질이 달라지면서 바람은 더욱 매서워졌다.

이날은 4월 6일이었으므로, 가는 길에 더비필드 가족은 식구들이 짐 위에 올라앉은 다른 짐마차들을 많이 만났다. 농촌 일꾼들이 짐을 싣는 방식은 벌이 육각형으로 집을 짓는 것과 마찬가지로 거의 비슷비슷했다. 이삿짐에서 가장 기본이 되는 짐은 장식장이었다. 광택 나는 손잡이에 손자국 등 살림의 흔적이 켜켜이 묻은 장식장은 끌채에 맨 짐말 바로 뒤쪽에 정면으로 똑바로 세워서 소중하게 운반되었다. 그래서 마치 경건하게 운반해야 하는 계약의 궤(모세의 십계명을 새긴 석판을 넣은 신성한 나무상자_옮긴이)처럼 보였다.

어떤 가족은 생기가 넘쳤고 어떤 가족은 침울했다. 길가 주막집 문앞에 대놓고 쉬고 있는 짐마차도 있었다. 이윽고 더비필드네도 말에게 물을 먹이고 사람들도 목을 축이려고 주막 앞에 멈춰 섰다.

짐마차가 멈추어 있는 동안, 테스는 그 주막에서 조금 떨어진 곳에 대어 놓은 마차의 짐 위에 앉은 여자들 사이에서 3파인트들이 파란 술병이 오르락내리락하는 것을 보았는데, 그 병을 쥐고 있는 손은 그녀가 잘 아는 이의 손이었다. 그녀는 그 마차 쪽으로 다가갔다.

"메리언, 이즈!"

테스가 소리쳤다. 그들은 하숙하고 있던 집이 이사하자 같이 따라 나선 것이었다.

"너희들도 다른 사람들처럼 오늘 이사하는 거니?"

그들은 그렇다고 대답했다. 플린트콤 애쉬에서의 생활이 너무 힘들어 농장 주인 그로비가 고소를 하건 말건 알리지도 않고 떠나왔다는 것이었다. 그들은 테스에게 자기들이 어디로 가고 있는지 알려 주었고, 테스도 그들에게 자기가 가는 곳을 알려 주었다.

메리언은 짐 위로 몸을 기울이고 목소리를 낮춰 말했다.

"너를 따라다니던 그 신사 말이야 누군지 짐작이 가지? 네가 떠난 뒤에 그이가 플린트콤 애쉬로 널 찾아온 거 알고 있니? 네가 그 사람을 만나기 싫어하는 것 같아서 우린 네가 어디에 있는지 말해 주지 않았어."

"아, 그런데 만났어! 그 사람이 날 찾아냈단다."

테스가 중얼거렸다.

"네가 어디로 가고 있는지도 알고 있니?"

"그럴 거야."

"남편은 돌아왔니?"

"아니."

그때 양쪽 마차의 마부가 주막에서 나왔기 때문에 테스는 친구들에게 작별 인사를 했고, 두 짐마차는 반대 방향으로 다시 길을 떠났다. 메리언과 이즈, 그리고 이들이 운명을 함께하기로 한 농부의 가족이 탄 마차는 산뜻하게 페인트칠이 되어 있었고 반짝이는 놋쇠 장식이 달린 마구를 단 힘센 말 세 필이 끌고 있었다. 그러나 더비필드 부인과 그 가족이 탄 마차는 위에 실은 짐의 무게도 견뎌 내지 못할 것처럼 삐걱거렸고, 만든 이래 한 번도 페인트칠이라고는 해 본 일이 없는 것 같았다.

그리고 마차를 끄는 말도 두 필뿐이었다. 이런 대조는 잘 나가는 농장주가 보낸 따로 이주하는 경우와 기다리는 사람이 아무도 없는 곳으로 가는 경우의 차이를 분명히 보여 주었다.

거리가 멀었다(하룻길로는 너무 먼 거리였다). 그래서 하루 안에 목적지에 닿으려면 말들이 무진 애를 써야 했다. 일찍 출발했는데도 오후 늦게야 그들은 그린 힐이라는 고지대의 한쪽 비탈면을 돌아가고 있었다. 말들이 오줌을 누고 숨을 돌리는 사이에 테스는 주위를 둘러보았다. 바로 앞쪽 언덕 아래로 반쯤 죽어 있는 듯한 소읍이 보였다. 그녀의 아버지가 지겹도록 말씀하시고 노래하시던 바로 그 조상들이 묻혀 있는 곳이자 그들의 목적지인 킹스비어였다. 더버빌 가문이 5백 년 동안 살아왔던 곳이므로 다른 어느 곳보다도 더버빌가의 고향이라 할 만한 곳이었다.

마을 어귀에서 한 남자가 다가오는 것이 보였다. 그는 그들의 짐마차에 실은 이삿짐의 모양새를 보더니 더 빠른 걸음으로 다가왔다.

"혹시 더비필드 부인이신가요?"

마차에서 내려 남은 길은 걸어가고 있던 테스의 어머니에게 그 남자가 물었다.

그녀는 고개를 끄덕이며 말했다.

"정식으로 이름을 대자면 저는 가난한 귀족 고 더버빌 경의 미망인이고, 저희는 조상님들 영지로 돌아가고 있는 길입니다."

"아, 그러세요? 그런 사실은 모르고 있었습니다. 그런데 댁이 더비필드 부인이라면 부인이 원하던 셋방이 이미 나갔다는 사실을 전해 드릴 수밖에 없게 되었습니다. 오늘 아침에 편지를 받고서야 댁에서 오시는 줄 알았지만 그땐 이미 늦었습니다. 그래도 셋방을 구할 만한 곳이 어디 있을 겁니다." 그 남자는 이 소식을 듣고 하얗게 질린 테스의 얼굴을 보았다. 테스의 어머니는 낙담하여 어쩔 줄 몰라 했다. 그녀가 비통하게 말했다.

"테스야, 우리 이제 어떡하니? 조상들 땅에 왔는데 이런 대접을 받는구나! 아무튼 셋방을 더 찾아봐야지."

그들은 읍내로 들어가서 최선을 다해 알아보았다. 어머니와 리자 루가 물어보러 다니는 동안 테스는 마차에 남아서 어린 동생들을 돌봤다. 한 시간 뒤에 조운이 여전히 셋방을 구하지 못한 채 마차로 돌아오자 마부는 말이 기진맥진한 데다 적어도 그날 밤에는 왔던 길을 되돌아가야 하기 때문에 짐을 내려야겠다고 말했다.

"좋아요, 여기에 내려놓으세요."

조운은 겁 없이 대답했다.

"어디든 구할 수 있겠죠."

마부는 짐마차를 교회 묘지 담장 아래, 사람들 눈에 잘 띄지 않는 쪽에 세우고는, 싫은 기색 없이 초라한 세간들을 내려놓았다. 일이 끝나 마부에게 삯을 치르고 나자 이제 어머니한테는 1실링밖에 남지 않았다. 마부는 이런 가족과 더 이상 거래하지 않아도 된다는 걸 다행으로 여기며 마차를 몰고 떠나 버렸다. 비가 오지 않으니까 그들이 큰 고생은 하지 않을 거라고 그는 생각했다.

테스는 쌓아 놓은 세간들을 절망적으로 바라보았다. 봄철 저녁나절의 싸늘한 햇빛이 냄비며 주전자, 미풍에 떨고 있는 약초, 장식장의 놋쇠 손잡이, 그 집 아이들 모두가 사용했던 요람, 반들반들한 벽시계 등을 밉살스럽게 비추고 있었다. 원래 집 안에 두도록 만들어진 것들을 이렇게 지붕도 없는 바깥에 내다 놓을 수 있느냐고 원망하는 듯 이 모든 가재도구들에서도 빛이 반사되고 있었다.

그 주위로는 한때 사냥터였던 언덕과 비탈이 펼쳐져 있고(지금은 여러 필의 목초지로 나뉘어 있었다) 이끼 낀 건물 초석들이 남아 있어 그곳이 한때 더버빌가의 저택이 자리했던 곳임을 알려 주었다. 저 멀리에는 오랫동안 더버빌가의 영지에 속해 있던 엑든 히스의 황야가 보였다. 그들 바로 옆에는 더버빌 회랑이라 불리는 교회 회랑이 냉엄하게 사방을 응시하고 있었다.

"여긴 너희 가문의 가족 묘지니까 있어도 되겠지?"

테스의 어머니가 교회와 교회에 딸린 묘지를 둘러보고 와서 말했다.

"그럼, 당연하지. 얘들아, 너희 조상들 땅에서 방을 구할 때까지 여기서 야영을 하도록 하자! 자, 테스, 리자, 에이브러햄, 너희들은 나를 도와다오. 이 어린것들이 쉴 수 있는 자리라도 마련해 놓고 한 번 더 돌아보자꾸나."

테스는 맥없이 거들었고, 15분쯤 뒤에는 이삿짐 더미에서 꺼낸 네 기둥짜리 침대가 교회의 남쪽 담장 아래에 세워졌다. 그 담장은 지하 납골 묘소 위에 있는 더버빌 회랑이라 불리는 건물의 일부였다. 침대의 닫집 위쪽으로는 15세기의 것으로 추정되는, 트레이서리(창 윗부분의 곡선 문양_옮긴이)로 아름답게 장식된 갖가지 빛깔의 창문이 보였다. 그 창문은 '더버빌 창문'이라 불렸고, 윗부분에 더비필드네 옛날 인장과 숟가락에 있는 문장과 같은 모양의 문장이 새겨져 있었다.

조운은 침대에 커튼을 쳐서 근사한 천막을 만든 다음, 어린아이들을 그 안으로 들여보내며 말했다.

"셋방을 정 구할 수 없다 하더라도 하룻밤쯤은 여기서 잘 수 있겠구나. 셋방을 더 알아보고 아이들 먹을 거라도 좀 구해 와야겠다! 아, 테스, 우리가 이런 꼴이 되고 말다니. 네가 좋은 집안에 시집갔다는 게 다 무슨 소용이니."

그녀는 리자 루와 아들을 데리고, 교회와 읍내를 갈라놓고 있는 좁은 길을 올라갔다. 그들이 큰길에 들어섰을 때, 말을 탄 한 사내가 주위를 두리번거리는 모습이 곧 눈에 들어왔다. 그들에게 다가오며 그가 말했다.

"아, 당신들을 찾고 있었습니다! 이 역사적인 곳에서 같은 가문이 만났군요!"

그 사내는 알렉 더버빌이었다.

"테스는 어디 있습니까?"

그가 물었다.

조운은 개인적으로 알렉을 전혀 좋아하지 않았다. 그녀는 대충 교회 쪽을 가리키고는 계속 길을 갔고, 더버빌은 방금 이야기를 들었다며 혹시 셋방을 구하지 못한다면 다시 만나자고 말했다. 그들이 가고 나자 더버빌은 말을 타고 주막으로 가서는 잠시 후에 걸어서 나왔다.

그동안 테스는 아이들과 함께 침대 안에서 이야기를 나누다가 더는 아이들을 편하게 해 줄 일이 없을 것 같아서, 이제 막 어두워지기 시작한 교회 경내를 거닐었다. 마침 교회 문이 닫혀 있지 않았기에 그녀는 난생처음으로 그 교회에 들어가 보았다.

저 바깥에 세워 놓은 침대 위로 보이던 창문 안쪽에는 몇 세기에 걸친 조상들의 무덤이 있었다. 상단에 닫집을 씌워놓은 제단 모양의 간소한 묘비가 있었는데, 거기에 새겨진 조각은 마모되고 부서져서 무슨 모양인지 알아보기 어려웠고, 놋쇠 명패는 원래의 자리에서 떨어져 있었고, 못이 박혔던 자리는 마치 사암 절벽의 담비 토굴처럼 뻥 뚫려 있었다. 테스는 자기 조상들이 사회적으로 몰락했다는 것을 그전에도 여러 번 느끼곤 했지만, 이 훼손된 묘지만큼 그 사실을 강하게 부각시키는 것은 일찍이 본 일이 없었다.

그녀는 이런 글귀가 새겨진 검은 돌 앞으로 다가갔다.

Ostium sepulchri antiquae familiae D'Urberville
('유서 깊은 더버빌 가문의 묘지 입구'라는 뜻의 라틴어_옮긴이)

테스는 교회에서 쓰는 라틴어를 추기경만큼 잘 읽지는 못했지만 이것이 조상들의 무덤으로 들어가는 입구이고 아버지가 술잔을 앞에 놓고 늘 노래하시던 기사들이 그 안에 잠들어 있다는 것쯤은 알 수 있었다.

생각에 잠긴 채 돌아서서 나오던 그녀는 가장 오래된 제단 모양의 무덤 앞을 지나다가 그 위에 누워 있는 사람의 형체를 보았다. 어둑어둑했기 때문에 그때까지는 그런 게 있는 줄 알아채지 못했고, 지금도 그 형상이 움직인다는 기이한 생각이 들지 않았다면 그냥 지나쳤을 것이다. 가까이 다가선 순간 그녀는 그 형상이 살아 있는 사람이라는 것을 알아차렸다. 그녀는 묘지 안에 다른 이가 또 있었다는 사실에 너무 놀라고 당황하여 거의 정신을 잃고 주저앉았다. 그런 다음에야 그녀는 그 형상이 알렉 더버빌이라는 것을 알아보았다.

그는 석판에서 뛰어내려와 그녀를 부축했다. 그가 빙긋 웃으며 말했다.

"당신이 들어오는 걸 봤소. 당신이 깊은 생각을 하고 있어서 방해하지 않으려고 저기 올라갔던 거요. 이 밑에 누워 있는 조상님들과 집안 모임을 갖고 있는 셈이군, 안 그렇소? 자, 들어 보시오."

그는 발뒤꿈치로 바닥을 힘차게 내리쳤다. 그러자 텅 빈 곳에서 울리는 소리가 메아리처럼 울려나왔다. 그가 말을 이었다.

"조상님들이 좀 놀랐을 거요. 그런데 당신은 내가 어느 조상님의 석상인 줄 알았나 본데, 실은 아니오. 낡은 질서는 바뀌는 법이오. 저 아래의 진짜 더버빌 조상들 전부보다도 이 가짜 더버빌의 새끼손가락 하나가 당신한테 더 많은 것을 해 줄 수 있단 말이오. 자, 명령만 내리시오. 뭘 해 드릴까?"

"가 주세요."

그녀가 나지막하게 말했다.

"알았소. 어머니를 찾아뵈어야겠소."

그가 순순히 대답했다. 그러나 그녀 곁을 지날 때 이렇게 속삭였다.

"이걸 기억해 두시오. 당신은 머지않아 고분고분해질 거요."

그가 가고 나자 그녀는 지하 묘지로 통하는 문 위에 엎드리고 말했다.

"왜 난 이 문 바깥에 있는 걸까?"

한편 메리언과 이즈 휴에트는 주인집 농부의 세간과 함께 그들의 가나안 땅(오늘 아침에 그곳을 떠난 어느 다른 가족에게는 이집트였던 곳)을 향해 계속 가는 중이었다. 그러나 두 처녀는 자기들이 향하는 곳에 대해서는 그리 오랫동안 생각하지 않았다. 그들은 엔젤 클레어와 테스, 그리고 테스를 끈질기게 쫓아다니는 사내에 대해 이야기를 나눴다. 그들은 그 사내가 테스의 과거와 관계가 있다는 것을 일부는 들어서 일부는 짐작으로 알고 있었다.

메리언이 말했다.

"테스가 전혀 모르는 사람 같지는 않아. 그 남자가 예전에 테스를 차지한 적이 있는 사람이라면 이거 사태가 심각해지는데. 만약 그 사람이 테스를 다시 꾀어내기라도 하면 이만저만 딱한 일이 아니잖아. 이즈, 클레어 씨는 우리하고 어떻게 될 수 있는 사이도 아니니까, 그분을 테스한테 내주는 걸 샘내지 말고 어떻게든 두 사람이 화해를 하도록 하는 게 좋지 않겠니? 그분도 테스가 어떤 곤경에 처해 있고 누가 테스 주위를 맴돌고 있는지 알기만 하면, 자기 아내를 보호하러 올 거야."

"그분께 우리가 이런 상황을 알릴 수 있을까?"

그들은 목적지로 가는 내내 이 문제에 대해 생각했지만, 새로 이사하고 나서 자리를 잡고 적응하는 데 온 정신을 쏟느라 그 생각을 잊어버리고 말았다. 그러다 한 달 뒤에 어느 정도 안정이 되자 그들은 엔젤 클레어가 곧 돌아온다는 소식을 듣게 되었으나 테스 소식은 더 들은 게 없었다. 엔젤이 온다는 소식에 그들의 마음이 다시 흔들렸지만 홀

릉하게도 테스와의 의리를 지키기로 했다. 메리언은 공동으로 사용하는 싸구려 잉크의 병마개를 연 다음, 이즈와 머리를 맞대어 생각해 낸 글귀로 몇 줄의 편지를 썼다.

존경하는 클레어 씨께

부인이 클레어 씨를 사랑하는 만큼 클레어 씨께서도 부인을 사랑하신 다면 부인한테 관심을 기울여 주세요. 부인은 지금 친구를 가장한 원수 때문에 무척 괴로운 상황이거든요. 클레어 씨, 부인 앞에 나타나서는 안 될 사람이 자꾸만 부인 앞에 얼씬대고 있습니다. 여자는 자신의 힘으로 감당할 수 없을 만큼 힘든 시련을 받아서는 안 됩니다. 계속해서 떨어지는 물방울에는 돌도, 아니 그보다 더 단단한 금강석도 뚫릴 테니까요.

행복을 비는 두 사람 올림

그들은 이 편지의 수신인을 엔젤 클레어라고 쓰고, 그와 관계가 있다고 들은 유일한 장소인 에민스터 사제관의 주소를 써서 편지를 부쳤다. 그러고 난 뒤에 그들은 자신들이 너그러운 행동을 했다는 자부심에 뿌듯해했다. 그래서 흥에 겨워 발작적으로 노래를 부르다 또 금방 눈물을 흘리곤 했다.

제7부
성취

53

　에민스터 사제관에 황혼이 깃들고 있었다. 여느 때처럼 신부의 서재에는 두 개의 촛불이 녹색의 갓 아래에서 타고 있었으나, 신부는 서재에 앉아 있지 않았다. 가끔씩 들어와서 점점 따스해지는 봄 날씨에 걸맞는 조그만 난롯불을 뒤적이다가 다시 나가곤 했다. 그러고는 이따금 현관문 앞에 잠시 서 있다가 거실로 들어왔다가 다시 현관문에 나가 보는 것이었다.

　집이 서향이어서, 집 안은 어둑어둑했지만 바깥에는 아직 사물을 분간할 수 있을 만큼 햇빛이 남아 있었다. 응접실에 앉아 있던 클레어 부인도 남편을 따라 현관으로 나갔다.

　신부가 말했다.

　"아직도 시간이 많이 남았소. 기차가 정시에 도착한다 하더라도 6시는 되어야 초크 뉴튼에 닿을 테고, 그러고도 시골길을 16킬로미터나 와야 하는데 그중 8킬로미터는 크리머크록 레인 고갯길이어서 우리 집 늙은 말로는 빨리 달리지 못할 거요."

　"그렇지만 여보, 우리는 한 시간 만에 온 적도 있잖아요."

"그건 여러 해 전 얘기지."

그들은 결국 중요한 건 기다리는 일뿐이므로 이런 얘기를 해 봐야 아무런 소용이 없다는 걸 알고 있으면서도 이렇게 시간을 보내고 있었다.

드디어 골목길에서 희미한 소리가 들리더니 늙은 조랑말이 끄는 이륜마차가 울타리 살 사이로 모습을 드러냈다. 그들은 마차에서 내리는 사람을 보고 누구인지 알아본 듯한 표정을 지었지만, 사실 오기로 된 때에 그들의 마차에서 내리지 않았다면 거리에서 만나도 알아보지 못하고 지나쳤을 것 같은 모습이었다.

클레어 부인은 어두운 복도를 지나 현관문을 향해 달려갔고, 남편은 천천히 뒤를 따랐다.

신부 내외는 석양빛을 마주 보는 방향에 있었기 때문에, 막 집에 들어오고 있던 그 사내의 눈에, 현관 문간에 서 있는 신부 내외의 걱정스런 얼굴과 그들의 안경에 비친 희미한 석양빛이 보였으나, 신부 내외는 빛을 등지고 들어오는 그의 형체밖에 볼 수 없었다.

"오, 내 아들, 내 아들이 드디어 돌아왔구나."

클레어 부인이 외쳤다. 그 순간 부인은 이 모든 이별의 원인이 되었던 아들의 이단적인 오점을 아들의 옷에 묻은 먼지만큼이나 대수롭지 않게 여겼다. 사실, 아무리 충실하게 진리의 말씀을 추종하는 여자라 하더라도 자기 지식을 믿는 것처럼 말씀의 약속과 경고를 믿는 사람이 어디에 있으며, 자식의 행복에 방해가 된다면 자기 신앙쯤 바람에 날려 버리지 않을 여자가 어디에 있단 말인가? 촛불이 켜진 방으로 들어오자마자 그녀는 아들의 얼굴을 보았다.

"아, 이건 내 아들 엔젤의 모습이 아니야. 갈 때는 이런 모습이 아니었잖니."

그녀는 그의 어이없는 모습에 슬픈 비명을 지르며 고개를 돌렸다.

그의 아버지 역시 그의 모습을 보고 충격을 받았다. 본국에서 겪은 모멸스런 사건에 대한 반발로 너무나 성급하게 먼 나라로 떠났던 엔젤은 낯선 땅의 악천후와 마음 고생을 겪었던 터라 예전의 모습을 알아볼 수 없을 정도로 얼굴도 몸도 많이 상해 있었다. 그의 얼굴 뒤에 해골이 보이고, 해골 뒤에 유령까지 보이는 듯했다. 마치 크리벨리(15세기 이탈리아 화가 카를로 크리벨리_옮긴이)의 그림 속 죽은 예수의 모습과 흡사했다. 푹 꺼진 눈언저리에는 병색이 돌았고 빛나던 눈동자에서는 빛이 사라지고 없었다. 나이 든 조상들의 움푹 팬 볼과 주름살이 20년이나 일찍 그의 얼굴에 나타나 있었다.

그가 말했다.

"말씀드렸듯이 거기서 좀 앓았어요. 지금은 괜찮아요."

하지만 이 말이 거짓임을 입증이라도 하듯 그의 다리에서 힘이 빠져나가는 것 같았다. 그래서 그는 쓰러지지 않으려고 재빨리 의자에 앉았다. 온종일 지루한 여행을 한 데다 집에 돌아온 흥분 때문에 약한 현기증이 일었던 것이다.

"최근에 저한테 온 편지는 없었어요?" 하고 그가 물었다.

"지난번에 보내주신 편지는 아주 운 좋게 잘 받았어요. 제가 내륙지방에 있었던 탓에 한참 지난 뒤에야 받긴 했지만요. 안 그랬다면 제가 좀 더 일찍 귀국했을 거예요."

"그 편지는 네 처가 보낸 것 같던데?"

"네, 맞아요."

그 후에 온 편지가 한 통 더 있었다. 그들은 그가 곧 돌아올 거라는 사실을 알고 있었기 때문에 그 편지는 보내지 않았던 것이다. 건네받은 편지를 급히 뜯어 본 그는 테스가 그에게 마지막으로 급하게 휘갈겨 쓴 편지에서 표현한 그녀의 심정을 읽고 몹시 심란해졌다.

아, 엔젤, 왜 저를 이렇게 지독하게 대하시나요! 전 이런 대접을 받아야 할 만큼 나쁜 여자는 아니에요. 모든 일을 다시 곰곰이 생각해 봤지만, 절대로, 절대로 당신을 용서하지 못하겠어요! 제가 의도적으로 당신한테 잘못한 게 아니라는 걸 당신도 아시면서 왜 이렇게 저를 괴롭히시는 거예요? 정말 가혹하고 잔인해요! 당신을 잊을 거예요. 제가 당신한테 받은 것은 부당한 대접뿐이에요.

엔젤이 편지를 내던지며 말했다.

"정말 맞는 말이야! 어쩌면 나와 화해하려고 하지 않을 것 같군!"

"엔젤, 단지 흙의 아이에 불과한 여자 때문에 그렇게 걱정하지는 마라."

그의 어머니가 말했다.

"흙의 아이라고요! 그렇죠, 우리 모두가 흙에서 태어난 아이인걸요. 오히려 그녀가 어머니가 말씀하신 뜻대로 그저 흙의 아이였으면 좋겠어요. 아직 알려 드리지 않은 한 가지 사실이 있는데요. 그녀의 아버지는 가장 오래된 노르망디 가문의 직계 후손이랍니다. 이 근처에서 이름 없는 농부로 살아가며 '흙의 아이'라고 불리는 수많은 명문가의 후예들처럼 말이죠."

그는 곧 잠자리에 들었고 다음 날 아침에는 몸이 너무 안 좋아 제 방에서 나오지 않고 생각에 골몰했다. 적도 남쪽에서 테스한테 애정 어린 편지를 받았을 때에는 그 자신이 용서하기로 마음만 먹으면 그녀의 품으로 달려가는 것이 가장 쉬운 일처럼 여겨졌으나, 지금 돌아오고 보니 테스를 떠날 때의 상황이 그러했기 때문인지 그 일이 생각했던 것만큼 쉽지 않았다. 그녀는 감정이 격해져 있었고, 그 편지는 그가 늦어지는 통에 그에 대한 그녀의 생각이 변했다는 것—너무나 당연한 일임을 그는 슬퍼하며 인정했다—을 보여 주고 있어서, 그는 예고도 하지 않고 그녀의 부모님 댁에 찾아가 그녀를 만나는 것이 현명한 일인지 스스로에게 물어보았다. 두 사람이 헤어져 있던 마지막 몇 주 동안 그녀의 사랑이 정말 증오로 변했다면 불쑥 찾아가 봐야 신랄한 반박만 듣게 될 것 같았다.

그래서 엔젤은 말롯에 편지를 보내어 자기가 돌아왔다는 사실을 알려 테스와 그녀의 가족에게 마음의 준비를 시키는 것이 좋겠다는 생각을 했다. 그리고 영국을 떠날 때 일러둔 대로 그녀가 여전히 부모님 댁에 살고 있는지도 궁금했기 때문에 그는 당장 편지를 써서 바로 그 날 편지를 부쳤다. 일주일이 채 지나기 전에 더비필드 부인한테서 짤막한 답신이 도착했다. 그러나 그 편지는 그의 당혹감을 해소해 주지는 못했다. 편지에는 발신인 주소도 없었고 놀랍게도 말롯에서 부친 것도 아니었기 때문이다.

간단히 몇 줄로 답변을 드리겠습니다. 딸아이는 지금 제가 데리고 있지 않습니다. 언제 돌아올지는 확실치 않지만 돌아오는 대로 알려 드리겠습니다. 그 애가 임시로 가 있는 곳이 어디인지는 제 임의로 말씀드려서는 안 될 것 같군요. 우리 가족은 얼마 전에 말롯을 떠났습니다. 이만 총총.

더비필드.

테스가 적어도 잘 있다는 생각에 엔젤은 일단 안심했다. 그래서 그녀의 어머니가 그녀의 행방을 알려 주지 않는 것에 대해 그다지 오랫동안 걱정하지 않았다. 그들은 그에게 화가 나 있는 게 분명했다. 그는 편지를 읽고 테스가 곧 돌아올 것임을 알 수 있었으므로 더비필드 부인이 테스가 돌아왔다고 알려 줄 때까지 기다리기로 했다. 그에게는 그 이상을 바랄 자격이 없었다. 그의 사랑은 '다른 모습을 발견하면 변하는(셰익스피어 소네트 116번 중 한 구절을 인용한 것임_옮긴이)' 사랑이었던 것이다. 그는 멀리 떠나 있는 동안 기이한 경험을 했다. 그는 속속들이 코넬리아(로마의 민권 옹호자 티베리우스의 어머니로 현모양처의 대명사로 지칭되는 인물_옮긴이) 같아 보이는 여인에게서 실제로는 포스티나(로마 황제 마르쿠스 아우렐리우스의 방탕한 아내_옮긴이)의 모습을 보았고, 관능적인 피르네 같은 여인에게서 정숙한 루크레시아의 모습을 발견했다. 그는 사람들 앞에 끌려나와 돌에 맞아 죽을 뻔했던 여인(《요한복음》 8장 참조_옮긴이)과 후에 왕비가 되었던 우리아의 아내(우리아의 아내 맛세바를 보고 반한 다윗 왕은 우리아를 전장으로 내몰아 죽게 하고 그의 아내와 결혼함_옮긴이)에 대해 생각해 보았다.

그는 자기가 왜 테스를 행위보다 의도에 따라 보다 건설적으로 판단하지 못했는가 하고 자책했다. 테스의 어머니한테서 두 번째 답신이 오기를 기다리고 아울러 몸의 원기도 회복할 겸해서 그는 부모님 댁에 머물렀다. 그러는 동안 하루 이틀이 지났다. 건강은 회복될 기미가 보였지만 조운 더비필드한테서는 아무런 답신이 없었다. 그래서 그는 브라질에 있을 때 받았던, 테스가 플린트콤 애쉬에서 써 보낸 편지를 찾아서 다시 읽어 보았다. 그 사연은 처음 읽었을 때 못지않게 그의 마음에 사무쳐 왔다.

전 제 괴로움을 당신한테 하소연할 수밖에 없어요. 저한테는 당신뿐이니까요! ……당신이 얼른 돌아오시거나 저를 당신 계신 곳으로 불러 주시지 않으면 전 죽고 말 거예요. '엔젤, 제발, 제발, 너무 이치만 따지지 마시고, 제가 그런 대접을 받을 자격이 없다 하더라도 저를 조금만 다정하게 대해 주셨으면 해요! 만약 당신이 '곧 돌아가겠소.'라고 한 줄만이라도 편지를 써 보내 주신다면 전 견뎌 낼 수 있을 거예요. 엔젤, 아, 그러면 얼마나 기쁠까요! 당신을 못 보는 내 마음이 얼마나 아플지 생각해 보세요. 아, 제가 날마다 종일 느끼는 마음의 아픔을 사랑하는 당신의 마음이 하루 중 잠시만이라도 똑같이 느낄 수 있다면, 아마 가련하고 외로운 저를 동정하시게 될 거예요. 제가 당신의 아내가 될 자격이 없다면 당신의 하녀라도 되어 함께 살았으면 좋겠어요. 그러면 당신 곁에 있을 수 있고, 볼 수 있고, 당신을 제 사람이라고 생각할 수 있을 테니까요. 천상에서건 지상에서건 지하에서건 제가 바라는 것은 오직 하나, 사랑하는 당신을 만나는 것뿐이에요! 돌아오세요. 제발 돌아와 주세요. 그리고 저를 위협하는 것으로부터 저를 구해 주세요!

엔젤은 테스한테서 최근에 받은 편지에 적힌 그녀의 신랄한 말을 더이상 믿지 말고, 당장 그녀를 찾으러 가야겠다고 마음먹었다. 그는 자기가 없는 동안 그녀가 돈을 보내 달라는 부탁을 한 적이 있었느냐고 아버지께 여쭤 보았다. 그런 일이 없었다는 대답을 아버지한테서 들은 엔젤은 그제야 그녀가 자존심 때문에 부탁도 못하고 궁핍한 생활을 하고 있을 거라는 생각을 했다. 신부 내외는 아들의 이야기를 듣고 아들 부부가 헤어진 진짜 이유를 짐작했다.

신부 내외의 기독교 신앙은 대단한 것이어서 하느님께 버림받은 자는 더욱 특별한 애정으로 보살펴야 한다는 믿음을 가지고 있었다. 그래서 그들은 테스의 혈통이나 소박한 마음씨와 심지어 궁핍한 생활에 대해서는 아무런 감정이 생기지 않았으나 그녀의 죄를 알게 되자마자 다정한 마음이 일었다.

그는 길을 떠나려고 서둘러 몇 가지 소지품을 꾸리다, 최근에 받은 솔직한 편지—메리언과 이즈 휴에트가 보낸 편지—를 우연히 발견하고는 다시 읽어 보았다. 편지는 이렇게 시작되었다. '존경하는 클레어 씨께, 부인이 클레어 씨를 사랑하는 만큼 클레어 씨께서도 부인을 사랑하신다면 부인한테 관심을 기울여 주세요.' 그리고 끝에는 '행복을 비는 두 사람 올림.'이라고 서명이 되어 있었다.

54

15분쯤 뒤에 엔젤은 집을 나섰고 어머니는 아들의 야윈 모습이 길 쪽으로 멀어지는 것을 지켜보았다. 아버지의 늙은 말을 타고 가라는 부모님의 당부가 있었지만 그는 그 말이 집에 꼭 필요하다는 것을 알고 있었기 때문에 거절했다. 그는 주막에 가서 이륜마차를 빌렸는데, 말에 마구를 다는 시간도 아까울 만큼 마음이 조급했다. 몇 분쯤 뒤에 그는 읍내를 벗어나 언덕길을 올라가고 있었다.

그 길은 석 달 전에 테스가 희망에 부풀어 내려갔다가 계획이 산산조각 난 채 다시 올라왔던 바로 그 언덕길이었다.

벤빌 레인이 곧 그의 눈앞에 펼쳐졌다. 산울타리와 가로수에는 자줏빛 움이 트고 있었다. 그러나 그의 눈에는 길을 가는 데 필요한 만큼의 풍경만 들어올 뿐 아무것도 보이지 않았다.

한 시간 반이 채 지나지 않았을 때 그는 킹즈힌톡 영지의 남쪽 가장자리를 지나, 쓸쓸히 서 있는 못생긴 돌기둥인 크로스 인 핸드 쪽으로 올라갔다. 일시적으로 종교에 미쳐 있던 알렉 더버빌이 테스에게 다시는 자기를 유혹하지 않겠다고 이상한 맹세를 하게 했던 바로 그 불길한 돌기둥이었다. 길가 둔덕에는 말라비틀어진 쐐기풀 줄기가 여전히 앙상하게 남아 있었는데, 그 뿌리에서 새봄의 어린 초록 쐐기풀이 돋아나고 있었다.

거기서부터 그는 반대편 힌톡 위의 고원지대를 따라 가다가 오른쪽으로 방향을 틀어 플린트콤 애쉬의 상쾌한 석회 지대로 접어들었다. 그녀가 보낸 편지에 적혀 있던 주소가 그곳이어서 그는 그녀가 잠시 머문다는 곳이 아마 그곳일 거라고 생각했던 것이다. 당연히 그는 여기서 그녀를 찾지 못했다. 게다가 마을 사람들이나 심지어 농장주조차도 '클레어 부인'이라는 이름은 들어 본 적이 없다고 하자 엔젤은 더욱 낙심이 되었다. 그러나 그들은 테스라는 이름은 알고 있었다. 떨어져 있는 동안 그녀는 그의 이름을 사용하지 않은 게 분명했다. 테스가 시아버지에게 돈을 보내 달라고 하는 대신에 고초를 겪는 쪽을 선택한 것이나 이렇게 남편의 성을 사용하지 않은 것에서 남편에게 기대지 않고 완전히 독립해서 살겠다는 그녀의 자존심을 엿볼 수 있었다.

그곳 사람들 말로는 테스 더비필드가 아무런 예고도 없이 블랙무어 반대편에 있는 고향 집으로 가 버렸다고 했다. 그러니 이젠 더비필드 부인을 찾을 수밖에 없었다. 더비필드 부인은 테스가 지금은 말롯에 살지 않는다고 하면서도 이상하게도 그녀가 있는 곳을 알려 주지 않았다. 우선 말롯으로 가서 그 이유를 물어보는 수밖에 다른 도리가 없었다. 농장주는 테스에게는 그토록 심술궂게 굴더니 엔젤에게는 아주 친절하게 대하며 말롯까지 타고 갈 수 있도록 마차와 마부를 내주었다. 그가 타고 온 그 노쇠한 말이 하루 동안 갈 수 있는 최대 거리를 온 셈이었기 때문에 에민스터로 돌려보냈다

엔젤은 블랙무어 골짜기 입구까지만 농장주의 마차를 빌리기로 하고 길을 떠났다. 골짜기에 이르자 농장주의 말을 돌려보낸 다음 그 근처 여관에서 하룻밤을 묵고 다음 날 사랑하는 테스가 태어난 마을로 걸어서 들어갔다. 아직은 철이 일러서 뜰이나 나뭇잎에 제 빛깔이 돌지는 않았다. 명색이 봄이지만 아직은 초록색으로 얇게 덧칠을 해 놓은 겨울에 불과했고, 그의 기대 역시 그랬다.

테스가 어린 시절을 보낸 집에는 그녀를 알지 못하는 다른 가족이 살고 있었다. 새로 이사 온 사람들은 다른 이들이 그 집과 농장에서 오랜 시간을 보냈고 거기에 비하면 자기네들의 과거란 '바보 천치들

이 지껄이는 아무 의미 없는 이야기(《맥베스》 5막 5장 26~28행을 인용한 것임_옮긴이)'에 불과하다는 사실을 전혀 모르고 있는 듯 자기네들 일에만 열심이었다. 그들은 자기네들 관심사만을 가장 중요한 것으로 여기며 뜰에서 일하고 있었지만, 그들의 동작은 매순간 그들 뒤에 있는 희미한 환영과 삐걱거리며 충돌하고 있었고, 테스가 이곳에 살던 때는 지금보다 조금도 흥미롭지 않다는 투로 얘기했다. 심지어 봄날의 새들마저 이 집에 있어야 할 사람이 없으리라고는 생각지도 못한 듯 그들의 머리 위에서 노래하고 있었다.

전에 살던 이의 이름조차 기억하지 못하는 이 순박하고도 귀하신 양반들에게 물어본 결과, 엔젤은 존 더비필드가 세상을 떠났으며 미망인과 아이들은 킹스비어에 살러 간다면서 말롯을 떠났지만 결국엔 다른 곳에 살고 있다는 사실을 알아냈다. 그러자 그는 테스가 없는 그 집을 더 이상 보고 있기가 싫어져서 뒤도 한번 돌아보지 않고 서둘러 그 유감스런 곳을 떠났다.

가는 길에 그는 들놀이 무도회에서 테스를 처음 만났던 풀밭을 우연히 지났다. 그곳은 그 집만큼, 아니 그보다 더 보기가 싫었다. 그는 교회 묘지를 지나가다 새로 세워진 비석 가운데 다른 묘비들보다 조금 낮게 디자인된 비석이 눈에 들어왔다. 그 묘비에는 이렇게 씌어 있었다.

존 더비필드, 정확히는 존 더버빌 정복왕의 기사였던 페이건 더버빌 경의 찬란한 혈통을 잇는 직계 자손이자 한때 막강한 가문이었던 더버빌가의 후손을 추모하며. 18년 3월 10일 별세. 오호라 용사들이 쓰러졌도다(《사무엘후서》 1장 19절 참조_옮긴이).

교회 묘지기로 보이는 어떤 사람이 엔젤이 거기 서 있는 것을 보고 가까이 다가왔다.

"이 양반은 여기 묻히기를 원치 않았고 자기 조상들이 묻혀 있는 킹스비어로 옮겨 주기를 바랐습죠."

"그런데 왜 망자의 소원대로 해 주지 않았습니까?"

"아, 그야 돈이 없어서죠. 기막힌 이야기입니다만…… 이런 얘기를 사방에 소문 내고 싶지는 않습니다만 말씀드리죠. 비석에 이렇게 거창한 말을 새겨놓고도 비석 값마저 치르지 못했으니까요."

"이런, 이 비석을 세운 이가 누구입니까?"

그는 마을의 석공 이름을 가르쳐 주었고, 엔젤은 교회 묘지를 나와 석공의 집을 찾아갔다. 엔젤은 그 말이 사실임을 확인하고 비석 값을 치렀다. 그러고 나서 그는 테스네 가족이 살고 있다는 방향으로 발길을 돌렸다.

걸어가기에는 너무 먼 거리였지만 엔젤은 혼자 있고 싶은 생각이 너무 간절해서 마차를 빌리지 않았고, 빙 돌아서 가긴 하지만 일단 타기만 하면 그곳까지 데려다 줄 순환 기차를 타지도 않았다. 그러나 샤스톤에서는 마차를 빌려 탈 수밖에 없었는데, 그래도 길이 험했기 때문에 테스의 어머니가 살고 있다는 마을에 들어섰을 때에는 어느새 저녁 7시가 되어 있었다.

마을은 자그마해서 별 어려움 없이 더비필드 부인의 셋집을 찾을 수 있었다. 큰길에서 멀리 떨어진 그 집은 담장이 둘러진 마당 안에 있었는데, 더비필드 부인은 궁색한 옛 가구늘을 용케도 전부 집 안에 들여 놓았다. 무슨 이유에선지 테스의 어머니는 그가 찾아오는 것을 바라지 않는 것 같았고, 그는 자기의 방문이 그들의 사생활을 침범하는 것처럼 느껴졌다. 부인이 직접 문간으로 나왔고 저녁 하늘의 햇살이 그녀의 얼굴을 비추었다.

엔젤은 장모를 처음 만나는 것이었으나 다른 생각을 하느라 정신이 없어서 부인이 점잖은 미망인 복장을 하고 있고 여전히 아름다움을 잃지 않은 모습이라는 것 이상은 눈에 들어오지 않았다.

엔젤은 자기가 테스의 남편이며 그곳에 찾아온 목적을 설명해야 했으므로, 어색하게나마 그 얘기를 했다.

"얼른 테스를 보고 싶습니다."

그가 덧붙여 말했다.

"장모님께서 저한테 다시 편지를 주시기로 하셨지만, 연락이 없으시더군요."

"그 애가 집에 돌아오지 않았기 때문이라오."

조운이 말했다.

"잘 있다는 건 알고 계신지요?"

"몰라요. 그건 댁에서 알아야 할 일이 아니오."

부인이 말했다.

"그렇지요. 테스는 지금 어디에 있습니까?"

조운은 면담을 시작할 때부터 내내 볼에 손을 댄 채 당황한 기색을 감추지 못했다.

"난…… 그 애가 지금 어디에 있는지 정확히 알지 못한다오. 전에 있던 곳은…… 하지만." 그녀가 대답했다.

"전에 있던 곳은 어디입니까?"

"글쎄, 지금은 거기에 없어요."

대답을 회피하려는 듯 그녀는 다시 말을 멈추었고, 그때 어린아이들이 살금살금 문간으로 나왔다. 그들 중 가장 어린아이가 어머니의 치맛자락을 잡아당기며 작은 소리로 말했다.

"이분이 테스 누나와 결혼할 분이야?"

"벌써 결혼한 분이란다. 안에 들어가 있어라."

조운이 속삭였다.

엔젤은 부인이 말을 삼가려고 애쓰는 것을 알아보고 이렇게 물었다.

"제가 찾아가는 걸 테스가 바라지 않을 거라고 생각하세요? 그렇다면 당연히."

"바라지 않을 겁니다."

"확실합니까?"

"확실해요."

그는 발걸음을 돌리려다가 테스가 보낸 애정 어린 편지를 생각했다. 그가 열을 내며 말했다.

"테스는 틀림없이 제가 찾아오기를 기다리고 있을 겁니다. 장모님보다 제가 테스를 더 잘 알고 있습니다."

"그럴지도 모르겠군요. 난 그 애 속을 도통 알 수가 없으니까요."

"더비필드 부인, 이 외롭고 비참한 사내에게 친절을 베풀어 주신다 생각하고 제발 테스가 어디에 있는지 알려 주십시오!"

당혹스러운 듯 손바닥으로 다시 볼을 문지르던 테스의 어머니는 엔젤이 괴로워하는 모습을 보고는 마침내 낮은 목소리로 말했다.

"샌드본에 있어요."

"아…… 거기 어디쯤에요? 샌드본은 큰 도시가 되었다고 들었습니다."

"샌드본이라는 것 말고 더 자세한 주소는 몰라요. 나도 거기에 가 보지 못했거든요."

조운이 거짓말을 하는 것 같아 보이지는 않았기 때문에 그는 더 이상 묻지 않았다.

"뭐 부족한 것은 없으십니까?"

그가 상냥하게 물었다.

"없어요. 아무 부족함 없이 살고 있습니다."

그녀가 대답했다.

엔젤은 집 안에 들어가 보지도 않고 돌아섰다. 5킬로미터 떨어진 곳에 기차역이 있었으므로 그는 마부에게 삯을 지불하고 그쪽으로 걸어갔다. 잠시 후 샌드본행 막차가 출발했고, 엔젤은 그 기차에 타고 있었다.

55

그날 밤 11시에 샌드본에 도착한 엔젤은 호텔에 방을 정한 즉시 아버지께 전보로 주소를 알린 뒤 걸어서 샌드본 거리로 나왔다. 누군가를 찾아 어디를 방문하거나 수소문하기에는 너무 늦은 시각이었기 때문에 어쩔 수 없이 테스를 찾는 일은 다음 날 아침으로 미뤄야 했다. 그러나 아직 잠자리에 들 수는 없었다.

동쪽과 서쪽의 기차역을 비롯하여 선창과 소나무 숲, 해안 산책로와 지붕 덮인 공원을 갖춘 이 근사한 해안 휴양지는 엔젤 클레어의 눈에는 요술지팡이를 휘둘러 갑자기 생겨난 동화의 나라에 약간 먼지가 묻은 것처럼 보였다. 이 도시는 광대한 엑든 황야의 동쪽 외곽지에 인접해 있었다. 태곳적부터 내려온 그 황갈색 들판의 가장자리에 이렇게 화려하고 새로운 유흥 도시가 솟아난 것이었다. 도시 교외에서 1.6킬로미터도 채 떨어지지 않은 곳에 로마의 황제들이 다스리던 시절 이후로 흙 한 줌 뒤집히지 않은 지대가 있었다. 울퉁불퉁한 지형이 유사 이전의 모습 그대로였고 길이란 길도 모두가 영국의 옛날 모습에서 조금도 변함없는 그대로였다. 그런데 예언자의 박넝쿨처럼 (《요나서》 4장 6절 참조_옮긴이) 갑자기 여기에 이국적인 도시가 생겨났고, 테스를 끌어들였던 것이다.

심야의 가로등 불빛을 받으며 그는 구세계에 세워진 신세계의 구불구불한 길을 오르내렸다. 별빛을 배경으로 높이 솟은, 이 도시를 이루고 있는 수많은 예쁜 저택들의 지붕과 굴뚝, 망루와 탑 들이 가로수 사이로 보였다. 영국 해협에 면한 지중해식 휴양지인 이 도시의 저택들은 서로 멀찍이 떨어져 있었다. 그리고 밤에 바라보는 풍경은 실제보다 훨씬 더 인상적이었다.

가까이에 바다가 있었으나 시끄럽지 않았다. 바다는 나직이 웅얼거렸다. 그래서 처음에 그는 그 소리가 솔바람 소리인 줄 알았다. 그런데 솔바람 소리 치고는 너무나 한결같다는 생각에 잘 들어 보니 바다 소리인 것 같았다.

이 모든 부와 유행의 한가운데에서 시골 출신인 그의 젊은 아내 테스가 있을 만한 곳이 대체 어디란 말인가? 생각하면 할수록 혼란스러워졌다. 여기에 소젖 짜는 일을 할 만한 데가 있을까? 경작할 만한 밭이 있는 것도 아니었다. 아마 이 큰 저택들 중 어느 집에서 허드렛일을 하고 있을 것 같았다. 그는 길을 따라 천천히 걷는 동안 어느 집에 테스가 있을까 궁금해 하며 창문을 바라보았다. 창문의 불빛들이 하나둘씩 꺼지고 있었다.

추측을 해 봐야 아무런 소용이 없었으므로, 12시가 지나자 그는 호텔로 돌아가 잠자리에 들었다. 불을 끄기 전에 테스의 격정적인 편지를 다시 읽어 보았다. 그리고 잠을 자려 했으나 잠이 오지 않았다. 그녀와 그토록 가까운 곳에 와 있으면서도 너무 멀리 떨어져 있는 것처럼 느껴졌다. 그는 자꾸만 창문 블라인드를 올리고는 건너편 집들의 안쪽을 바라보면서 그 순간 어느 창문 너머에서 그녀가 잠들어 있을까 생각해 보았다.

그날 밤 그는 거의 한숨도 잠을 이루지 못했다. 아침이 되자 7시에 일어나서 곧바로 집을 나와 중앙 우체국 쪽으로 걸어갔다. 그는 우체국 문 앞에서 마침 오전 배달을 하려고 우편물 꾸러미를 들고 나오는 총명해 보이는 집배원을 만났다

"혹시 클레어 부인이 어디에 사는지 아십니까?"

엔젤이 물었다.

집배원은 고개를 가로저었다.

그 순간 엔젤은 그녀가 처녀 적 이름을 그대로 사용하고 있을지 모른다는 생각이 들어 다시 물었다.

"그럼 더비필드 양이라는 사람은요?"

"더비필드요?"

그 이름 역시 그 집배원에게는 생소한 이름이었다.

"아시다시피 매일 오고 가는 여행객들이 많아서 집주소를 모르면 사람을 찾기가 어렵답니다."

그 순간 다른 집배원이 급히 나오고 있었다. 그래서 그에게 다시 그 이름을 물어보았다.

"더비필드라는 이름은 모르겠어요. 하지만 더버빌이란 사람은 헤론즈 여관에 있지요."

두번째 집배원이 말했다.

"바로 그 사람이에요. 헤론즈는 어떤 곳인가요?"

엔젤은 테스가 원래의 이름을 정확히 사용하고 있다는 생각에 기뻐서 소리쳤다.

"근사한 여관이랍니다. 여기는 온통 여관밖에 없지요."

엔젤은 그 여관을 어떻게 찾아가는지 길안내를 받고는 서둘러 그곳으로 갔다. 마침 우유 배달부와 동시에 도착했다. 헤론즈 여관은 평범한 빌라였으나, 널찍한 정원이 딸려 있고 겉모습이 개인 주택처럼 조용해서 도무지 여관이라고는 생각되지 않는 집이었다. 그가 생각했던 대로 가여운 테스가 이곳에 하녀로 있다면 우유를 받으러 뒷문으로 나오겠지 싶어 그도 우유 배달부를 따라 그쪽으로 가려고 하다가, 아무래도 그럴 것 같지는 않아 앞으로 돌아가 벨을 눌렀다.

아직 이른 시각이어서 주인 여자가 직접 문을 열었다. 테레사 더버빌 혹은 더비필드가 있는지 엔젤이 물었다.

"더버빌 부인 말씀인가요?"

"네, 그분입니다."

그렇다면 테스는 기혼 부인 행세를 하고 있었다. 엔젤은 그녀가 남편인 자기의 성을 사용하고 있지는 않지만 기분이 좋았다.

"실례지만 친척 되는 사람이 꼭 만나고 싶어 한다고 좀 전해 주시겠습니까?"

"아직 좀 시간이 일러서요. 누구라고 전해 드릴까요?"

"엔젤입니다."

"엔젤 씨이군요?"

"아닙니다. 그냥 엔젤입니다. 엔젤은 제 세례명이지요. 그렇게만 말하면 알 겁니다."

"그럼 일어나셨나 알아볼게요."

그는 현관 바로 옆에 있는 식당으로 안내되었다. 거기에서 그는 봄 커튼 너머로 자그마한 잔디밭과 거기에 핀 진달래며 갖가지 딸기나무를 바라보았다 그녀의 처지는 그가 걱정했던 것만큼 나쁘지 않은 게 분명했다. 그녀가 보석을 찾다가 팔아서 이런 생활을 하는 것이라는 생각이 머리를 스치고 지나갔다. 그는 조금도 테스를 탓하는 마음이 들지 않았다. 곧 그의 예민해진 귀에 계단을 내려오는 발걸음 소리가 들렸고, 그는 그 소리에 가슴이 쿵쾅거려 가만히 서 있기가 어려웠다.

"아! 이렇게 변해 버린 내 모습을 그녀는 어떻게 생각할까."

그가 혼자 중얼거렸다. 그때 문이 열렸다.

테스가 문간에 나타났다. 그가 예상했던 것과는 전혀 다른 모습이었다. 정말 어리둥절할 정도로도 딴판이었다. 그녀의 타고난 미모가 더 나아진 것은 아니었지만, 옷차림으로 인해 더 도드라져 보였다. 그녀는 검은색으로 수를 놓은 연회색 캐시미어 실내복을 느슨하게 걸치고, 같은 색상의 슬리퍼를 신고 있었다. 보드라운 털 장식 위로 목을 드러낸 채 지금도 생생히 기억하는 그녀의 짙은 갈색 머리칼을 뒤로 틀어 올렸으나 더러는 어깨 위로 흘러내린걸 보니 서두른 기색이 역력했다.

그는 두 팔을 벌렸으나 다시 내리고 말았다. 그녀가 앞으로 걸어오지 않고 문간에 그대로 서 있었기 때문이다. 그는 누런 해골 같은 몰골을 한 자신의 모습을 그녀와 비교해 보며 자신의 몰골이 그녀에게 끔찍하게 보이리라는 생각을 했다.

그가 목 쉰 소리로 말했다.

"테스! 멀리 가 버렸던 나를 용서해 주겠소? 나한테로 와 줄 수 없겠소? 어떻게 이런 생활을 하게 되었소?"

"너무 늦었어요."

그녀가 말했다. 그녀의 목소리가 날카롭게 방 안에 울려 퍼졌고, 그녀의 두 눈은 기이한 빛으로 일렁였다.

"내가 당신을 바로 보지 못했었소. 당신을 있는 그대로 보지 못했었소!"

그가 계속 애원했다.

"사랑하는 나의 테스, 나중에야 당신을 올바로 보게 되었다오!"

"너무 늦었어요, 너무 늦었어요!"

그녀는 너무 고통스러워 한순간을 한 시간처럼 느끼는 사람처럼 조급하게 손을 내저으며 말했다.

"가까이 오지 마세요, 엔젤! 안 돼요. 오지 마세요. 저리 가세요."

"내가 병에 걸려 초췌한 몰골이 되었다고 날 사랑하지 않는 거요? 당신은 그렇게 쉽게 변하는 사람이 아닌데 난 당신 때문에 왔소. 우리 부모님도 이젠 당신을 반갑게 맞이하실 거요."

"아, 그렇군요, 그래요! 하지만 너무 늦었단 말이에요."

테스는 마치 꿈속에서 도망을 가려 해도 움직여지지 않는 사람처럼 보였다.

"전부 알고 있지 않나요? 정말 모르세요? 모르시면서 어떻게 여기는 찾아오실 수 있었죠?"

"여기저기 물어보고 겨우 찾아냈소."

"전 당신을 기다리고 기다렸어요."

그녀가 말을 계속했고, 어느새 그녀의 목소리는 예전의 부드럽고 애수 띤 음색으로 바뀌어 있었다.

"그러나 당신은 오지 않으셨어요! 그래서 저는 당신한테 편지를 썼지만 그래도 당신은 오지 않았지요! 절대 돌아오지 않을 당신을 기다리는 건 바보짓이라고 그 사람은 줄기차게 말했어요. 아버지가 돌아가신 뒤로 그 사람은 저한테는 물론이고 어머니와 우리 가족 모두에게 아주 잘해 줬어요. 그 사람……."

"무슨 말인지 모르겠소."

"그 사람이 나를 다시 차지한 거예요."

이 말을 들은 엔젤은 테스를 뚫어지게 바라보다가, 그제야 그녀의 말뜻을 알아차리고는 병에 걸린 사람처럼 맥없이 시선을 떨어뜨렸다. 그 시선은, 예전에는 발그레했으나 지금은 희고 더욱 고와진 그녀의 손에 가서 멈췄다.

그녀는 말을 계속했다.

"이층에 그 사람이 있어요. 나한테 거짓말을 한 그 사람이 원망스럽군요. 당신이 다시는 오지 않을 거라고 했거든요. 하지만 당신은 이렇게 돌아왔잖아요! 이 옷들도 그 사람이 입혀 준 거예요. 그 사람이 뭘 하든 그냥 내버려 두었어요! 하지만…… 제발 돌아가 주세요, 엔젤. 제발, 다시는 오지 말아 주세요."

그들은 미동도 않고 서 있었다. 그들의 난처한 심정이 보기에 애처로울 만큼 두 눈에 어려 있었다. 둘은 현실로부터 그들을 보호해 줄 무언가를 간절히 바라고 있는 듯했다.

"아아…… 내 잘못이오."

엔젤이 말했다.

그러나 그는 말을 잇지 못했다. 말로도 침묵이나 마찬가지로 자신의 심경을 표현할 수 없었다. 그러나 그는 막연한 하나의 느낌을 받았다. 나중에서야 확실히 알게 되었다. 그가 알고 있던 본래의 테스는 지금 그 앞에 있는 그녀의 몸을 그녀 자신의 것으로 인식하지 못하고 살아 있는 의지와는 무관하게 물결에 따라 아무 방향으로나 흘러 다니는 시체처럼 내버려 두고 있다는 느낌이었다.

몇 순간이 지난 뒤에 정신을 차려 보니 그는 테스가 가고 없다는 것을 발견했다. 정신을 가다듬으며 서 있는 그의 얼굴은 더욱 파리하고 해쓱해 보였다. 잠시 후에 그는 거리에 나왔고, 어디로 가는지도 모른 채 걸어가고 있었다.

56

혜론즈 여관의 주인이자 그곳에 있는 모든 고급 가구의 소유주이기도 한 브룩스 부인은 특별히 호기심이 많은 성격은 아니었다.

그녀는 어쩔 수 없이 손익을 따지는 숫자 귀신에 오랫동안 붙들려 있었기 때문에 너무 물질주의적이 되어 버린 불쌍한 여자여서, 숙박한 손님들의 주머니 사정과 관계없는 호기심은 가지지 않았다.

그럼에도 불구하고, 그녀가 돈 잘 내는 손님이라고 여기고 있는 더버빌 부부를 엔젤 클레어가 찾아온 시간이나 태도는 상당히 예외적이어서, 그때까지 그녀가 돈벌이와 관계 있는 것을 제외하고는 모두 쓸데없는 것으로 억눌러 왔던 여성 특유의 호기심을 되살리기에 충분했다.

테스는 식당에 들어가지 않고 문간에서 그녀의 남편과 이야기를 나누었고, 브룩스 부인은 복도 안쪽에 있는 자신의 거실에서 문을 약간 열어 둔 채로 서 있었기 때문에 그 가여운 두 사람의 대화—그것을 대화라고 할 수 있다면—를 조금씩 들을 수 있었다. 그녀는 테스가 다시 이층으로 계단을 올라가는 소리를 들었고, 뒤이어 엔젤이 나가고 현관문이 닫히는 소리를 들었다. 그리고 나서 이층 방문이 닫히자 브룩스 부인은 테스가 방 안으로 들어간 것을 알았다. 브룩스 부인은 그 젊은 부인이 아직 옷을 갈아입지 않았으니까 얼마 동안은 나오지 않으리라는 것을 알고 있었다.

그래서 그녀는 살그머니 계단을 올라가서 앞방—접이식 문으로 바로 뒷방(침실)과 연결된 거실—문 앞에 섰다. 더버빌 부부는 브룩스 부인의 여관에서 가장 좋은 방이 있는 이층을 매주 세를 내어 쓰고 있었다. 뒷방은 조용했으나 거실에서 소리가 났다.

브룩스 부인은 처음엔 나지막한 외마디 신음 소리만을 식별할 수 있었다. 마치 익시온(제우스의 아내 헤리를 범하려다 제우스의 노여움을 사 불타는 수레바퀴에 묶이는 벌을 받는 그리스 신화 속 인물_옮긴이)의 수레바퀴에 묶인 사람이 낼 것 같은 몹시 고통스러운 소리였다.

"아…… 아…… 아……."

그리고 나서 잠시 조용했다가 무기운 한숨 소리와 함께 다시 소리가 들렸다.

"아…… 아…… 아……."

여관 주인은 열쇠 구멍으로 안을 들여다보았다. 방 안의 일부만을 볼 수 있을 뿐이었지만, 이미 차려놓은 아침 식탁의 한 귀퉁이와 그 옆에 있는 의자가 눈에 들어왔다. 그 의자 앞에는 테스가 무릎을 꿇은 자세로 의자에 얼굴을 묻고 두 손으로 머리칼을 움켜쥔 채 앉아 있었는데, 실내복의 치맛자락과 수놓은 잠옷자락이 방바닥에 물결치고 스타킹도 신지 않은 맨발이 슬리퍼가 벗겨진 채 양탄자 위에서 비죽 나와 있었다. 그 형언할 수 없는 절망의 신음 소리는 그녀의 입술에서 나오는 것이었다.

그때 안쪽의 침실에서 남자 목소리가 들렸다.

"왜 그래?"

그녀는 대답은 하지 않고 탄식이라기보다는 독백에 가깝고 독백이라기보다는 장송곡에 가까운 소리로 계속 중얼거리고 있었다.

브룩스 부인은 그중 일부분밖에 들을 수 없었다.

"그런데 그토록 그리워하던 내 사랑하는 남편이 돌아왔어요. 난 그것도 모르고 있었어요! 당신은 끔찍하게 나를 졸라 댔어요. 쉬지도 않고 계속 졸라 댔죠. 맞아요. 쉬지도 않고 졸라 댔어요! 내 어린 동생들과 어머니에게 필요한 것들을 갖다 주면서 내 마음을 움직이려고 했죠. 그리고 절대 돌아오지 않을 남편을 기다리는 숙맥이라며 나를 놀려 댔어요! 결국 난 당신 말을 믿고 굴복하고 말았어요! 그런데 그이가 돌아온 거예요! 그러나 이제 그이는 가고 없어요. 두 번째로 가 버렸으니 이제 난 그이를 영영 잃은 거예요. 그이는 이제 조금도 나를 좋아하지 않을 거예요 밉기만 할 거예요. 아, 그래요, 난 또 당신 때문에 그이를 잃고 말았어요."

테스는 의자에 머리를 숙인 채 몸부림치다가 얼굴을 문 쪽으로 돌렸다. 그녀의 얼굴에 고통이 어려 있는 것을 브룩스 부인은 볼 수 있었다. 이로 입술을 깨무는 바람에 입술에서는 피가 나고 있었고 감은 눈의 긴 속눈썹은 젖은 채 볼에 달라붙어 있었다. 그녀가 말을 계속했다.

"그이는 죽을 것 같아요. 꼭 죽어 가는 사람처럼 보였어요! 내가 지은 죄 때문에 내가 죽는 게 아니라 그이가 죽게 되다니! 아, 당신이 내 인생을 망쳤어요! 그토록 간절히 빌었는데, 당신이 나를 또 이렇게 만들어 놓고 말았다고요! 나의 진실한 남편은 절대로, 절대로……. 오, 하느님……. 도저히 못 참겠어요! 못 참겠어요!"

그러자 남자 쪽에서 더 날카로운 소리가 몇 마디 튀어나왔고, 갑자기 옷자락 스치는 소리가 났다. 그녀가 벌떡 일어난 것이었다. 브룩스 부인은 테스가 문 밖으로 뛰쳐나오려는 줄 알고 급하게 층계를 내려갔다.

그러나 브룩스 부인은 그럴 필요가 없었다. 거실 문은 열리지 않았기 때문이다. 층계참에서 지켜보던 브룩스 부인은 또 불안한 생각이 들어 아래층에 있는 자기 방으로 들어갔다.

그녀는 유심히 귀를 기울였지만 천장을 통해서는 아무 소리도 들리지 않았다. 그래서 먹다 만 아침 식사를 마치려고 부엌으로 갔다. 잠시 후 일층 거실로 나온 그녀는 바느질감을 집어 들고는 위층 손님들이 와서 아침 식탁을 치우라고 부를 때까지 기다렸다. 무슨 일인지 알아보려고 자기가 직접 식탁을 치울 생각이었던 것이다. 그러고 있는 동안 위에서 마치 누가 서성이고 있는 듯 마루청이 삐걱거리는 소리가 들렸다. 잠시 후 그 소리의 정체를 알게 되었다. 층계 난간을 스치는 옷자락 소리에 이어 현관문을 여닫는 소리가 들리더니 테스가 대문을 지나 거리로 나가는 모습이 보였던 것이다. 테스는 그곳에 도착했을 때와 마찬가지로 부유한 젊은 부인다운 외출복 차림이었는데 다만 모자와 검은 깃털 위로 베일을 드리운 것만 달랐다.

그런데 브룩스 부인은 이층 문간에서 두 손님이 일시적이든 아니든 작별 인사를 나누는 소리를 듣지 못했다. 그래서 그녀는 두 사람이 말다툼을 벌였거나 더버빌 씨가 일찍 일어나는 사람이 아니어서 아직도 자고 있는가 보다고 생각했다.

그녀는 자기 혼자만 쓰는 뒷방으로 가서 바느질을 계속했다. 여자 손님도 돌아오지 않았고 남자 손님도 초인종을 울리지 않았다.

브룩스 부인은 왜 이렇게 호출이 늦어지나 궁금해 하면서 아침 일찍 찾아왔던 방문객이 더버빌 부부와 대체 무슨 관계일까 하는 생각을 했다. 생각에 잠긴 채 그녀는 의자 등받이에 몸을 기댔다.

그러고 있자니 눈길이 자연스레 천장으로 향했고, 전에는 보이지 않던 얼룩이 눈에 들어왔다. 처음에 보았을 때에는 과자 크기만 하던 것이 금세 손바닥만 해졌고, 곧이어 빨간색이라는 것도 알아볼 수 있었다. 직사각형의 흰색 천장 한가운데에 진홍빛 얼룩이 생겨난 모습은 마치 거대한 에이스 하트의 카드 패처럼 보였다.

브룩스 부인은 이상하고 불길한 예감이 들어, 탁자 위에 올라가 천장에 있는 얼룩을 손으로 만져 보았다. 축축한 게 핏자국일지 모른다는 생각이 들었다.

탁자에서 내려온 브룩스 부인은 자기 방을 나와, 자기 방 위쪽에 있는 이층 거실 뒷방인 침실에 가볼 생각으로 이층으로 올라갔다.

그러나 막상 문 앞에 당도하고 보니 용기가 나지 않아 손잡이를 돌릴 수가 없었다. 그녀는 방 안에 귀를 기울여보았다. 방 안은 쥐 죽은 듯 고요했고, 규칙적인 소리만이 그 고요함을 깨트리고 있었다.

뚝, 뚝, 뚝, 뚝.

브룩스 부인은 황급히 아래층으로 내려가 현관문을 열고 거리로 뛰어나갔다. 마침 이웃 별장에서 일하는, 그녀가 아는 남자가 지나가고 있었다. 그래서 그녀는 그 남자에게 안에 들어가서 함께 이층에 올라가 달라고 부탁했다. 그녀는 숙박한 손님들 중 한 명에게 무슨 일이 일어난 것만 같아서 덜컥 겁이 났던 것이다. 그 남자는 그러마고 하고는, 그녀를 따라 층계를 올라왔다.

그녀는 이층 거실 문을 연 다음, 그가 들어가도록 비켜섰다가 그의 뒤를 따라 들어갔다. 거실에는 아무도 없었다. 아침 식사—커피, 달걀, 식은 햄으로 이루어진 실속 있는 식사—는 그녀가 가져다 놓은 그대로 손도 대지 않은 채 식탁 위에 놓여 있었는데, 카빙 나이프(고깃덩어리에서 각자의 접시에 고기를 썰어 낼 때 쓰는 대형 나이프_옮긴이)가 보이지 않았다. 그녀는 그 남자에게 접이식 문을 열고 옆방에 들어가 보라고 했다.

그는 문을 열고 한두 걸음 들어가더니 금세 굳은 얼굴을 하고 튀어나왔다.

"맙소사, 침대에 남자가 죽어 있어요! 칼에 찔린 것 같아요. 벌써 피가 흥건해요!"

곧 사이렌이 울렸고, 조금 전까지만 해도 그토록 조용하던 그 집은 수많은 사람들이 쿵쿵대며 걸어다니는 발소리로 시끄러워졌다.

그 사람들 중에는 의사도 있었다. 상처는 작았지만 칼날에 피해자의 심장이 찔렸다고 했다. 피해자는 칼에 찔린 뒤로 조금도 움직이지 못한 듯 창백한 얼굴로 침대에 널브러진 채 꼼짝도 못하고 죽어 있었다. 15분쯤 후에는 이 도시에 임시로 체류하던 신사 한 명이 침대에서 칼에 찔려 죽었다는 소문이 이 유명한 해안 휴양지의 거리마다 별장마다 퍼져 나갔다.

57

한편 엔젤 클레어는 왔던 길을 그저 기계적으로 걸어서 호텔로 돌아온 다음, 멍하니 허공을 응시하며 아침 식탁에 앉아 있었다. 그는 무엇을 먹고 마시는 지도 모른 채 식사를 하다가 갑자기 숙박비를 치르고는, 그곳에 가지고 온 그의 유일한 소지품인 세면도구 가방을 들고 밖으로 나왔다.

호텔에서 나올 때 그는 전보 한통을 건네받았다. 어머니한테서 온

전보였는데, 그의 주소를 알게 되어 다행이라는 말과 함께 커스버트가 머시 찬트에게 청혼을 해서 승낙을 받았다는 소식을 전하고 있었다.

엔젤은 전보 종이를 구겨 버리고 기차역으로 가는 길을 따라 걸었다. 기차역에 도착하고 나서야 그는 한 시간 넘게 기다려야 기차가 출발한다는 것을 알게 되었다. 그는 앉아서 기다리기 시작했으나 15분쯤 지나자 더 이상 거기서 기다릴 수 없다고 느꼈다. 너무나 상심해서 감각마저 마비된 그는 서두를 일이 아무것도 없었으나 가슴 아픈 경험을 안겨 준 그 도시에서 벗어나고 싶었다. 그래서 그는 다음 정거장까지 걸어가 거기서 기차를 타기 위해 걸음을 옮기기 시작했다.

그가 걸어가는 큰길은 주위가 훤히 트여 있었다. 얼마 안 가서 길은 분지로 내려가는 내리막길이 나왔고, 분지의 끝에서 끝까지 이어진 길을 볼 수 있었다. 이 분지를 거의 다 통과하여 서쪽 오르막길을 오를 때 그는 숨을 돌리려고 걸음을 멈추고 무의식적으로 뒤를 돌아보았다. 그가 왜 그런 행동을 했는지는 그 자신도 설명할 수 없었으나, 무언가 알 수 없는 힘이 그로 하여금 그런 행동을 하게 한 것 같았다. 뒤쪽으로 마치 테이프처럼 보이는 한 줄기 길이 조금씩 좁아지며 눈에 닿는 곳까지 멀리 이어져 있었는데, 가만 보니 저 멀리 하얀 공간에 무언가 움직이는 점 하나가 나타났다.

그것은 사람이 달려오는 모습이었다. 엔젤은 누군가가 자기를 따라 잡으려 한다는 막연한 느낌이 들어 가만히 서서 기다렸다. 내리막길을 내려오는 그 형체를 보니 여자였다. 그러나 그는 자기 아내가 자기를 뒤쫓아 오리라고는 전혀 상상도 못했기 때문에 그녀가 더 가까이 왔을 때에도 전과는 옷차림이 전혀 다른 그녀를 알아보지 못했다. 아주 가까이 다가오고 나서야 그는 그 여자가 테스라는 것을 알 수 있었다.

"제가 기차역에 도착하기 바로 전에 거기서 나오시는 걸 보고, 여기까지 줄곧 따라왔어요!"

그녀는 백짓장처럼 하얘진 얼굴에 온몸을 부들부들 떠는 데다 숨이 턱에 차 있었기 때문에 그는 한마디도 묻지 않고 그녀의 손을 꼭 쥐어서 자기 팔에 낀 다음 그녀와 함께 걸었다. 가다가 혹시 도보 여행자라도 만나게 될까 봐 그는 큰길을 벗어나 전나무 사이로 난 오솔길로 접어들었다. 바람이 나뭇가지를 지나며 구슬픈 소리를 내는 데까지 깊숙이 들어왔을 때 그는 걸음을 멈추고 어떻게 된 일이냐는 듯 그녀를 바라보았다.

기다렸다는 듯이 그녀가 말했다.

"엔젤, 제가 왜 당신을 쫓아왔는지 아세요? 제가 그 사람을 죽였다는 사실을 알려 드리려고 온 거예요!"

그녀는 이렇게 말하면서 창백하고 측은한 미소를 지었다.

"뭐라고!"

그는 그녀의 이상한 태도로 미루어 그녀가 일시적인 정신 착란 상태에 있는 것이려니 하고 생각했다.

"기어이 저지르고 말았어요. 어떻게 그럴 수 있었는지 나도 모르겠어요."

테스가 말을 이었다.

"그렇지만, 당신이나 제 자신을 위해서 그럴 수밖에 없었어요. 오래전에 제가 장갑으로 그 사람의 입을 후려칠 때부터 제가 언젠가 이런 일을 저지르게 될지도 모른다는 생각을 했던 것 같아요. 아무것도 모르던 저를 함정에 빠뜨렸던 것과 그로인해 당신 신세까지 망치게 된데 대한 앙갚음으로 말이에요. 그 사람은 우리 사이에 끼어들어 우리 신세를 망쳐 놓았지만, 이제 다시는 그런 짓을 못할 거예요. 엔젤, 당신을 사랑한 만큼 그 사람을 사랑한 적은 단 한 번도 없었어요. 그건 당신도 아실 거예요. 그렇죠? 제 말을 믿으시죠? 당신은 돌아오시지 않았고, 전 그 사람한테 돌아갈 수밖에 없었어요. 제가 당신을 그토록 사랑했는데 당신은 왜 저를 떠나셨어요? 당신이 왜 그랬는지 저는 모르겠어요. 당신을 탓하는 건 아니에요. 다만, 엔젤, 이제 제가 그 사람을 죽였으니까 제가 당신한테 저지른 죄를 용서해 주시겠어요? 뛰어오면서 이런 생각이 들었어요. 이제 그 일을 해치웠으니까 당신이 저를 용서해 줄 게 틀림없다고 말이에요. 그렇게라도 해서 당신을 되찾아야겠다는 생각이 번개처럼 떠올랐어요. 더 이상 당신을 잃는 것은 견딜 수 없었어요. 당신이 저를 사랑하지 않는다는 게 제게는 얼마나 견딜 수 없는 일인지 당신은 모르실 거예요! 사랑하는 내 남편, 엔젤, 사랑한다고 말해 주세요. 저를 사랑한다고 말해 주세요. 이제 그 사람을 죽였으니까요!"

"테스, 사랑해요. 아, 사랑해요. 이제 모든 게 원래대로 되었소!"

테스를 끌어안은 팔에 힘을 주며 엔젤이 말했다.

"그런데 그 사람을 죽였다니 그게 무슨 뜻이오?"

"말 그대로예요."

테스는 몽상에 잠긴 듯한 표정으로 말했다.

"아니, 정말 당신이 그 사람을 죽였단 말이오?"

"그렇다니까요. 제가 당신 얘기를 하며 우는 소리를 듣더니 저한테 마구 욕을 하면서 당신한테까지 상스런 욕을 하잖아요. 그래서 일을 저지르고 말았어요. 도저히 참을 수가 없었어요. 그 사람은 전에도 당신 문제로 저를 못살게 굴었거든요. 그러고 나서 옷을 갈아입고 당신을 찾아나선 거예요."

그녀의 이런 말을 들은 엔젤은 그자가 정말 죽었는지는 확실치 않지만 최소한 그녀가 그자를 죽이려했다는 것을 차츰 믿게 되었다. 그는 그녀의 그런 충동적인 행위에 두려움을 느끼는 한편, 자신을 향한 그녀의 애정이 도덕 의식까지 완전히 무시해 버릴 정도로 그토록 강렬하고 기이한 것이었음을 알고 몹시 놀랐다. 그녀는 자신이 저지른 행동이 얼마나 심각한 것인지 모르고 있는 듯 비로소 만족한 듯한 표정이었다. 그는 자신의 어깨에 기대어 행복의 눈물을 흘리고 있는 그녀를 바라보며, 더버빌 가문의 핏속에 어떤 유전적 성질이 흐르고 있기에 이런 일탈을 저지른 것일까 하고 생각했다. 더버빌가의 마차와 살인에 대한 전설이 생겨난 것도 예로부터 더버빌가 사람들이 이런 일을 저지르기로 유명했기 때문이 아닐까 하는 생각이 순간적으로 뇌리를 스치고 지나갔다. 혼란스럽고 흥분된 생각을 최대한 가라앉히고 그녀의 말을 이성적으로 되짚어 본 엔젤은, 그녀가 자기 말대로 미칠 듯한 슬픔에 휩싸여 순간적으로 정신을 잃고 이런 나락으로 뛰어든 것임을 짐작할 수 있었다.

그게 만약 사실이라면 그것은 매우 끔찍한 사건이었다. 설령 테스가 일시적인 환각 상태에 있는 것이라 하더라도 슬픈 일이었다. 그러나 여하튼 지금 여기에는 한때 그가 버리고 떠났던 그의 아내가, 열정적으로 그를 사랑하는 한 여인이 그가 자기를 보호해 주리라는 데 추호의 의심도 없이 그에게 매달려 있었다. 그는 자기가 달리 행동하는 것은 그녀의 머리로는 전혀 상상할 수 없는 일임을 알았다. 마침내 엔젤의 마음도 애정에 휩싸였다. 그는 그의 파리한 입술로 테스와 한참 동안 입을 맞추고는 그녀의 손을 잡고 말했다.

"당신을 버리지 않을 거요! 당신이 무슨 일을 저질렀든 내 힘닿는 데까지 당신을 지켜 주겠소!"

그러고 나서 그들은 나무 사이로 계속 걸어갔고, 테스는 이따금 고개를 돌려 그를 바라보았다. 수척해져서 볼품없어진 얼굴이었지만 그녀는 그의 얼굴에서 단 하나의 결함도 발견하지 못하는 게 분명했다. 그녀에게 그는 예전과 다름없이 육체적으로나 정신적으로나 완벽 그 자체였던 것이다. 여전히 그는 그녀의 안티노스(로마의 히드리아누스 황제가 반할 정도로 아름다웠던 청년_옮긴이)였고, 심지어 그녀의 아폴로 신

239

이었다. 애정 어린 눈길로 쳐다보는 그녀에게 초췌한 그의 얼굴은 그녀가 그를 처음 보았을 때와 마찬가지로 싱싱한 아침처럼 아름다워 보였다 그녀를 순수하게 사랑하고 그녀가 순수하다는 것을 믿어 준 유일한 남자의 얼굴이었기 때문이다.

엔젤은 혹시 무슨 일이 일어날지도 모른다는 직감이 들어 도시 외곽의 다음 기차역으로 가려던 애초의 계획대로 하지 않고, 몇 킬로미터에 걸쳐 전나무가 우거진 숲속으로 들어갔다. 그들은 서로의 허리에 팔을 두르고 전나무 낙엽이 수북이 쌓인 위를 거닐며 이제 드디어 그들 사이에 끼어드는 사람 없이 단둘이 함께 있게 되었다는 막연한 도취감에 젖어 있었다. 사람이 죽어 있다는 사실조차 신경 쓰지 않는 것 같았다. 그렇게 몇 킬로미터를 걸어가다 마침내 테스가 정신을 차린 듯 주위를 둘러보며 겁먹은 소리로 말했다.

"우리는 어디로 가고 있는 건가요?"

"나도 모르겠소. 왜요?"

"그냥요."

"음, 이대로 몇 킬로미터를 더 걷다가 저녁때가 되면 어디 묵을 만한 곳을 찾아봅시다. 아마 외딴 농가 같은 데가 있을 거요. 테시, 걸을 수 있겠소?"

"그럼요! 당신과 함께라면 언제까지라도 걸을 수 있어요."

그것은 대체로 좋은 생각인 것 같았다. 그래서 그들은 큰길은 피하고 후미진 길을 따라 얼추 북쪽으로 짐작되는 방향으로 걸음을 재촉했다. 그러나 그날 그들의 행동은 현실적이지 못하고 막연했다. 두 사람 모두 효과적으로 도망친다든지 변장을 한다든지 오랫동안 숨어 있다든지 하는 것을 생각하는 것 같지 않았다. 그들의 아이디어는 어린아이들의 계획처럼 즉흥적이어서 위험을 대비하지 못했다.

정오쯤에 그들은 길가 주막 가까이에 와 있었다. 테스는 엔젤의 만류가 없었다면 먹을 것을 구하러 엔젤을 따라 주막에 들어갔을 것이다. 그러나 그는 그녀에게 자기가 돌아올 때까지 반쯤은 삼림이고 반쯤은 황야인 이 지방의 나무와 덤불이 우거진 숲에 그대로 있으라고 설득했다. 그녀의 옷차림은 최신 유행하는 것이었고, 심지어 그녀가 들고 있는 상아 손잡이가 달린 양산조차 그들이 지금 걷고 있는 이 벽촌에서는 낯선 것이어서, 주막에 있는 사람들의 눈길을 끌기 십상이었다. 그는 여섯 사람이 먹어도 남을 만큼 충분한 음식과 포도주 두 병을 가지고 곧 돌아왔다 위급한 상황에 있더라도 하루는 족히 먹을 수 있을 정도로 충분한 양이었다.

그들은 마른 나뭇가지 위에 앉아 함께 식사를 했다. 한두 시경에 그들은 남은 음식을 싸 들고 다시 걷기 시작했다.

"이제 어디라도 갈 수 있을 만큼 기운이 나네요."

그녀가 말했다.

"내 생각에는 내륙으로 방향을 잡는 게 좋을 것 같소. 해안에서 가까운 곳보다는 숨어 있기도 좋고 발각될 가능성도 적을 테니까. 어느 정도 시간이 흘러 사람들이 우리를 잊을 만하다 싶으면 항구 도시로 나갈 수 있을 거요."

엔젤이 말했다.

그녀는 아무런 대답도 하지 않고 그를 더욱 꼭 붙잡았고, 그들은 곧장 내륙을 향해 걸어갔다. 때는 영국의 5월이었시만 날씨가 맑고 화창했다. 그래서 오후에는 꽤 따뜻했다. 오솔길을 따라 몇 킬로미터를 걸어가자 그들은 뉴 포리스트 숲의 깊숙한 곳까지 들어와 있었다. 저녁이 가까워올 무렵 어느 길모퉁이를 돌아가자 개울과 다리 너머에 흰 페인트로 쓴 커다란 널빤지가 보였다. '이 근사한 저택을 가구와 함께 빌려 드립니다.'라고 쓰여 있었다. 그 아래에는 자세한 사항과 아울러 런던의 어느 부동산 소개소로 신청하라는 안내가 적혀 있었다. 대문을 지나 들어가 보니 평범한 모양이지만 꽤 넓은 옛 벽돌 건물이었다.

"내 이 집을 알지. 브람셔스트 저택이라오. 사람이 살지 않아 진입로에 풀이 무성하군."

엔젤이 말했다.

"열려 있는 창문도 있네요."

테스가 말했다.

"아마 환기를 시키려고 열어 두었을 거요."

"이 방들은 모두 비어 있는데 우리가 들어가 쉴 곳은 한 군데도 없다니!"

"테스, 피곤한가 보군요. 곧 쉬도록 합시다."

그는 그녀의 슬픈 입술에 키스를 하고는 다시 그녀를 이끌고 앞으로 걸어갔다.

그들은 19킬로미터에서 24킬로미터나 걸었기 때문에 엔젤 역시 피곤했다. 이제는 편히 쉴 방도를 강구해야 했다. 그들은 저 멀리에 외딴 농가와 자그마한 주막이 있는 것을 보고 주막을 향해 가다가 용기가 나지 않아 발길을 돌리고 말았다. 마침내 그들의 발걸음은 점점 느려지다가 멈춰 서고 말았다.

"나무 밑에서 잘 수 있을까요?"

그녀가 물었다.

그는 그러기에는 아직 철이 이르다고 생각했다.

"우리가 지나온 그 빈 저택이 생각났어요. 다시 그리로 돌아갑시다."

그가 말했다.

그들은 온 길을 되돌아갔다. 30분이 지나서야 그 집 대문 앞에 당도할 수 있었다. 그는 자기 혼자 들어가서 안에 누가 없나 살피고 올 테니 테스에게는 그 자리에서 기다리라고 했다.

테스는 대문 안쪽의 덤불 속에 쭈그리고 앉았고 엔젤은 집 안으로 살금살금 들어갔다. 그는 상당히 오랫동안 돌아오지 않았고, 그래서 그가 돌아왔을 때 테스는 자기보다 엔젤이 걱정이 되어 안절부절 못하고 있었다. 그는 어느 소년에게서 노파 한 사람이 그 집을 관리하고 있고 이웃마을에 사는 그 노파는 날씨가 좋은 날에만 건너 와서 창문을 열었다가 닫는다는 사실을 알아냈다. 그날도 노파가 창문을 닫으러 오겠지만 해질녘이나 되어야 올 것 같다고 했다.

"자, 아래층 창문으로 들어가서 쉬도록 합시다."

엔젤이 말했다.

그의 에스코트를 받으며 그녀는 정문 현관으로 천천히 걸어갔고, 덧창이 닫힌 창문들은 마치 장님의 눈동자처럼 누가보고 있는 것을 전혀 모르고 있는 듯했다. 몇 걸음을 더 걸어 현관문에 당도했다. 그 옆의 열린 창문으로 엔젤이 먼저 기어 올라가서 테스를 안으로 끌어 올렸다.

현관 마루를 제외하고 실내는 어둠 속에 잠겨 있었다. 그들은 층계를 올라갔다. 다른 날은 어떤지 모르지만 적어도 이 날에는 건물 정면에 있는 현관 마루의 창문과 이층의 뒤쪽 창문만 열어 겨우 환기를 시키는 정도였기 때문에 위층에도 덧문이 꼭꼭 닫혀 있었다. 엔젤은 어느 큼직한 방의 문을 열고 조심스럽게 더듬어 가며 방을 가로질러가서는 덧창을 이삼 인치쯤 열어 놓았다. 눈부신 한 줄기 햇살이 방 안으로 새어 들어 육중하고 고풍스런 가구며 진홍빛 비단 커튼, 네 기둥짜리 거대한 침대의 모습이 드러났다. 침대 상단에는 아틀란타(자신과 경주해서 이기는 남자와 결혼하겠다고 했던 그리스 신화 속 인물_옮긴 이)의 경주를 형상화한 듯 달리는 사람들의 모습이 새겨져 있었다.

"드디어 쉬게 되었군!"

그는 자기 가방과 음식 꾸러미를 내려놓으며 말했다.

그들은 관리인이 창문을 닫으러 올 때까지 아무 소리도 내지 않고 가만히 있었다. 노파가 혹시라도 그 방문을 열어 볼 것을 대비해 덧창을 전처럼 꼭 닫고는 칠흑 같은 어둠 속에 있었다. 6시에서 7시 사이에 노파가 왔으나 그들이 있는 쪽에는 다가오지 않았다. 그들은 그 노파가 창을 닫아 건 다음 문을 잠그고 떠나는 소리를 들었다. 그러자 엔젤은 다시 창문으로 한줄기 햇빛이 스며들도록 해 놓았고, 그들은 함께 저녁을 먹었다. 오래지 않아 밤의 어둠이 그들을 둘러쌌지만, 그들은 어둠을 밝힐 촛불 한 자루 가지고 있지 않았다.

58

그날 밤은 이상할 정도로 엄숙하고 고요했다. 새벽 한두 시쯤에 테스는 어떻게 엔젤이 잠결에 그녀를 안고 두 사람 모두 목숨을 잃을지도 모르는 위험을 무릅쓰고 프룸 강을 건너, 폐허가 된 수도원의 석관에 그녀를 뉘였는지 나직한 목소리로 자세히 들려주었다. 그는 여태껏 그 일을 전혀 모르고 있었다.

"왜 다음 날 이야기해 주지 않았소? 그랬다면 오해와 슬픔을 상당히 줄일 수 있었을 텐데."

그가 말했다.

"지난 일은 생각하지 말아요! 전 현재의 일 말고는 생각하지 않을 거예요! 내일 어떻게 될지 누가 알겠어요?"

그녀가 말했다.

그러나 다음 날에는 슬픈 일이 전혀 일어나지 않았다. 아침에는 비가 내리고 안개가 자욱했다. 엔젤은 관리인이 날씨가 좋은 날에만 창문을 열러 온다는 정보를 정확히 알고 있었기 때문에, 테스는 더 자도록 놔두고 대담하게 방에서 나와 집 안을 살펴보았다. 집안에 음식은 없었지만 물은 있었다. 그는 안개 낀 틈을 이용하여 이 집에서 나와 3

킬로미터쯤 떨어진 작은 마을의 어느 가게에 가서 차와 빵과 버터를 사왔다. 아울러 연기를 내지 않고 불을 피울 수 있는 알코올램프와 작은 양철 주전자도 사왔다. 그가 들어오는 소리에 테스는 잠에서 깼고, 그들은 사온 음식으로 아침 식사를 했다.

그들은 밖에 나갈 마음이 없었다. 낮이 가고 밤이 왔다. 다음 날도 그 다음 날도 그렇게 지나갔다. 이렇게 외부와 완전히 단절된 생활을 하는 동안 어느새 닷새가 홀쩍 지나갔다. 날씨의 변화만이 그들에게 일어나는 사건이었고, 뉴 포리스트의 새들만이 그들의 벗이었다. 그들은 무언의 약속이라도 한 듯 결혼식 이후 일에 대해서는 한마디도 하지 않았다. 그 우울한 시간은 심연으로 가라앉은 듯했고, 마치 그 시간이 존재하지 않았던 것처럼 그 전과 그 후의 시간이 그 위를 덮어 버린 듯했다. 엔젤이 이 은신처를 떠나 사우샘프턴이나 런던으로 가자는 제안을 할 때마다 테스는 이상하게도 움직이려 하지 않았다.

"이렇게 달콤하고 즐거운 시간을 왜 그만둬야 하나요. 어차피 닥칠 일은 닥칠 거예요."

그녀가 반대했다. 그러고는 덧문의 틈새로 밖을 내다보았다.

"바깥에는 온통 걱정거리뿐이에요. 이 안은 평온한 행복으로 가득한데 말이에요."

엔젤도 틈새로 밖을 내다보았다. 정말 그랬다. 집 안에는 사랑과 화합과 용서가 있었지만, 바깥세상은 냉혹하기만 했다.

그녀는 남편의 뺨에 자기 뺨을 갖다 대며 말했다.

"그리고…… 그리고…… 당신이 저를 생각하는 지금의 마음이 변할까 봐 두려워요. 전 저를 향한 당신의 그 마음이 변할 때까지 살고 싶지는 않아요. 그렇게는 살고 싶지 않아요. 당신이 저를 경멸하는 때가 오면 차라리 죽어서 땅속에 묻히는 게 나을 거예요. 그러면 당신이 날 경멸하는 것도 모를 테니까요."

"내가 당신을 멸시할 리가 있겠소? 그럴 일은 절대 없을 거요."

"저도 그랬으면 좋겠어요. 하지만 지나온 제 인생을 돌이켜보면 어떤 남자라도 언젠가는 저를 멸시할 수밖에 없을 거예요. 어떻게 제가 그렇게 지독한 짓을 할 수 있었는지 모르겠어요! 전에는 파리 한 마리, 벌레 하나도 죽이지 못했고, 새장에 갇힌 새만 봐도 눈물이 났는데 말이에요."

그들은 거기서 하루를 더 지냈다. 간밤에 우중충하던 하늘이 맑게 개었으므로, 이웃 농가에 살면서 그 저택을 관리하는 노파는 일찍 잠에서 깼다. 찬란한 일출에 노파는 기분이 좋아져 활력이 솟았다. 곧 이웃 저택으로 가서 그날은 대대적으로 환기를 시켜야겠다고 마음먹었다. 그래서 노파는 여섯 시도 되기 전에 저택에 도착하여 아래층의 방문이며 창문을 모두 활짝 열어젖힌 다음, 위층으로 올라가서 두 사람이 자고 있는 침실 문의 손잡이를 돌리려고 했다.

그런데 그 순간 안에서 사람의 숨소리가 들리는 것 같았다. 노파는 실내용 슬리퍼를 신고 있었고 노인네답게 천천히 걸어왔기 때문에 거기까지 오는데 아무 소리가 나지 않았던 것이다. 노파는 얼른 되돌아가려다 혹시 자기가 소리를 잘못 들었을지도 모른다는 생각이 들어 다시 문 앞으로 다가가 조용히 손잡이를 돌려보았다. 문의 자물쇠는 고장이 나 있었지만, 가구 하나가 문 앞으로 옮겨져 있어서 문이 일이 인치밖에 열리지 않았다. 한줄기 아침 햇살이 덧창 틈으로 새어 들어와 깊이 잠든 남녀 한 쌍의 얼굴을 비추고 있었다. 테스의 입술은 엔젤의 뺨 옆에서 마치 반쯤 피어난 꽃봉오리처럼 벌어져 있었다. 노파는 두 사람의 순수한 모습에 매료되었고, 아울러 의자에 걸쳐 있는 테스의 우아한 겉옷이며 그 옆에 놓여 있는 실크 스타킹, 예쁜 양산, 그리고 다른 옷이 없어서 이 집에 도착할 때 입고 있던 테스의 다른 옷가지들을 보고 몹시 놀랐다. 처음 문을 열 때만 해도 떠돌이 부랑자들이 뻔뻔스런 짓을 벌이는가 싶어 화가 치밀었으나 이들의 모습을 보니 품위 있는 사람들의 사랑의 도피 행각인 듯 여겨져 순간적으로 측은한 마음까지 들었다. 노파는 이 얄궂은 일을 이웃사람들과 의논해 봐야겠다는 생각을 하고는 올라올 때처럼 조용히 계단을 내려갔다.

노파가 물러가고 난 뒤 일 분도 채 지나지 않아 테스가 눈을 떴고, 곧이어 엔젤도 잠에서 깼다. 두 사람 모두 무엇 때문인지는 알 수 없었으나 잠을 방해받은 느낌이 들었다. 그 느낌이 불안을 더욱 증폭시켰다. 엔젤은 옷을 입자마자 이삼 인치쯤 벌어진 덧문 틈새로 잔디밭을 자세히 살펴보고는 말했다.

"곧 떠나야 할 것 같소. 날씨가 좋아서 누군가 집 주위에 있을 것만 같군. 게다가 오늘은 관리인 노파가 꼭 올 테니까."

그녀는 마지못해 동의했고, 그들은 방 안을 정돈한 다음 소지품을 챙겨 조용히 집을 떠났다. 숲속에 들어서자 그녀는 마지막으로 그 집을 돌아보며 말했다.

"아, 행복했던 집이여, 안녕! 내 목숨은 이제 기껏해야 이삼 주 남았을 뿐인데, 왜 저기에 더 있을 수 없었을까?"

"테스, 그런 말 하지 말아요! 어서 이 지역을 완전히 벗어나야 하오. 처음에 진로를 정한 대로 계속 북쪽으로 갑시다. 거기서는 아무도 우리를 찾지 않을 거요. 만약 사람들이 우리를 추적한다면 웨섹스 지방의 항구들이나 찾아볼 테니 말이오. 북부 지방에 당도하면 항구로 나가 외국으로 떠납시다."

이렇게 테스를 설득하고 나서, 그들은 계획대로 북쪽을 향해 곧장 걸어갔다. 저택에서 오랫동안 휴식을 취한 덕분에 그들은 이제 걸을 힘이 났다. 정오쯤에 그들은 첨탑이 많은 도시인 멜체스터 근처에 이르렀다. 북쪽으로 가려면 지나야 할 곳이었다. 그는 오후 동안에는 테스를 숲에서 쉬게 하고 어두워지고 난 뒤에 그곳을 통과하기로 결정을 내렸다. 해질 무렵이 되자 엔젤은 여느 때처럼 음식을 사 왔고, 그들은 저녁을 먹은 뒤에 다시 밤 행군을 시작했다. 8시경에 그들은 중부 웨섹스와 북부 웨섹스의 경계를 지났다.

테스는 도로가 있든 없든 시골길을 걸어가는 데 익숙했기 때문에 예전의 그 민첩성을 발휘하며 날렵하게 걸어갔다. 그들은 옛 도시인 멜체스터를 통과해야 했다. 그들 앞을 가로막고 있는 큰 강을 건너려면 시내에 있는 다리를 이용할 수밖에 없었기 때문이다. 그들이 발소리가 울릴까 봐 포도(鋪道)로 걷는 것을 피해 가며 군데군데 가로등이 켜진 인적 없는 거리를 따라 걸어가고 있을 때는 자정 무렵이었다. 왼쪽으로 우아한 대성당 건물들이 희미하게 솟아 있었지만 그들의 눈에는 아무것도 보이지 않았다. 일단 시내를 빠져나오자 그들은 널찍한 유료 도로를 따라 걸었는데 3~5킬로미터를 더 걷자니까 탁 트인 평원이 나왔다.

하늘에는 구름이 잔뜩 끼어 있었지만 그래도 여기까지는 구름 사이로 달빛이 언뜻언뜻 비쳐 그들이 걷는데 조금이나마 도움이 되었다. 그러나 이제는 달도 지고 구름도 거의 그들의 머리에까지 내려앉아서 주위가 동굴 속처럼 캄캄해졌다. 그러나 그들은 발소리가 나지 않도록 가능한 한 풀밭을 밟으며 계속 걸어갔다. 길가에는 울타리 같은 게 없었기 때문에 풀밭 위로 걸어가기가 어렵지는 않았다. 캄캄한 어둠 속의 횅한 벌판에는 고독과 적막만이 감돌았고, 그 위로 거센 바람이 불고 있었다.

이렇게 더듬거리며 3~5킬로미터를 더 갔을 때, 엔젤은 갑자기 바로 앞 풀밭에 거대한 물체가 우뚝 솟아 있다는 것을 알아차렸다. 하마터면 그들은 거기에 부딪칠 뻔했다.

"아니, 뭐 이런 괴상한 건물이 다 있어?"

엔젤이 말했다.

"여기서 윙윙대는 소리가 나요. 들어 보세요!"

테스가 말했다.

그는 귀를 기울였다 바람이 이 건물을 건드리며 마치 거대한 외줄 하프를 퉁기고 있는 것처럼 윙윙대는 소리가 났다. 그 소리 외에 다른 소리는 나지 않았다. 엔젤은 한쪽 손을 들어 올리고 한두 걸음 앞으로 걸어갔다. 건물의 수직 표면이 손에 닿았다. 그것은 이음매나 다듬은 흔적이 전혀 없는 단단한 돌이었다. 손가락으로 이리저리 만져본 결과 그는 자기가 만지고 있는 것이 거대한 직사각형의 돌기둥이라는 사실을 알아냈다. 왼쪽 손을 뻗어보니 그 옆에도 비슷한 모양의 돌기둥이 있었다. 게다가 머리 위쪽으로도 높이를 알 수 없는 곳에 어두운 밤하늘을 더욱 캄캄하게 만드는 무언가가 있었는데, 그것은 돌기둥들을 수평으로 연결하는 거대한 대들보처럼 보였다. 그들은 조심스럽게 기둥 사이로 해서 그 아래로 들어갔다. 그들의 옷자락 스치는 소리가 돌의 표면에 반사되어 울렸지만, 여전히 옥외에 있는 느낌이었다.

건물 내부가 아니었던 것이다. 테스는 겁이 나서 숨을 죽였고, 엔젤도 어리둥절해하며 이렇게 중얼거렸다.

"대체 이게 뭘까?"

옆으로 더듬어 가던 그들은 우뚝 솟은 돌기둥과 또 마주쳤다. 처음 것처럼 웅장하고 네모난 돌기둥이었다. 그런데 그 너머에도, 또 그 너머에노 돌기둥이 있는 게 아닌가. 이곳에는 온통 출입문과 기둥뿐이었는데, 몇몇 돌기둥은 위에 놓인 아키트레이브에 의해 연결되어 있었다.

"이거야 말로 바람의 신전이로군."

그가 말했다.

다음 번 돌기둥은 외따로 서 있었다. 그 외에 삼석탑 모양을 한 것도 있었고, 누워 있는 돌도 있었다. 이 누운 돌의 옆면은 마차 한 대가 충분히 지나다닐 수 있을 만큼 넓은 판석을 이루고 있었다.

광활한 초원에 이런 돌기둥들이 모여 돌기둥 숲을 이루고 있는 것임이 곧 분명해졌다. 두 사람은 어둠에 묻힌 이 야외 구조물 안으로 더 깊이 들어갔고, 마침내 그 한가운데에 섰다.

"이건 스톤헨지야!"

엔젤이 말했다.

"이교도의 숭배 장소란 말씀이죠?"

"그렇다오. 몇 천 년 전에 세워진 것으로, 더버빌 가문보다 훨씬 더 오래되었지! 이제 우리 어떻게 할까, 테스? 좀 더 가면 쉴 만한 데를 찾을 수 있을 텐데."

그러나 이때 테스는 너무 피곤해서 바로 옆에 있는 직사각형의 판석 위에 털썩 주저앉아 버렸다. 옆의 돌기둥이 바람을 막아 주었고, 낮 동안에 햇빛을 받은 덕분에 돌바닥은 따뜻하고 건조하여 걸어오는 동안 그녀의 치마와 구두를 축축하게 적신 거칠고 차가운 풀과는 대조적으로 안락한 느낌이었다.

테스는 손을 뻗어 엔젤의 손을 잡으며 말했다.

"엔젤, 더 이상 가고 싶지 않아요. 여기 있으면 안 돼요?"

"안 될 것 같소. 지금은 안 보이지만, 낮에는 몇 킬로미터 밖에서도 우리가 보일 거요."

"지금 생각이 나는데, 외가 친척 중에 이 근방에서 양을 치는 분이 계세요. 그리고 탤버테이스에 있을 때 당신은 저더러 이교도 같다고 하셨죠. 그러니까 전 지금 고향에 와있는 셈이군요."

엔젤은 몸을 쭉 뻗고 누운 테스 옆에 무릎을 꿇고 키스를 했다.

"졸려요, 테스? 당신이 누워 있는 곳은 제단(祭壇) 같은데."

그녀가 나직하게 말했다.

"전 여기 있는 게 좋아요. 아주 엄숙하고 쓸쓸한 곳이네요. 큰 행복을 맛본 뒤라 더 그렇게 느껴지는지도 모르죠. 머리 위에는 하늘밖에 보이지 않아요. 세상에 우리 둘 외엔 아무도 없는 것 같아요. 정말 그랬으면 좋겠어요, 리자 루만 빼고요."

엔젤은 날이 조금 더 밝아질 때까지 테스가 여기서 쉬는 것도 좋을 것 같다고 생각했다. 그래서 그는 자기 외투를 벗어 그녀를 덮어 주고는 그녀 옆에 앉았다.

"엔젤, 만약 저한테 무슨 일이 생기면 저를 위해서 리자 루를 보살펴 주시겠어요?"

돌기둥 사이로 불어오는 바람 소리를 한참 동안 함께 듣고 있다가 테스가 불쑥 물었다

"그렇게 하겠소."

"리자 루는 정말 착하고 순진하고 순결한 아이랍니다. 오, 엔젤⋯⋯ 이제 곧 그렇게 될 테지만, 당신이 저를 잃게 되면 그 애와 결혼해 주셨으면 해요. 아, 당신이 그렇게만 해 주신다면 저는 더 바랄게 없어요!"

"당신을 잃으면 난 모든 걸 잃게 되는 거요. 그리고 리자 루는 처제가 되는데 어떻게 결혼하겠소."

"그 문제라면 걱정 마세요. 말롯 근방에서는 처제하고 결혼하는 일이 자주 있거든요. 리자 루는 성격이 온화하고 착한 데다 자라면서 점점 아름다워지고 있답니다. 우리가 죽어서 영혼이 되더라도 저는 기꺼이 그 애와 당신을 나눠 가질 수 있을 거예요! 엔젤, 그 애를 가르치고 교육시켜서 당신한테 어울리도록 키워 주시면 좋겠어요! 그 애는 저의 좋은 점은 모두 갖고 있으면서도 저의 나쁜 점은 갖고 있지 않답니다. 그 애가 당신의 아내가 된다면 죽음도 우리를 갈라놓지 못할 거예요. 이제 하려던 얘기를 다 했으니, 다시는 이런 말을 하지 않을게요."

테스는 말을 그쳤고, 엔젤은 생각에 잠겼다. 멀리 동북쪽 하늘에 수평으로 어린 한 줄기 빛이 돌기둥 사이로 보였다. 골고루 깔려 있던 어

두운 구름이 마치 냄비 뚜껑이 열리듯 통째로 들어 올려지며 땅 끝에서 올라오는 해를 맞아들이고 있었다. 그 햇빛을 배경으로 우뚝우뚝 솟은 일석주며 삼석탑 들이 검은 윤곽을 드러내기 시작했다.

"여기서 하느님께 제물을 바쳤나요?"

그녀가 물었다.

"아니오."

그가 대답했다.

"그럼 누구한테 바쳤어요?"

"태양신한테 바쳤을 거요. 저기 멀리 떨어진 곳에 홀로 서 있는 높은 돌기둥이 태양을 향하고 있거든. 이제 곧 그 너머에서 해가 떠오를 거요."

그녀가 말했다.

"엔젤, 당신 얘기를 듣고 있으려니 생각나는 게 있군요. 우리가 결혼하기 전에 당신은 제가 어떤 믿음을 갖고 있든 간섭하려 하지 않았어요. 기억나시죠? 그럼에도 저는 당신의 생각을 알아내고 당신이 생각하시는 것과 똑같이 생각했어요. 제 나름의 논리가 있었던 게 아니라 당신이 그렇게 생각하시니까 저도 그렇게 생각한다는 식이었죠. 그러니까 엔젤, 알려 주세요, 죽은 뒤에도 우리는 다시 만날 수 있을까요? 알고 싶어요."

그는 그 순간 대답을 회피하려고 그녀에게 키스를 했다. 그녀는 북받치는 울음을 애써 참으며 말했다.

"오, 엔젤…… 못 만난다는 뜻이군요. 다시 만나게 되기를 바랐는데. 정말 얼마나 간절히 바랐는지 몰라요! 엔젤, 서로 이렇게 사랑하는 당신과 저조차도 만나지 못한단 말이에요?"

그는 그 자신보다 위대한 누가 그랬던 것처럼(예수가 대제사장들과 장로들에게 신문을 당할 때 침묵을 지켰던 일을 빗댄 것임. 〈마태복음〉 27장

12절 참조_옮긴이) 중대한 순간의 중대한 질문에 아무런 대답도 하지 않았고, 그들 사이에 다시 침묵이 흘렀다. 잠시 후 테스는 고른 숨소리를 내고 그의 손을 잡고 있던 손에서 힘이 풀리며 잠이 들었다. 동쪽 지평선을 따라 은빛 여명이 띠 모양으로 희부옇게 밝아오자 대평원의 먼 부분까지도 거무스름하게 가까이 다가와 보였다. 그리고 이 광막한 풍경은 해뜨기 직전이면 으레 그렇듯 진중함과 과묵함과 머뭇거림의 모습을 띠고 있었다. 동쪽의 돌기둥들과 그 위에 수평으로 걸쳐진 아키트레이브들이 햇빛을 등지고 거무스름하게 형체를 드러냈다. 그 너머에는 거대한 불꽃 모양의 태양석이 있었고, 중간에는 제단석이 있었다. 이내 밤바람이 잦아들었고, 거석의 오목하게 패인 곳에서 찰랑거리던 물도 잠잠해졌다. 그와 동시에, 동쪽의 경사면 가장자리에서 무언가 움직이고 있는 게 보였다. 그것은 처음엔 단지 하나의 점으로밖에 보이지 않았으나 점점 다가오는 것을 보니 태양석 너머의 우묵한 지대에서 걸어오고 있는 사람의 머리였다. 엔젤은 여기서 머물지 말고 계속 갈걸 그랬다는 생각이 들었지만 상황이 이렇게 된 바에야 섣불리 움직이느니 가만히 있기로 했다. 그 사람은 그들을 향해 돌기둥들이 서 있는 곳으로 곧장 걸어왔다.

엔젤은 뒤쪽에서도 무슨 소리가 나는 걸 들었다. 발소리였다. 고개를 돌려 보니 누운 돌기둥 너머로 또 한 사람의 형체가 보였다.

그가 알아차리기도 전에 또 나른 사람이 오른편 삼석탑 아래에 아주 가까이 다가와 있었고 그의 왼편에도 사람이 있었다. 새벽 햇빛이 서쪽에 있는 사내를 정면으로 비췄기 때문에 엔젤은 그의 큰 키와 훈련받은 걸음걸이를 알아볼 수 있었다. 그들은 모두 분명한 목적을 가지고 포위해 오고 있었다. 이런, 테스의 말대로 되고 말았구나! 벌떡 일어난 그는 무기로 쓸 만한 돌멩이든 도망칠 길이든, 무슨 방법이 없나 하고 두리번거렸다. 이때 가장 가까이 다가온 사내가 그를 붙잡았다.

그 사내가 말했다.

"잠이라도 마저 자게 해 주시오!"

엔젤은 사방에서 다가온 그 사내들에게 나직한 목소리로 간청했다.

그제야 그녀가 누워 있는 것을 본 그들은 반대하는 기색 없이 주위의 돌기둥들처럼 가만히 서서 지켜보았다. 엔젤은 그녀가 누운 곳으로 가서 몸을 숙이고 그 가련하고 조그만 손을 잡았다. 그녀의 숨소리는 빠르고 가냘파서 마치 어린아이의 숨소리 같았다.

날이 점점 밝아오는 가운데 모두들 기다리며 서 있었다. 그들의 얼굴과 손은 희끄무레했으나 나머지 부분은 아직 거무스름했다. 돌기둥들은 풀빛이 감도는 회색빛으로 은은하게 빛났고, 들판은 여전히 거대한 어둠에 덮여 있었다. 이윽고 햇빛이 강렬해져, 한 줄기 햇살이 아무것도 모른 채 자고 있는 그녀의 몸을 비추며 눈꺼풀 아래로 파고들어 가 그녀를 깨웠다.

"무슨 일이에요, 엔젤?"

그녀가 깜짝 놀라 일어나며 말했다.

"날 잡으러 온 사람들이에요?"

"그래요, 테스. 그들이 왔소."

엔젤이 말했다.

"마침내 올 것이 왔군요. 엔젤, 오히려 잘됐어요. 그래요, 잘된 일이에요! 행복은 어차피 영원할 수 없을 거예요. 이런 행복은 저한테 너무 과분해요. 그리고 요 며칠 동안 행복을 충분히 느껴 봤으니 괜찮아요. 이제 당신이 저를 싫어하게 될까 봐 걱정하지 않아도 되겠군요!"

그녀가 중얼거렸다

사나이들은 여전히 가만히 서 있었지만, 그녀는 일어서서 몸을 털고 앞으로 나왔다.

"준비 됐어요."

그녀가 차분히 말했다.

59

한때 웨섹스의 수도였던 아름다운 옛 도시 윈튼스터는 기복이 심한 분지 한복판에 자리하고 있었다. 때는 7월의 화창하고 따뜻한 어느 날 아침이었다. 계절이 계절인지라 박공 달린 벽돌집이며 기와집, 돌집 등에 덮여 있던 이끼는 거의 말라붙었고, 목초지의 시냇물도 줄어들어 있었다. 도시 윈튼스터의 서문(西門)에서부터 중세의 십자가상까지, 그리고 거기서부터 다리까지의 비탈진 중심가에서는 구식 장날이 가까워 오면 으레 하듯 먼지를 털고 바닥을 쓸며 느긋하게 대청소를 하고 있었다.

윈튼스터 사람이면 누구나 알고 있듯이 큰길은 앞서 언급한 서문에서부터 일정한 기울기로 정확히 1.6킬로미터 거리로 뻗어 있었는데, 올라갈수록 인가에서 멀어졌다. 시내에서부터 이 오르막길을 빠르게 걸어 올라가는 두 사람이 있었다. 그들은 오르막길을 빠르게 오르면서도 전혀 힘든 줄 모르는 것 같았는데 그것은 기분이 좋아서가 아니라 무언가 깊은 생각에 몰두해 있기 때문이었다. 그들은 조금 아래쪽에서 높은 담장벽에 있는 빗장 달린 좁은 쪽문을 통해 이 도로로 나왔던 것이다. 그들은 인가나 사람들의 눈길에서 벗어나고 싶어 하는 기색이 역력했고, 이 도로는 그럴 수 있는 가장 빠른 길인 듯했다. 그들은 젊었지만 고개를 푹 숙인 채 걷고 있었고, 태양은 무정하게도 그들의 슬픈 걸음걸이를 싱글거리며 내려다보고 있었다.

그 두 사람 중의 한 사람은 엔젤 클레어였고 다른 한 사람은 큰 키에 한창 막 피어나려는 꽃봉오리 같은—절반은 소녀 같고 절반은 성숙한 여인 티가 나는—리자 루였다. 엔젤의 처제이기도 한 그녀는 테스와 아주 흡사한 영혼을 가지고 있었고, 테스보다 더 호리호리했으며, 눈은 테스와 똑같이 아름다웠다. 이 두 사람의 창백한 얼굴은 어찌나 핼쑥해졌는지 원래의 얼굴에서 반쪽으로 줄어든 것 같았다. 그들은 손을 잡고 있었지만 한마디 말도 하지 않았고, 고개 숙인 그들의 모습은 마치 조토(14세기 이탈리아의 유명한 화가. 지오토라고도 함_옮긴이)의 '두 사도' 같았다.

그들이 거대한 웨스트 힐의 꼭대기에 이르렀을 때 그 도시의 시계가 여덟 시를 쳤다. 두 사람 모두 그 소리에 깜짝 놀랐다. 그들은 몇 걸음을 더 걸어가, 풀이 무성한 풀밭 가장자리에 희끄무레하게 서 있는 첫 번째 이정표에 다다랐다. 그 지점은 도로와 트여 있었고, 그 뒤로 비탈진 내리막이 보였다. 그들은 풀밭으로 들어섰지만, 자신들의 의지를 압도하는 듯한 어떤 힘에 이끌려 갑자기 걸음을 멈추고 돌아서서는 몸이 마비될 정도로 긴장한 채 이정표 옆에서 기다렸다.

이 언덕마루에서는 끝없이 펼쳐진 풍경이 조망되었다. 눈 아래 골짜기에는 그들이 방금 떠나온 시가지가 있었는데, 도드라진 건축물들은 마치 실물 크기의 그림을 보는 듯했다. 그중에는 노르만 양식의 창문과 엄청난 길이의 회랑과 본당이 있는 거대한 대성당의 종탑, 세인트 토머스 성당의 첨탑, 대학의 뾰족탑 등이 있었고, 좀 더 오른쪽으로는 오늘날까지도 여행자들에게 빵과 맥주를 배식하는 옛 순례자 숙박소의 탑과 박공들이 보였다. 도시 너머에는 세인트 캐서린 언덕의 둥그런 고지대가 있었고, 저 멀리 풍경 너머에 풍경이 계속되다 마침내 그 위에 걸린 햇빛 속으로 지평선이 모습을 감추었다.

아득히 펼쳐진 이 전원 풍경을 배경으로 도시의 다른 건축물들 앞에 커다란 붉은 벽돌 건물이 솟아 있었다. 회색의 평면 지붕에다, 감금을 상징하는 철창이 처진 작은 창문들이 줄줄이 나 있는 그 건물은 전체적으로 판에 박힌 듯 딱딱한 인상이어서 고딕 건축물의 들쭉날쭉하면서도 아취 있는 모습과 뚜렷한 대조를 이루고 있었다. 그 건물은 앞으로 지나갈 때에는 주목과 상록 떡갈나무로 다소 가려져 길에서는 잘 보이지 않았지만, 이렇게 높은 곳에서 보니 확연하게 드러났다. 두 사람이 좀 전에 통과한 쪽문은 이 건물의 담장에 나 있는 것이었다. 이 건물 한가운데에는 꼭대기가 평평한 볼품없는 팔각탑이 동쪽 지평선을 배경으로 솟아 있었기 때문에 이곳에서 보면 햇빛을 등지고 있어 그늘진 모습만 보였다. 그래서 아름다운 시가지 풍경 속에 하나의 오점 같아 보였다. 그런데 두 사람의 눈길이 향하고 있는 곳은 아름다운 풍경이 아니라 바로 이 오점이었다.

이 탑의 돌림띠 장식 위에는 높은 깃대가 꽂혀 있었다. 그들의 시선은 그곳에 고정되었다. 여덟 시를 알리는 소리가 나고 몇 분 뒤에 깃대 위로 무언가가 천천히 올라가더니 바람에 펼쳐졌다. 그것은 검은 깃발이었다.

처벌이 이루어졌다. 고대 그리스의 비극 작가 아이스킬로스의 표현을 빌려 말하자면 '신들의 제왕'은 테스에 대한 장난을 마친 것이었다.

하지만 더버빌 가문의 기사들과 귀부인들은 아무것도 모른 채 제 무덤 속에 잠들어 있었다. 두 사람은 검은 깃발을 묵묵히 바라보다가 마치 기도라도 드리는 듯 무릎을 꿇고 고개를 숙였다. 그리고 기운을 차리자마자 두 사람은 몸을 일으켜 다시 손을 잡고 계속 가던 길을 갔다.

남성 위주의 성 이데올로기에 희생된 순수한 여인

《더버빌가의 테스》는 1890년에 잡지에 연재되고 1891년에 수정·보완되어 순수한 여인(a pure woman)이라는 부제를 달고 단행본으로 출판되는데, 1년 만에 초판본의 23배가 넘는 판매 부수를 기록할 정도로 대중적인 인기를 끌었으나 당대의 사회적 통념과 종교적 관습에 어긋난다는 이유로 보수주의자들에게 격렬한 비난을 받았다. 그들은 혼전 임신에 아이에게 스스로 세례를 주고 남편 아닌 남자와 동거하고 살인까지 저지른 여자를 순수한 여인이라 칭하며 옹호하는 부도덕한 소설이라며 비난했다. 테스의 삶이 그렇게 꼬일 수밖에 없었던 사회적 여건과 운명적 아이러니에 초점을 맞추기보다 그저 겉으로 나타나는 단편적인 사실에 경직된 도덕률을 갖다 대어 재단하는 편협함에서 벗어나지 못했던 것이다. 하지만 책을 읽어 보면 테스가 얼마나 순수한 여인인지 쉽게 알 수 있다. 오히려 그녀가 과거의 일로 전전긍긍하는 모습이 답답하기까지 하다.

영국 남서부의 탁월한 풍경 속에서
살아 움직이는 인물들

영국 빅토리아 시대는 여성의 순결과 남성에 대한 복종이 강요되던 시기였다. 120여 년 전 하디는 여성에게만 강요되는 이런 순결 이데올로기가 얼마나 허황된 것인지, 시대에 따라 달라지는 도덕관념이나 사회적 인습이 얼마나 근거 없는 것인지 자연의 이치와 질서에 대비해 설득력 있게 그려 보이고 있다. 아울러 산업화의 진전으로 영국 농촌 공동체가 해체되고 사회 계층의 위계질서가 무너지는 현실적인 상황 또한 잘 묘사되고 있어, 영문학사상 최초로 농촌의 현실을 핍진하게 그려 낸 소설로 평가된다.

눈앞에 그려지듯 펼쳐지는 영국 남서부의 풍광 속에서 살아 움직이는 인물들의 섬세한 심리 묘사를 통해 이야기가 통렬할 정도로 아름답게 전개되고 있어 한 장면 한 장면 전율과 공포로 독자들을 사로잡는다. 마지막 책장을 덮는 순간 또 하나의 세계에서 한 사람의 인생을 살아 낸 듯 폭포처럼 밀려드는 감동과 함께 한 차원 성숙해진 자신을 느끼게 될 것이다. 고전이란 한 문장 한 문장 허투루 넘길 수 없을 만큼 집약된 밀도로 가슴을 쿵쿵 내리치는 강렬한 힘이 있는 것 같다. '비극적인 힘과 진지한 도덕성'을 갖춘 대작이라는 평에 고개를 끄덕이게 된다.

선각자, 토머스 하디

작품 설명으로 들어가기에 앞서 우선 작가 토머스 하디에 대해 대략적으로 살펴보자. 하디는 영국 남서부 도싯(Dorset) 주의 한적한 마을에서 가난한 석공의 아들로 태어났다. 어려서부터 책을 즐겨 읽고 공부를 잘했던 하디의 꿈은 교구 신부가 되는 것이었지만 노동 계급 출신으로서는 이루기 어려운 꿈이었다. 여섯 살에 건축사의 도제가 된 하디는 틈틈이 독학으로 그리스어, 라틴어, 프랑스어를 공부하고 영문학의 고전을 탐독한다.

스물두 살에 런던의 건축 사무소로 일터를 옮기면서 더 넓은 예술과 문학의 세계를 경험하고 이때부터 시인이 되어야겠다는 새로운 꿈을 품게 되지만 두각을 나타내지 못하다가《가난뱅이와 귀부인》을 시작으로 전업 소설가의 길로 들어선다. 전업 작가가 되기로 결심하는 데 큰 힘이 되어 준, 서른 살에 만난 변호사의 딸 에마와 4년 만의 열애 끝에 집안의 반대를 무릅쓰고 결혼한다. 이후 몇 권의 책을 내고 서른여덟에 출간된《토박이의 귀향(The Return of the Native)》이 성공을 거두면서 작가로서 명성을 얻는다. 이외에도《캐스터브리지의 시장》《더버빌 가의 테스》《무명의 주드》등 영문학사에 길이 남을 명작을 남긴다. 하지만 당대의 성 이데올로기의 문제점을 고발하고 경직된 기독교적 성 윤리를 비판한《더버빌 가의 테스》에 이어 기존의 이상적 결혼관의 허구성을 폭로하며 새로운 성도덕과 결혼관을 피력한《무명의 주드》가 엄청난 도덕적 비난을 받고 필화 사건을 겪으면서 다시는 소설을 쓰지 않겠다는 절필 선언을 하기에 이른다. 이후 젊은 시절의 꿈이었던 시의 세계로 돌아간 하디는 현대를 여는 걸출한 시집 여러 권을 남겼다는 평가를 받을 정도로 시에서도 재능을 발휘했다.

19세기는 영국 소설이 가장 융성하게 꽃을 피웠던 시기로 세기 초의 제인 오스틴에서부터 브론테 자매, 찰스 디킨스, 윌리엄 새커리, 조지 엘리엇, 헨리 제임스 등이 세계적인 명작을 남긴 시기이다. 하디의 소설은 이런 19세기의 문학적 성과를 마무리하고 20세기로 이어주는 징검다리 역할을 한다. 하디의 대표작《토박이의 귀향》《더버빌 가의 테스》《무명의 주드》는 모두 고향 도싯을 배경으로 한 웨섹스 소설(웨섹스는 고대에 이 지역에 자리했던 왕국의 이름이다)로, 공통적으로 당대의 인습에 저항하는 이상주의자들이 등장하지만 결정적인 위기의 순간에 인간의 한계를 극복하지 못하고 기존의 인습에 후퇴하는 모습을 보임으로써 결국 현실에서 패배하고 만다.

여기서 우리는 하디의 비극적이고 염세적인 세계관을 엿볼 수 있다. 하지만 이런 시도들이 있었기에 인간을 억압하는 편협한 도덕률에서 벗어나 자신과 타자를 공정하게 평가할 수 있는 혜안을 얻게 되는 게 아닐까. 특히 《테스》를 읽으면서 미리 백 년을 내다볼 줄 아는 작가의 예리한 비판 정신과 심오한 통찰력에 놀라게 된다. 이런 선각자들이 있었기에 인간을 옭아매는 사회적 인습과 통념에서 조금씩 자유로워지고 있는 게 아닐까 싶다. 하지만 이런 소설을 읽고 깊이 공감해 보지 못한 사람들은 아직도 고루한 인습에서 벗어나지 못한 채 몇 백 년 전의 편협한 시각으로 여성을 바라본다.

순수한 여인, 테스

우선 테스가 왜 순수한 여인인지 살펴보도록 하자. 가난한 도붓장수의 맏딸로 태어난 테스는 나태하고 무능한 아버지와 대책 없이 줄줄이 동생을 낳은 어머니 사이에서 식구들의 생계를 책임지기 위해 이웃에 사는 부유한 친척 집으로 가서 허드렛일을 도와주게 되는데, 그 집의 잘생기고 방탕한 아들이 관심을 표하며 치근댄다.

세상물정 모르고 순진하기만 한 테스는 늦은 밤 귀갓길에 동료와의 다툼에서 구해 준 그의 말에 함께 올라타 숲속으로 들어간다. 그 순간 동네 사람들의 반응을 보면 두 사람에게 어떤 일이 일어날지 알고 있다. 하지만 테스는 모른다. 결국 알렉은 녹초가 되어 잠이 든 테스를 범하고, 테스는 이 일로 엄청난 정신적 고통에 시달린다.

이 무렵 테스는 해가 진 뒤에야 겨우 움직이곤 했는데, 가장 덜 외롭다고 느낄 때는 바로 이렇게 숲에 나가 있을 때였다. 그녀는 빛과 어둠이 고르게 균형을 이루는 순간, 다시 낮을 제한하는 힘과 밤을 유보시키는 힘이 서로를 지배하지 않고 절묘하게 균형을 이루며 그 안의 생명체에 완전한 정신적 자유를 허용하는 저녁 무렵의 이 순간을 정확히 찾아낼 수 있었다. 이 순간에는 살아 있음의 고뇌가 최소한으로 줄어들었다. 그녀는 어둠이 전혀 두렵지 않았다. 그녀의 유일한 생각은 오로지 인간을 피하는 것뿐인 듯했다. 다시 말해, 여럿이 모였을 때는 그토록 무시무시해지다가도 흩어지면 전혀 강하지 않고 심지어 가련하기까지 한 존재들이 모인 세상이라는 이름의 냉담한 집합체를 피하는 것이었다.

이 호젓한 언덕과 골짜기에서 소리 없이 유유히 거닐 때 그녀는 자연과 하나가 되었다. 유연하고도 은밀하게 거니는 그녀의 모습은 그 풍경에서 없어서는 안 될 중요한 부분이 되었다. 가끔 그녀의 부질없는 상상으로 주위의 자연 현상이 어찌나 강렬하게 다가오는지 자연의 변화가 마치 자기 이야기의 일부처럼 느껴졌다. 아니 이야기의 일부가 되고 말았다. 세상은 그저 심리적인 현상에 불과해서 느끼는 것이 곧 실상이기 때문이다. 한밤중에 겨울 나뭇가지의 표피와 단단하게 싸인 싹들 사이로 구슬픈 소리를 내며 지나가는 바람 소리는 자신을 가혹하게 책망하는 소리로 들렸다. 그리고 비 오는 날에는 어릴 적 믿었던 하느님인지 아니면 다른 무엇인지 분명히 구분할 수 없는 어떤 막연한 윤리적 존재가 그녀의 무력함을 한없이 슬퍼하며 눈물을 흘리는 것처럼 느껴졌다.

그러나 그녀의 느낌이 투영된 이런 주위 환경은 인습의 파편에 근거하여 인식된 것이고, 거기에는 그녀를 혐오하는 유령과 음성이 가득했다. 다시 말해 그것은 테스의 잘못된 상상으로 만들어진 유감스런 창조물, 그녀가 지당한 이유 없이 무서워하는 도덕이라는 허울을 쓴 한 무리의 도깨비 떼에 불과했다.

어떤 일이 있었는지도 모른 채 잘생긴 부잣집 아들의 관심을 사로잡은 테스를 부러워하는 친구들과 은근히 기대하는 어머니, 그리고 그와 결혼하지 못했을 때 받게 될 사회적인 냉대와 수모에도 아랑곳없이 테스는 알렉을 거부한다. 왜냐하면 '그를 사랑하지 않기 때문'이다. 이처럼 테스는 남다른 순수성과 주체성과 독립심의 소유자였던 것이다. 그렇게 혼자서 아기를 낳고 키우다 아기가 아파서 죽게 되자 세례를 해줄 신부를 찾는다. 하지만 사정이 여의치 않아 스스로 세례를 하고 아기를 저 세상으로 떠나보낸다.

변모한 테스

이렇게 테스는 단순한 처녀에서 복잡한 여인으로 거의 비약적으로 변모했다. 깊은 사색의 흔적이 얼굴에 어렸고, 이따금 목소리에 비극적인 음조가 배어났다. 더 커진 눈은 표정이 더 풍부해졌다. 그녀는 누가 봐도 아름답다고 할 만한 여인이 되었다. 외모는 아름다워서 눈길을 끌 만큼 매력적이었고, 영혼은 지난 한두 해 동안의 신산스런 경험에도 자신감을 잃지 않았다. 세상의 이목만 없었다면 이런 경험들은 그저 인생을 알게 한 교양 교육에 지나지 않았을 것이다.

얼마의 시간이 흐르는 동안 조용히 기운을 차린 테스는 다시 집을 떠나 맑은 물이 흐르는 프룸 골짜기의 탤버테이스 낙농장에서 소젖 짜는 일을 시작한다.

고향의 계곡처럼 짙푸른 대기며 점토질의 토양이며 진한 향기는 없었으나 공기는 맑고 상쾌하고 가벼웠다. 이 유명한 낙농장의 초원과 소에게 자양분을 공급하는 강물도 블랙무어의 시냇물과는 흐름이 달랐다.

그곳의 시내는 흐름이 느리고 고요하고 자주 탁해졌다. 바닥은 진흙이어서 부주의하게 건너려다가는 자기도 모르는 사이에 가라앉아 사라져 버릴 수도 있었다. 반면에 프룸 강의 강물은 사도 요한 앞에 나타났던 그 순수한 생명의 강처럼 맑고, 구름의 그림자가 지나듯 빠르고, 조약돌이 깔린 얕은 여울에선 온종일 하늘을 향해 재잘거리는 소리가 났다. 그곳에서는 물가에 나리꽃이 피었으나 여기에는 미나리아재비가 피었다.

무거운 공기에서 가벼운 공기로 바뀐 탓인지, 아니면 다른 사람의 불쾌한 시선이 없는 새로운 곳에 와 있다는 느낌 때문인지 그녀는 놀라울 만큼 기분이 좋아졌다. 부드러운 남풍을 받으며 힘차게 걸어 내려갈 때 그녀의 희망은 주위의 찬란한 광구(光球)의 햇빛과 뒤섞였다. 산들바람이 불 때마다 유쾌한 음성이 들려왔고 새들이 지저귀는 소리에는 즐거움이 숨어 있는 듯했다.

여기서 만난 엔젤이라는 청년을 진정으로 사랑하게 되지만 과거가 있는 여자라는 자책감 때문에 테스는 그의 청혼을 받아들이지 못하고 솔직히 얘기하지도 못한 채 하루하루 지나다가 사랑의 힘에 이끌려 결혼하게 된다. 신혼여행 첫날밤 남편이 지난날의 과오를 얘기하며 용서를 구하자 그에 용기를 얻은 테스는 자신에게도 똑같은 일이 있었다며 과거를 낱낱이 털어놓는다. 테스를 순결한 자연의 딸이라 여기며 좋아하던 엔젤은 엄청난 충격을 받고 자다가 꿈결에 테스를 안고 다리를 건너는 등 위험한 행동을 한다.

"죽었구나, 죽었어, 죽어 버렸어!"

그는 얼마간 무한한 비통함이 담긴 시선으로 그녀를 응시한 다음, 몸을 더 낮게 숙여 그녀를 두 팔로 안고는 마치 수의로 감싸듯 홑이불로 그녀를 감쌌다. 그런 다음 마치 시신에게 하듯 조심스럽게 그녀를 침대에서 들어 올려 그녀를 안고 방을 가로질러 가며 중얼거렸다.

"내 불쌍한, 불쌍한 테스…… 소중한 내 사랑 테스! 그토록 예쁘고, 그토록 착하고, 그토록 진실했던 내 사랑 테스!"

깨어 있을 때에는 그토록 엄격하게 억제하던 애정 표현이 터져 나오자, 그 말들은 외롭고 굶주린 그녀의 마음에 이루 말할 수 없이 달콤하게 다가왔다. 그녀는 설령 그렇게 하는 것이 지친 자신의 생명을 구하는 길이 된다 하더라도 몸을 움직이거나 버둥대어 지금의 상황을 끝내고 싶지는 않았다. 그래서 그녀는 숨도 조심스럽게 쉬며 꼼짝도 않고 누워 대체 그가 자기를 어떻게 할 것인지 의아해하며 층계참까지 안겨 내려갔다.

"내 아내가…… 죽었어, 죽었어!"

사제의 아들로 태어나 아무 걱정 없이 평탄한 길을 갈 수 있었음에도 물질적 풍요나 사회적 지위보다도 지적 자유를 소중한 가치로 여기고 편협한 종교와 계층적, 사회적 인습에 이의를 제기해 온 진보적인 청년 엔젤마저도 어려서부터 교육받아 온 인습과 성 이데올로기에서 자유롭지 못했던 것이다. 테스를 그렇게 사랑하면서도 떠날 수밖에 없었던 엔젤도 결국엔 이런 사회적 인습의 희생자였던 셈이다.

이후 테스는 자신의 목숨보다 더 사랑하는 엔젤이 돌아오기만을 기다리며 온갖 수모와 시련을 감내하며 살아간다. 이렇듯 테스는 남자들의 기사도 정신을 유도하기 위해 코르셋으로 허리를 졸라매던 당시 빅토리아 시대의 여성들과는 달리 스스로 삶을 개척하려는 강인함과 의지, 적응력을 갖춘 여성이었다. 그러나 종신 차지농 신분이었던 아버지가 세상을 뜨면서 거리에 나앉게 된 식구들을 구하기 위해 알렉의 구애를 받아들이고 만다. 한편 브라질에서 열병에 걸려 갖은 고생을 하고 농사에 실패하면서 한층 성숙해진 엔젤은 자신의 잘못을 깨달게 되지만, 병이 낫는 대로 일을 마무리하고 귀국하여 어렵게 테스를 찾아가 보니 때는 너무 늦어 버렸다. 테스는 남편을 기다리다 지칠 대로 지친 데다 길가에 나앉은 식구들을 구하기 위해 과거에 자신을 희롱한 남자 알렉과 어쩔 수 없이 함께 살고 있었다. 테스는 사랑하는 사람을 그냥 돌려보낸 것을 안타까워하다 알렉을 살해하고 엔젤을 뒤쫓아 간다. 짧은 시간이지만 며칠간의 행복한 시간을 보내고 사랑을 성취한 그녀는 만족해하며 기꺼이 자신의 행동에 책임을 지기로 한다.

누구보다 순수한 영혼을 지닌 테스가 가난한 집안에 태어나 어려운 상황에 처한 식구들을 외면할 수 없어 자신의 감정을 거스르고 희생한 결과는 처참했지만, 끝내 그녀는 사랑을 성취했다. 죽음과 맞바꾼 그녀의 사랑이 무척 애처롭지만 테스는 나약한 운명의 희생자가 아니었다. 그 모진 운명의 시련과 사회적 편견에도 진정한 사랑을 향한 순수한 열정과 순결한 영혼을 잃지 않았던 여인이었던 것이다. 그래서 하디는 이 책의 부제를 순수한 여인으로 붙였고 수많은 사람들의 호응을 얻어 냈지만 당대의 편견에 사로잡힌 보수주의자들에게는 눈엣가시처럼 여겨졌을 것이다.

영혼을 사로잡는 고전

이처럼 문학은 우리가 당연하게 여기는 것에 의문을 제기하고 우리를 옭아매는 것들로부터 자유롭게 하는 힘이 있다. 또한 세상이나 인간을 공정하게 바라볼 수 있는 혜안을 안겨 준다. 한 편의 좋은 고전을 읽을 때 우리는 몇 십 권의 책에서도 얻을 수 없던 큰 울림과 깨달음을 얻게 된다. 기존의 인식을 뒤바꿔놓을 만큼 커다란 충격과 감동으로 우리를 한 차원 높은 세계로 성숙시키는 것이다.

《더버빌가의 테스》는 일일이 열거할 수 없을 정도로 무수한 매력을 지닌 작품이지만 무엇보다 오랜 여운을 남기는 것은 테스가 아픔을 딛고 새 삶을 시작하는 탤버테이스 낙농장의 싱그러운 자연과 그 속에서 여물어 가는 엔젤과의 풋풋한 사랑의 장면들이다. 영국 남서부의 풍광이 대단히 아름답게 펼쳐지고 당시의 현실이 손에 잡힐 듯 그려진다.

당대의 사회적 인습에 숨은 부조리한 면을 예리하게 파헤치는 하디의 현실적 비판 정신과, 시대에 따라 달라지는 편협한 종교적 교리에 대비해 영원히 변치 않는 자연의 위대한 질서를 짚어 내는 철학적 통찰력, 그리고 무엇보다 이 모든 것을 물 흐르듯 자연스럽게 표현하는 미학적 성취가 돋보이는 작품이다. 이런 무한한 장점에도 불구하고 줄거리에서 풍기는 통속적 분위기 때문에 제대로 평가받지 못하는 게 아닌가 싶어 아쉬움마저 든다. 봄의 기운이 약동하는 이 계절 테스가 느꼈던 새로운 기운을 함께 느끼며 고전의 세계로 여행을 떠나보는 건 어떨까. 한 권의 고전만큼 우리의 영혼을 사로잡는 건 없는 것 같다. 자, 한 문장 한 문장 음미하며 고전의 세계로 떠나 보자.

김명신

작 가   연 보

1840년 6월, 영국 도체스터 근방 하이어보캠프턴에서 석공인 아버지와 독서를 좋아하는 어머니 사이에서 태어났다.

1848년 마을학교 〈스틴스포드 (Stinsford)〉에 입학했다가, 이듬해 비국교도 학교인 〈도체스터 학교〉로 전학한다.

1853년 학교장이 세운 상급학교로 옮겨 학업을 계속한다. 이곳에서 라틴어를 배우고, 고전 작가에 대한 애정을 키우게 된다.

1856년 16세의 나이에 그는 학교를 졸업한 후, 건축 일을 배우기 위해 교회 건축사 존 힉스의 제자가 되었다. 그 무렵, 성직자에 관심을 가진 그는 그 방면의 독서에 매진했다. 절친한 친구이자 8살 위인 목사 무울을 만났고, 젊은 시절의 안내자로 많은 영향을 받았다.

1862년 당시 유명 건축가인 아서 블룸필드 밑에서 일하게 되었다. 열정적인 런던생활을 보냈으며 건강이 악화되어 도셋으로 돌아가기 전까지 5년간 일했다. 런던의 킹스 칼리지 런던에서 불어를 공부했다.

1868년 고향에 돌아온 뒤 다시 건축사 존 힉스의 밑으로 들어가 건축일을 하던 중, 그의 첫 소설《가난한 남자와 숙녀(The poor man and the lady)》를 탈고한다. 그러나 지나치게 풍자적이고 사회주의적이라는 평판이 나면서 출판되지는 못했다.

1870년 성당의 재건축을 부탁받고 성당을 방문하던 중에 미래의 아내인 엠마 라비니아 기퍼드를 만난다.

1871년 31세,《최후의 수단(Desperate Remedies)》을 발표하고 책으로 출판되어 처녀작으로 인정을 받는다.

1872년 전업 작가로 활약하기 시작한다. 이때부터《녹음 아래서(Under the Greenwood Tree)》,《광란의 무리에서 멀리 떨어져(Far from the Madding Crowd)》등 인기 작품들을 출간한다.

1874년 엠마와 결혼한다.

1878년 작품 활동에 전념하기 위해 런던으로 이주했다.《귀향(The Return of the Native)》을 발표한다.

1883년 건강상의 문제로 다시 도셋으로 돌아온다.

1886년 《캐스터브리지의 시장(The mayor of Casterbridge)》을 출간한다.

1887년 《숲속의 사람들(The Woodlander)》을 출간한다.

1891년 《더버빌가의 테스(Tess of the d'Urbervilles)》를 출간한다. 이 작품은 당시 인습이나 종교에 얽매인 위선적인 사회, 도덕적인 편견 등을 정면으로 비판, 표현해 여러 논쟁을 일으키기도 했던 작품이다. 그러나 독자들의 뜨거운 호평을 받으며 최고의 인기와 판매 부수를 기록한 작품이다.

1895년 《이름 없는 주드(Jude the Obscure)》를 발표한다. 이 작품 역시 보수 진영의 심한 비판을 받았으며, 이로 인한 소요로 하디는 소설가로서 절필을 선언한다. 이 작품은 하디의 마지막 장편소설이다.

1903년 《제왕들(The Dynasts)》 집필을 시작했다.

1908년 《제왕들(The Dynasts)》 3부작 완성. 이 작품은 나폴레옹 전쟁 10년을 소재로 당시 유럽의 고민 및 영국의 위기를 진단한 대서사시극이다. 착상에서 완성까지 33년을 소요하였으며 토마스 하디의 사상을 모두 담고 있다.

1910년 영국 왕실 훈장인 메리트 훈장을 받았다.

1912년 아내 엠마가 사망했다. 하디는 그녀를 그리워하는 시를 많이 지었다.

1914년 아동문학가이자 그의 비서 플로렌스와 재혼했다. 플로렌스는 하디 사후에 그의 전기를 썼다.

1920년 영국 케임브리지 대학으로부터 명예 문학 박사 학위를 받았다.

1925년 영국 옥스퍼드 대학으로부터 명예 문학 박사 학위를 받았다.

1928년 1월 11일 도체스터 자택에서 사망했다. 그의 장례는 국장으로 치러졌으며 유해는 웨스트민스터 사원 '시인의 묘지'에 묻혔다. 그러나 고인의 뜻에 따라 심장은 도셋의 스틴스포드 교회에 있는 엠마의 묘 옆에 매장되었다.

옮긴이 김명신

이화여자대학교 영어교육과를 졸업하고 중·고등학교 영어 교사 생활을 하다가 평소 관심을 두고 있던 번역 일을 업으로 삼기로 결심한 뒤 열정적으로 번역 일에 매진하고 있다. 번역한 책으로는 《폭풍의 언덕》《젊은 교사에게 보내는 편지》《헬렌 켈러 자서전》《나의 스승 설리번》《플랜더스의 개》《셰익스피어 이야기》《조엔 롤링》《한편이라고 말해》《탐정 레이디 조지애나》《미스터 핍》《교사로 산다는 것》《겨울 나라의 앨리스》 등이 있다.

테스 2 순수한 여인

초판 1쇄 펴낸 날 2014년 9월 1일
초판 4쇄 펴낸 날 2016년 1월 20일

지 은 이   토머스 하디
옮 긴 이   김명신
펴 낸 이   장영재
편   집   백수미, 서진
디 자 인   고은비
마 케 팅   남성진
경영지원   마명진
물류지원   한철우, 노영희

펴 낸 곳   (주)미르북컴퍼니
자 회 사   더클래식
전   화   02)3141-4421
팩   스   02)3141-4428
등   록   2012년 3월 16일(제313-2012-81호)
주   소   서울시 마포구 성미산로32길 12, 2층 (우 03983)
E-mail   sanhonjinju@naver.com
카   페   cafe.naver.com/mirbookcompany

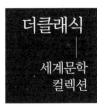

더클래식

세계문학
컬렉션

10 | **데미안** | 헤르만 헤세
1946년 노벨문학상 수상 작가 / 20세기 일대 센세이션을 일으킨 성장 소설의 고전
서울시 교육청 추천도서

11 | **그리스인 조르바** | 니코스 카잔차키스
미국대학위원회 선정 SAT 추천도서 / 한국간행물윤리위원회 선정추천도서
한국출판인회의 출판인이 선정한 100권의 도서

12 | **위대한 개츠비** | 프랜시스 스콧 피츠제럴드
〈타임〉지 선정 현대 100대 영문소설 / 어니스트 헤밍웨이가 인정한 완벽한 일급 작품
20세기 100대 영문소설 1위 / 미국대학위원회 선정 SAT 추천도서 / 뉴욕 공립도서관 추천도서
대한민국 명사 101인의 대표 추천작 / WTO 북클럽 추천도서

13 | **도리언 그레이의 초상** | 오스카 와일드
미국대학위원회 고교 추천도서 101 / 대한민국 명사 101의 대표 추천작

14 | **벨 아미** | 기 드 모파상
모파상의 가장 매력적이고 파격적인 작품 / 19세기 파리를 뒤흔든 파격 스캔들
2012년 개봉한 영화 〈벨 아미〉 원작

15 | **이상한 나라의 앨리스** | 루이스 캐럴
난센스와 판타지의 대표작 / 아카데미 '미술상' 수상한 영화의 원작
19세기 가장 유명한 영국 아동문학 작가

16 | **두 도시 이야기** | 찰스 디킨스
영국이 낳은 가장 위대한 소설가 / 영화 〈다크나이트〉의 모티프
미국대학위원회 선정 SAT 추천도서 / 서울시 교육청 선정 청소년 필독도서

17 | **햄릿** | 윌리엄 셰익스피어
대한민국 명사 101인의 대표 추천작 / 서울대학교 권장도서 100선 / 서울대학교 동서고전 200선
연세대학교 필독도서 / 미국대학위원회 선정 SAT 추천도서 / 국립중앙도서관 선정 청소년 권장도서

18 | **오페라의 유령** | 가스통 르루
4대 뮤지컬 〈오페라의 유령〉 원작 소설 / 프랑스 최고 추리소설 작가

19 | **1984** | 조지 오웰
〈타임〉지 선정 세상을 움직인 책 100권 / 〈텔레그래프〉지 완벽한 도서관을 위한 권장도서 100
세계 3대 디스토피아 미래 소설 / 〈가디언〉지 권장도서 / 뉴욕 공립도서관 추천도서
하버드 대학생이 가장 많이 산 책 1위

20 | **수레바퀴 아래서** | 헤르만 헤세
대한민국 명사 101인의 대표 추천작 / 헤르만 헤세의 사춘기 시절 경험을 바탕으로 한 자전적 소설
1946년 노벨문학상 / 국립중앙도서관 선정 청소년 권장도서

21 22 23 | 안나 카레니나 1~3 | 레프 니콜라예비치 톨스토이

톨스토이 생애 최고의 리얼리즘 소설 / 서울대학교 권장도서 100선 / 서울대학교 동서고전 200선
연세대학교 필독도서 / 미국대학위원회 선정 SAT 추천도서 / 오프라 윈프리 북클럽 권장도서
논술 및 수능에 출제된 책(1998~2005)

24 | 오즈의 마법사1 – 오즈의 위대한 마법사 | 라이먼 프랭크 바움

미국대학위원회 선정 SAT 추천도서 / 연세대학교 필독도서 / 국립중앙도서관 선정 우수 번역서

25 | 리어 왕 | 윌리엄 셰익스피어

대한민국 명사 101인의 대표 추천작 / 서울대학교 권장도서 100선 / 연세대학교 필독도서
미국대학위원회 선정 SAT 추천도서 / 〈가디언〉지 권장도서 / 세인트존스 대학교 권장도서
논술 및 수능에 출제된 책(1998~2005)

26 27 28 29 30 | 레 미제라블 1~5 | 빅토르 위고

저명한 문학비평가들이 극찬한 세기의 걸작 / WTO 북클럽 추천도서
2013년 개봉한 영화 〈레 미제라블〉의 원작 / 전자책 베스트셀러 1위(2013)

31 | 월든 | 헨리 데이비드 소로

미국대학위원회 고교추천도서 101 / 미국대학위원회 선정 SAT 추천도서
박원순 서울시장이 선택한 책 50권

32 | 눈의 여왕(안데르센 단편선) | 한스 크리스티안 안데르센

어린이문학에 꽃을 피운 불멸의 작가 / 세계를 움직인 100권의 책 선정
노벨 연구소 선정 세계 100대 문학 작품

33 | 오만과 편견 | 제인 오스틴

서울대학교 동서고전 200선 / 연세대학교 필독도서 / 세인트존스 대학교 권장도서
〈텔레그라프〉지 완벽한 도서관을 위한 권장도서 100 / 〈가디언〉지 권장도서
미국대학위원회 선정 SAT 추천도서 / 국립중앙도서관 선정 청소년 권장도서

34 | 로미오와 줄리엣 | 윌리엄 셰익스피어

서울대학교 동서고전 200선 / 미국대학위원회 선정 SAT 추천도서
칼리지보드 선정 고교생 필독서 101권

35 | 바람이 분다 | 호리 다쓰오

미야자키 하야오의 애니메이션 영화 〈바람이 분다〉 원작

36 | 맥베스 | 윌리엄 셰익스피어

서울대학교 권장도서 100선 / 연세대학교 필독도서 / 미국대학위원회 선정 SAT 추천도서
국립중앙도서관 선정 청소년 권장도서

37 | 신곡 – 인페르노(지옥) | 단테 알리기에리

서울대학교 권장도서 100선 / 국립중앙도서관 선정 청소년 권장도서
미국대학위원회 선정 SAT 추천도서 / 〈뉴스위크〉지 선정 100대 명저

*더클래식 세계문학 컬렉션은 계속 출간될 예정입니다.